徳間文庫

高瀬川女船歌[五]

あんでらすの鐘

澤田ふじ子

徳間書店

目次

〈主な登場人物〉

宗因……高瀬川傍の安くて旨いと評判の居酒屋「尾張屋」の主。本名奈倉宗十郎。かつて尾張藩士として京屋敷に詰めていたが、公金横領の嫌疑を受け脱藩。後に汚名を晴らした。様々な問題解決に当たり、高瀬川筋の人々の信頼を得ている。

柏屋惣左衛門……旅籠「柏屋」の主。高瀬川を管理する角倉家と代々深い信頼関係で結ばれている。

伊勢……柏屋の女将。かつて角倉会所で上女中をつとめていたときに、惣左衛門に見初められる。

惣十郎……惣左衛門・伊勢夫婦の息子で柏屋の若旦那。

お鶴……惣左衛門・伊勢夫婦の養女。父は宗因。母志津は角倉会所の女船頭として働いていたが、不慮の死を遂げたため、志津と仲のよかった伊勢にひきとられた。

お時……角倉会所の女船頭。

児玉吉右衛門……角倉会所の頭取。高瀬川筋に生きる人々に気を配っている。

弥助……明るく人がいい高瀬船の船頭。女房のおひさとの間に弥市ら二男三女がいる。

明珠……京都五山の一つに数えられる大寺で医僧を務めていたが、看病していた高僧が死んだため追い出された。蘭方にも明るい。

奇僧の桜

一

　この数日、穏やかな天候がつづいている。

　京の町はうららかな陽射しに包まれ、蕾《つぼみ》をふくらませていた桜の花が、あちこちで一挙に咲きはじめた感じであった。

「東山の祇園社界隈《ぎおんしゃかいわい》の桜も結構どすけど、あの賑《にぎ》やかさがたまりまへん。桜はこんな鴨川沿いに咲いているのを、静かに酒を飲みながら見るのが、やっぱり一番どすなあ」

「みんなでわいわいいうての花見も楽しゅうおす。けど親しいお人たちと手弁当を提《さ》げてきて、聖護院《しょうごいん》村や吉田山の花を遠目にしながら、こんなところの桜を愛《め》でてるのがなによりどすわ。角倉会所《すみのくらかいしょ》の作事場に、こない見事な枝垂《しだ》れ桜があるのを、お人はあんまり知らはらしまへんやろ」

「角倉会所もそこを心得、ひっそり花見をしはるお人に気遣いをしてくれてはります。半月ぐらい高瀬船の修理や作事をひかえてはるそうどすわ」

「さすが京随一といわれる長者さまだけに粋《いき》なご配慮どすなあ。わたしら小商売人もそれを見習い、お客はんに喜んでいただける商いをせなあきまへん」

「ほんまにそうどす」

鴨川を目前にした角倉会所の四百坪もありそうな作事場、そこに植えられた数本の桜が咲きはじめている。二本の枝垂れ桜が五分、ほかが五分から八分咲きであった。

その一本の樹の下で、堅い商《あきな》いをしているらしい四人連れが、持参した弁当を広げ、酒を酌《く》み交わしていた。

作事場といっても、板屋根の五十坪ほどの作事場が三棟、西の善導寺や本誓寺に接して建つだけで、あとは広い空地。船大工たちは天気のよい日には、その空地に出て鑿《のみ》や金槌《かなづち》の音をひびかせているのであった。

角倉会所では、作事場の前に広がるこの空地を〈船馬場〉と呼び、旅籠《はたご》「柏屋《かしわや》」の裏にもちょっとした船馬場が設けられていた。

いまこの船馬場には、四組の花見客がそれぞれの場所に陣取り、みんな静かに花を愛でていた。

鴨川を隔てて北に比叡山《ひえいざん》、東山の南には八坂や清水《きよみず》の五重塔が小さく望める。遠くのあちこちに桜の花叢《はなむれ》が点々と紅く見え、のどかな光景であった。

「お時《とき》どの、頭取の児玉吉右衛門《こだまきちえもん》どのは遅うござるなあ。柏屋の惣左衛門《そうざえもん》どのとお伊勢《いせ》どのも、まだおいでではない。角倉会所の頭取としてお忙しい吉右衛門どのが、遅参いたされるのはわかりもうす。されど、いまはご隠居の惣左衛門どのご夫妻までがそうなのは、なんとしたことでござろう」

かれらに誘われ、宗因《そういん》（奈倉宗十郎《なくらそうじゅうろう》）がこの船馬場にやってきたのは四半刻（三十分）ほど前。角倉会所に女船頭《がしら》頭として奉公しているお時が、手甲脚絆《てっこうきゃはん》姿で茣蓙《ござ》を敷きのべ、花見の仕度を急いでいた。

「宗因さま、そのうちにまいられます」

お時は菅笠《すげがさ》の紐《ひも》を結び直し、宗因に答えた。

「わしが早すぎたのかもしれぬなあ」

苦笑をもらし宗因は、茣蓙のそばにのぞく小石をふと拾い、鴨川に向かい投げ飛ばした。

対岸べりの水面で、小石がぽちゃっと音を立て、小さな波紋を広げた。

数羽の水鳥がぱっと飛び立っていった。

「宗因さまが早すぎたのではなく、お鶴《つる》さまが父上さまに食べていただこうと、ご馳走の数を増やされているからどっしゃろ」

お時がいうお鶴は宗因の娘。かつて柏屋の伊勢やお時とともに、角倉会所の女船頭をしていた志津《しづ》が、当時、まだ尾張《おわり》藩士として京屋敷に出仕していた宗因と割りない仲になり、なした子であった。

いまでは、若旦那《だんな》として柏屋を切り廻している惣左衛門の嫡男惣十郎《ちゃくなんそうじゅうろう》と夫婦になっていた。

「わしに旨《うま》い物でも食べさせようとしてか――」

かれは不慮の死をとげた志津との暮らしをふと思い出し、彼女の面影を濃く宿す勝気なお鶴の顔を、胸裏によみがえらせた。

「はい、きっとそうでございます」

お時は柔らかい目を東山に投げ、静かにつぶやいた。

角倉会所頭取の児玉吉右衛門は、お時に特別に目をかけている。宗因が木屋町筋で営む居酒屋の「尾張屋」が忙しいときには、店へ手伝いに行ってやりなはれと、たびたび勧めていた。

高瀬川筋の平穏のために、宗因のような武芸だけではなく思慮にも富んだ人物が住み付いていてくれるのは、吉右衛門にも心強かったからだ。

また会所の船頭や船曳《ひ》き人足たちも、尾張屋でなら安心して酩酊できた。

さらに、かれは宗因とお時がお鶴の賛成を得て、夫婦になればよいと考えていたのだ。

「お時どのは物事を上手にいわれる。その調子で、十人ほどいる女船頭衆の躾《しつけ》もされているのでござろう」

女船頭たちは、身分の高い婦人や上藹衆《じょうろう》が、伏見の京橋まで高瀬船を利用する折、主にその身辺の世話に当たる。船を運航させるいわゆる船頭ではなかった。

だが船棹《ふなざお》ぐらいはもちろん捌《さば》けた。

「あっ宗因さま、頭取さまが柏屋のご夫妻さまとご一緒にまいられました。お鶴さまと女船頭のお刀禰《とね》はんが、お供に付いておられます」

お時の声で宗因が目をやると、吉右衛門たちの後ろに、春らしい色の小袖を着たお鶴と、若い女船頭の姿が見えた。

二人はそれぞれ、網代編扇《あじろあみおうぎがた》形弁当と茶弁当を提げていた。

網代編扇形弁当は、扇形の要部《かなめぶ》を回転軸として、重ねられた二扇が、左右に出入りするように作られたもの。朱や黒の漆の塗られた中に、食べ物が入れられていた。

茶弁当は木材と銅で作られ、酒を温める湯燗《ゆかん》や、角形注器《かくがた》（酒器）まで組み込まれた粋な弁当道具だった。

「正午《ひる》まではまだ間がありますさかい、少しゆるりとまいりました」

児玉吉右衛門が莫蓙の端に草履を脱ぎ、黒羽織を着たきものの裾《すそ》をととのえながら坐り、宗因に軽く手をついた。

「頭取さまのお招きをいただき、ともに参上させてもらいました。宗因さまもご健勝のごようすで、なによりどす」

吉右衛門につづき、惣左衛門が宗因に挨拶《あいさつ》した。

伊勢は会釈の後、嫁のお鶴と刀禰に、弁当箱をそこに置くよううながしていた。

「父上さま、扇形の弁当箱の中に、父上さまが上手にお作りだと、会所のお人たちが評判してはる出し巻きが入ってます。うちが作ったのとどっちがおいしいか、食べてみておくんなはれ」

お鶴は莫蓙の端に両膝をつき、宗因に笑いかけた。

「ご苦労さまどした。後はうちとお時はん、それにお刀禰はんがお相手をさせていただきますさかい、おまえは店に戻り、惣十郎の手伝いをしなはれ」

「はい、そないさせていただきます」

伊勢にいわれ、お鶴は吉右衛門と宗因に両膝をついたまま低頭し、店のほうへ足早に去っていった。

彼女が行く向こうには、角倉会所の大きな建物や、木屋町筋の町屋がずっと連なっていた。

「お店のほうはいかがどす」

「お陰さまで毎晩、忙しくさせてもろうております」

柏屋惣左衛門の質問に、宗因は微笑して答えた。

「柏屋の旦那さま、宗因さまは今夜も店を開けるのだといわれてます。商いの下拵《したごしら》えを、すでにすませてこられたそうどす」

お時がすかさず言葉を添えた。

「それはそれは。熱心なことどすなあ」

「熱心というわけではござらぬが、船頭衆や曳き人足の連中が、尾張屋を当てにしておりますのでなあ。花見だともうして勝手に休んだりしたら、叱《しか》られてしまいまする」

「宗因どの、それは忝《かたじけ》のうおす。なんならお時を、手伝いに行かせまひょか」

お時は茶弁当から塗りの酒器と、すでに温まった角形注器を取り出していた。

吉右衛門に目でうながされ、宗因に酒を注いだ。

「さあ、どうぞお摘《つま》みくださりませ」

女船頭の刀禰が、宗因に勧めた。

扇形の要部を回転し、円形に広がった容器の中には、出し巻きや白身魚の酢物、小魚の塩焼など、さまざまな肴《さかな》が詰められていた。

黒塗りの取り皿や細箸が、お時の手で一枚の紙の上にのせられ、宗因や吉右衛門の前に、素早くととのえられていた。

「かように見事な花を咲かせる船馬場の桜を眺め、一献《いっこん》傾けるとは、格別な贅沢《ぜいたく》でございますわい」

「お望みとあらば、一度といわず明日にでもまた、ともに花見をしてもよろしゅうございますえ」

「吉右衛門どの、それはありがたいが、角倉会所や柏屋のお世話になるのは、今日だけで十分でござる。後はそれがしの気の向くまま、好きにさせておいてくだされ」

宗因はお時が酌をしてくれる酒をつづけざまに飲み乾し、頭上で咲く桜を見上げた。

「もっと盃《さかずき》を重ねましょうぞ」

「頭取さま、もったいのうございまする」

「いや、お互いなにかと忙しい身。年に一度か二度、こうして酒を酌み交わすのも、よいものでございますなあ。ともに先の知れた歳。これから毎年、いたすことにしたらいかがでございましょう。ところで惣左衛門どのに宗因どの、本日、お時はともかく、お刀禰をここに残したのは、これに高瀬川女船歌を一つ、唄わせようと思いましてなあ」

「お刀禰はんに――」

惣左衛門がお時に酒を注いでもらいながらきいた。

「さよう、お刀禰はお時から習い、ことのほか美声で女船歌を唄います。まあ、きいてやっておくれやすか」

吉右衛門は刀禰に微笑みかけた。

彼女は丹波国亀岡の出雲村に住む中農の娘であった。

一年ほど前に角倉屋敷へ奉公にきて、自ら望んで女船頭になったのである。

「お刀禰、それでは唄ってくれますか」

吉右衛門にうながされ、彼女はうなずいた。

「京の三条の旅籠の娘、年は十六その名はおとせ。向かいえんやこら行くのはなによ、あれは角倉高瀬船。おとせようきけ明日の晩にゃ、嫁入りさせよか紅鉄漿《べにかね》つけて。いやじゃかかさま嫁入りはいやじゃ、いやというてもさせねばならぬ。わしにゃかかさま男がござる。男誰かと問いつめられて、おとせいうには炭屋の手代。親はまま母そこにはやらぬ。そこでおとせは窓から飛んで、死んでしまおか髪切りましょか。いっそ逃げよか手に手を取って、伏見に下る高瀬船――」

刀禰の美声が辺りにひびいた。

船馬場で酒を酌んでいた花見客たちが、盃を持つ手を止め、うっとりとしたようすできき惚れていた。

彼女が唄い終えると、ぱちぱちと小さな拍手を鳴らした。

吉右衛門や惣左衛門夫婦は気付かずにいたが、宗因だけは一番北の作事場に近い枝垂れ桜の根元で、若い男が空徳利を枕に草の上に横たわっているのを、目に入れていた。

かれは薄汚れた白衣に墨染め姿であった。

髪が五分ぐらいのびている。

男は刀禰が唄い終えると、目をちょっと開けたが、すぐまた閉じてしまった。

「お刀禰どのとやら、お上手じゃ。お時どのにさぞかししごかれたのであろう」

宗因は束髪の頭をうなずかせ、褒《ほ》めたたえた。

「いいえ、お時さまはご自分で唄って声の抑揚を覚えさせ、それはご丁寧《ていねい》に教えてくれはりました。ありがたいと思うてます」

「宗因どのに柏屋はん、これがお刀禰のお披露目どすわ。これからもどうぞ、可愛がってやってやっておくれやす」

「うちからもよろしゅうお願いもうします」

吉右衛門につづき、お時も両手をついて頼んだ。

このとき鴨川の北、近衛《このえ》左大臣家の別邸に沿う細道から、商家の若旦那風の男が、ぶらぶら歩いてきた。

手代らしい身形《みなり》の供を従えている。

男は角倉会所の船馬場に入ってくると、いかにも驚いたようすで、見事に咲く桜の花に目を投げた。ついでそこで花見をしている数組を眺め渡した。

「松吉、思いがけなく枝垂れ桜がきれいに咲いているやないか。わし、鴨川のこんな場所に枝垂れ桜があるのを、いままでまるで知らなんだわ。夜に篝《かがり》火《び》でも焚《た》いて見たらええやろなあ。早速、遊び仲間を誘うて花見をしたろ。花街から芸者でも呼んでや」

かれは上ずった声でいった。

「若旦那さま、そらいけまへんわ。ここは角倉会所の作事場どす。静かに花見をするのは許されてますけど、音曲《おんぎょく》を交えてとなりますと、会所からお咎《とが》めを受けかねしまへん」

松吉と呼ばれた男が、かれをたしなめた。

「そんなん、会所の連中に少し銭を摑ませたら、ええのとちゃうか——」

若旦那は偉そうな口調で反論した。

そしてかれは桜に目を這《は》わせながら歩を進め、若い僧が徳利を枕に横たわっているのに気付き、ぎょっと立ち竦《すく》んだ。

「この乞食坊主、おまえなんやな。目障《めざわ》りな奴ちゃなあ」

かれはいきなり濁った声で罵《ののし》ると、若い僧が枕にしていた空徳利を、右足で思い切り蹴飛ばした。

その勢いで若旦那の懐《ふところ》から、印伝革《いんでんがわ》の財布が船馬場にぽとりと落ちた。すると松吉がさっと拾い上げ、素速く自分の懐に差し込んだ。

徳利はころころと回転しながら、宗因たちが坐る莫蓙のほうに転げてきた。

不意に空徳利の枕を蹴飛ばされた若い僧は、ぱっと頭を上げた瞬間、松吉の所業を目に入れていた。

つぎに荒々しく立ち上がった。

「人が心地よく眠っていたともうすに、なにをいたすのじゃ」

「ふん、生臭坊主が真昼間から酒を食ろうてからに。通るのに邪魔やさかい、蹴飛ばしたまでのこっちゃ。それのどこが悪いんじゃい」

若旦那の口調はならず者めいていた。

頑健な身体付きをした若い僧も、驚いたようすだった。

「もうし、そこにおいでのお坊さま、まだ酒を飲み足らぬようでございまするな。いっそ、こちらにまいられませぬか」

宗因は莫蓙から立ち上がったが、直接、仲裁には入らなかった。若旦那を無視し、若い僧に柔らかい声で呼びかけた。

僧の白衣と墨染めは薄汚れており、なにか事情がありそうだった。

「へん、この糞《くそ》坊主が――」

怒りのため荒い息をつく若い僧に、若旦那は蔑《さげす》みの一瞥《いちべつ》をくれ、宗因や吉右衛門たちを忌々《いまいま》しげに睨《にら》み据《す》えた。

荒々しい足取りで船馬場から立ち去り、松吉が小走りで跡を追っていった。

宗因の絶妙の呼びかけがなければ、一悶着起きるところだった。

二

「お声をかけていただき、忝《かたじけ》のうございました。お礼をもうし上げまする」

若い僧は宗因や吉右衛門の許に近付き、転がっていた空徳利を拾い上げると、片膝をついて低頭した。

「いやいや、花見に喧嘩は付きものとはもうせ、船馬場にはそぐわぬのでなあ。ここにおいでのご仁は、船馬場を管理しておられる角倉会所の頭取・児玉吉右衛門どの。それに旅籠柏屋の惣左衛門どのご夫妻じゃ。それがしは三条と四条の中ほどの木屋町筋で、居酒屋・尾張屋を営んでいる宗因ともうす者でござる」

「居酒屋を営んでおられる宗因さま——」

若い僧は、髪を後ろで束ねた宗因の姿を仰ぎ、戸惑いの色を顔に浮かべた。

とても居酒屋の主《あるじ》には見えなかったからである。

「いかにも、居酒屋の主。尤《もっと》もかつては尾張藩で武士をしていた時代もありもうしたが。まあ話は後にして、まずは莫蓙に上がってくだされ。酒なら温かくしたものがござるほどに、召し上がられるがよい」

宗因は若い僧の戸惑いを晴らすために明かした。

「重ねがさね忝のうございます。てまえは明珠《みょうじゅ》ともうし、寺名は明かせませぬが、七日ほど前まで京都五山の一つに、医僧として仕えておりました。さればお言葉に甘え、同席させていただきまする」

明珠と名乗った僧は二十五、六歳。眉目秀麗《びもくしゅうれい》というほどではないが、目鼻立ちが整っていた。

だが浅黒いその顔には、やや昏《くら》い翳《かげ》が刻まれていた。

「明珠坊さまとやら、まずお近付きの印に、一献いかがでございます」

吉右衛門の言葉で、刀禰が塗り盃をすっとかれに差し出した。

「ありがたく頂戴つかまつりまする」

両手で盃を持った明珠に、お時が角形注器を傾け、なみなみと酒を注いだ。

一抹《いちまつ》の昏い翳は別にして、かれは誰もが好感を抱きそうな若い僧であった。

「京都の五山といえば、大徳寺の茶面《ちゃづら》、東福寺の伽藍《がらん》面、相国寺の声明《しょうみょう》面、建仁寺の学問面、妙心寺のそろばん面と、いい慣《なら》わされてますわなあ。これは五山のそなえる特徴を、ほんまに巧くいい表してます。茶湯者《ちゃのゆしゃ》は、大徳寺塔頭《たっちゅう》のお坊さまがたが書かれた禅語を、茶掛けとしてありがたがってまっしゃろ。さてさて明珠さまは、そのいずれに仕えてはりましたのやろ。強《し》いてききたいとは思いまへんけど、医僧をしてはった明珠さまが、どうして寺から立ち退かはったんどす」

問いかけたのは、柏屋惣左衛門であった。

「立ち退いたとは、きこえがようございまするが、ありていにもうせば、寺から冷たく追われたのでございます」

かれは塗り盃の酒を、一気に飲み乾して答えた。

「寺から追われたとは、異なことを仰せられますのやなあ。なんでどす。若いさかい、女犯《にょぼん》の罪でどすか——」

惣左衛門に代わり、今度は伊勢がたずねた。

「いやいや、それなら自分でも納得のできる話でございまする。実は寺の三綱《さんごう》のお一人が病に臥せられ、それがしが治療に当たっておりました。されど薬石の効もなく、身罷《みまか》られたのでございます。それで、そなたのごとき役立たずは置いておけぬと罵倒され、一山から追放されたのでございますわい。三綱は八十をすぎておられ、死去もやむを得ぬと思いまするが、追い打ちが決められたからには、どうにもなりませぬ。身一つに幾ばくかの銭を与えられ、寺から出された次第にございます」

三綱とは上座《じょうざ》、寺主《じしゅ》、都維那《つゐな》の高僧をいう。

京都の大寺では、医術を心得た医僧を置いていた。

古代から近世、大寺はさまざまな知識をそなえた僧侶を抱え、仏典だけではなく、知恵の宝庫とみなされてきた。

柏屋惣左衛門が口にした譬喩《ひゆ》は、各寺の特質を気の利いた言葉でいい表したもので、たとえば妙心寺では、算学がことのほか発達していた。

商いは坊主にきけ——といわれているが、これを利に聡《さと》い僧侶を嘲笑するだけの言葉と解してはならない。僧侶が持つ深い知識は、商いの方法まで明確に示唆する場合が多いからだ。

知識は昔もいまも、財をなす大きな能力の一つなのである。

「納所《なっしょ》坊主の一人二人に死なれたかてかましまへんけど、三綱となると、そうはいきまへんか」

「およそ、世の中とはそんなものでござろう」

伊勢の言葉を引き取り、宗因がぼそっとつぶやいた。

「それで寺から追い出され、どうしておられましたのじゃ」

「とりあえず、三条界隈の安宿に泊り、くる日もくる日も安酒を飲んで酒浸りでございました。されど二日前からその安宿に泊る銭も乏しくなり、天候がよいため野宿ですわい」

吉右衛門の問いに明珠は苦笑した。

「明珠どのは、酒がそれほどお好きでございますのかいな」

「薬石の効なく三綱の一人を死なせたから追放とは、あまりに阿呆《あほ》らしい。八十をすぎても色と欲。好き放題にして旨い物を食い、なんで長寿が望まれましょうぞ。酒など飲んでおらねば、どうにもやり切れませぬ」

宗因に答える明珠の言葉遣いが、次第にぞんざいになってきた。

「それで安酒を買う銭が底をついたら、いかがされるおつもりでございました」

「門付《かどづ》けをして経でも読み、酒手を稼ぐ気でおりましたわい」

「大寺で医僧をされていた御身《おんみ》がもったいない――」

「それにしても、やけっぱちになると、酒量も自《おの》ずと増えるものでございますなあ」

「明珠どのは医僧でござっただけに、酔うたまま日をすごし、さらに酒量が増えたらどうなるか、ご承知でございましょうな」

「尾張屋の宗因さま、それくらいわきまえておりまする。肺、心、肝、脾《ひ》、腎の五臓をまず傷《いた》め、やがては大腸、小腸、胆、胃、三焦《さんしょう》、膀胱《ぼうこう》の六腑《ろっぷ》も損ないましょう。酒はほどほどに嗜《たしな》めば、身体に良薬となりまするが、度をすぎれば、百害あって一利もございませぬ」

「それがわかっておられながら、毎日、泥酔でございまするか」

宗因は明珠に皮肉っぽくいった。

「宗因さまは居酒屋を営まれながら、酒飲みの耳に痛いことを仰せられますのじゃなあ。趣は承知しておりまするが、いまのところ、酒に酔うて気をまぎらわせてでもおらねば、やり切れませせぬのよ。高齢な当人の暮らし振りは棚に上げ、すべての責任を医僧のわしに押し付けるとは、全く言語道断でござる」

「ならばもう目を醒《さ》まされ、そろそろ酒を断たれるのじゃな。泥酔して寝ておられれば、先ほどのごとく、碌《ろく》なことはございませぬぞ。幸い、坊主頭ゆえ見過ごされておりまするが、有髪《うはつ》なら不心得者に切り盗られ、明珠どのの髪は鬘屋《かつらや》に売り払われておりましょう」

「尤もなご諫言《かんげん》、自分でもこのままでよいのかと、考えぬではございませぬ」

二人の話をきき、お時と刀禰はもう明珠に酒を勧めなかった。

刀禰の目が哀れみをたたえ、明珠に注がれていた。

「先ほど不埒《ふらち》者に酒徳利を蹴られましたが、蹴られたのが草履でなく下駄であれば大《おお》事《ごと》。打ち所次第で、怪我をするなり死すなりして、難儀になりもうそう。ところで明珠どのは、これまで大寺で漢方をなされていたのか、それとも蘭方《らんぽう》なのか、いずれでございまする」

今度こそ宗因は、きっとした目で明珠を睨み据えた。

「医僧でございますれば、薬石は漢方。しかし三綱衆に隠れ、こっそり蘭方も試みておりました」

明珠は内心、忸怩《じくじ》たる思いで答えた。

「それ、それじゃわ明珠どの。そこもとは憚《はばか》って明かされなんだが、三綱衆が追放に処せられたのは、明珠どのが病者に蘭方をもって接しておられたのが、知れたからでござろう。追い払われる際、その旨をはっきり告げられたはずじゃ」

「これはまいりました。実はその通りでございます。宗因さまは居酒屋の主で、もとは尾張藩士だと仰せられましたが、それがしの秘していた理由を、ずばりといい当てられました。全く、感服つかまつりまする」

「それにしてもそれがしは、蘭方が悪いの漢方がよいのとはもうしておりませぬぞ。医師は蘭・漢合わせて利点を用い、病を治せばよいのではござるまいか」

「宗因どの、わたしもその通りだと思うております」

それまで黙ってみんなの話をきいていた児玉吉右衛門が、笑顔で口を挟んだ。

「さりながら、社寺を統《す》べる石頭どもは、蘭方医を嫌い、漢方一辺倒じゃ。これで幾分なりとも、明珠どののお気持がわかりましたわい」

宗因は明るい顔になり、角形注器を明珠に差し向けた。

当時、京都は医学の中心地であった。

漢方は後世方《ごせいほう》と古医方《こいほう》の両医説に支配されていたが、次第に蘭学の知識が重んじられるようになると、こうした医師たちの弟子の中にも、長崎の著名な医師の許に赴《おもむ》き、蘭方すなわち西洋医学を学ぶ者が多くなっていた。

医師は専門によって本道（内科）、外科、針（鍼《はり》）科、婦人科（産前産後）、小児科、眼科、口中科、按摩（経絡導引）などに一応、分類されていた。だが明確に専門化されていたわけではなく、本道、外科、針科の三つが、ほかの科目を兼ねているのが実情だった。

医師は典薬頭《てんやくのかみ》・医博士・侍医などの朝廷医官、奥医師・奥詰医師・御番医師・寄合医師・小普請医師などの幕府医員、諸大名をはじめとする諸領主から扶持をいただく扶持人《ふちにん》医師、民間の町医師に大別されていた。

医僧の明珠は、本道も外科も心得た扶持人医師に相当する立場であった。

享保元年（一七一六）の『京都御役所向大概覚書《むきたいがいおぼえがき》』によれば、京都に屋敷を構える医師として施薬院、山脇道立、竹田法印、今大路道三の四人。扶持人医師五名、町医師四十一名、小児医師九名、婦人医師四名、針立十一名、外科八名、口中医二名、目医師七名、按摩四名がいたという。

だがこれがすべてではなく、なにかの基準を満たした医師が、挙げられているにすぎなかろう。

こうした医師たちの後に、京都では有名な蘭方医として、新宮涼庭《りょうてい》が現われてくるのである。

しかし外科医は職業柄、人々から賤視《せんし》される場合が多かった。

現代でこそ、医師の社会的地位は高いが、昭和初年頃まで、町医は一般商家の主と、さして変わりのない扱いを受けていた。

江戸時代、典薬頭や奥医師でもないかぎり、ましてであった。

「ところで旦那さま、先ほどからなにか胸に引っかかると、気になってなりまへんどした。先刻、明珠さまが枕にしてはった空徳利を蹴飛ばし、口汚く捨て科白《ぜりふ》を吐いていかはったのは、三条富小路のやきもの問屋『筑後屋』の若旦那と違いますか。店の仕入れでまとめ買いに行った折、挨拶したことはありまへんけど、何度か顔を見た覚えがございます」

伊勢がいきなり惣左衛門に告げた。

「ああ、わたしもどっかで見た顔やと思うてましたけど、確かに筑後屋の道楽息子どすわ。あの息子については、親戚筋のお人が嘆いてはりました。次男は出来がええけど、跡取りは極道者。店の奉公人にも容赦がなく、大旦那も手を焼いてはるそうどすなあ」

惣左衛門が明珠の顔を、その器量をうかがうように眺めながら眉《まゆ》をひそめた。

明珠の目が、なぜかきらっと鋭く光っていたからだ。

かれは大寺の医僧といえども、当初は寺から著名な医師の許に通って修業を果し、普段は寺の雑役に従わされていたに違いなかった。

「明珠どの、これからどうされる心積もりでございますのじゃ。そなたとてまこと門付け坊主になり、酒だけ飲んで暮らそうとは、まさか思うておられまい」

宗因はやや厳しい口調で、かれに問いかけた。

「門付け坊主となり、酒だけ飲んで暮らすのも悪くはございませぬが、わたしには正直、それだけの度胸がございませぬ」

「さようなことは、度胸のあるなしではなく、畢竟《ひっきょう》、その人柄次第でござろう。さればいっそ時期をみて、町医になられたらいかがでござる」

「町医と仰せられまするか――」

「ああ、それが一番、そなたには向いているやもしれませぬぞ。町医は貧乏人が相手。食うのが精一杯でござろうが、生き甲斐はあるはず。医者にもかかれず、病に苦しんでいる人々は、大勢おいでになるわい。それらの人々のために生きるのも、男の本望ではございますまいか」

「なるほど、それがよいかもしれませぬなあ。丁度、角倉会所が船曳き人足を住まわせるため新たに普請増しをした長屋の一軒が、まだ空いております。お世話をさせていただきますほどに、そこでお暮らしになり、町医になられたらようございますわ」

児玉吉右衛門が軽く膝を叩《たた》き、明珠に伝えた。

空いている長屋とは、四条小橋に近い西船頭町の一軒であった。

「宗因どのに柏屋はん、今日は船馬場の花見にきて、思いがけないええ拾い物をいたしましたなあ」

吉右衛門は明珠の返事もきかず、宗因や惣左衛門夫婦の顔を眺め、にっこりと笑った。

燕が鴨川の水面をかすめ、さっと空に飛び上がっていった。

三

日は暮れたが、木屋町筋はなんとなくざわめいていた。

季節が季節だけに、東山や祇園社界隈で夜桜見物をした人々が、帰りに繰り込んでいたからだ。

高瀬川の水の匂いが漂う町筋からは、先斗町《ぽんと》へ抜ける路地が幾つも通っている。そこからひびいてくる物音では、先斗町遊廓も賑わっているようすだ。当然、宗因が営む居酒屋・尾張屋も大忙しであった。

頭取の児玉吉右衛門に指図されたのか、お時が夕刻から店の手伝いにきている。襷《たすき》掛《が》けで飯台の間を、忙しく動いていた。

「宗因の親っさん、つい数日前、角倉会所の船馬場で、大きな拾い物をしてきはったそうどすなあ。誰からともなく、噂になってまっせ」

毎晩、尾張屋へやってくる白髪頭の重兵衛が、今日も肘《ひじ》付《つ》き台に向かっていた。

もとは幕府御大工頭《おんだいくがしら》・中井家の組頭を務めていたかれは、隠居の身だがまだ壮健。

調理場で若狭鰈《わかさがれい》の一夜干しを焼いている宗因に、こう話しかけた。

「そうどすねん、重兵衛はん。吉右衛門どのや柏屋夫婦と二条の船馬場で花見の折、えらい大きな黒いものを、拾うことになりました。しかもうおききどっしゃろけど、相手は生き物。毎日、酒を飲んで野宿をしているともうします。それゆえ吉右衛門どのが計ろうて、四条の西船頭町に普請増しをした角倉家の長屋に、住まわせてくだされましたのよ」

「それはようございましたなあ」

重兵衛は手酌で盃に酒を注ぎ、ぐっと飲み乾した。

炭火の上の金網で、若狭鰈が旨そうな匂いを放っている。

これを最もおいしく焼くこつは、遠火でゆっくり黄金色に焼き上げるのだ。

「おそらくこれもお耳に入っておりまっしゃろけど、その男、もとはさる大寺の医僧。寺の三綱の一人を看病していたもんの、その僧に死なれてしまい、責任を問われて寺から追い払われたそうどすわ」

宗因は店で客と話すときには、だいたい侍言葉を使わず、町人言葉になっていた。

「死なはったんが、どれだけ偉い坊さまかしりまへん。けど病のお人が亡《な》くなったからいうて、看病していた医僧を責めて追い出すとは、無茶どすなあ。坊主のくせに、それがそのお人の寿命やと、考えられしまへんのやろか」

「八十を越えた坊さまやったそうどすけど、人間、齢を重ねるにしたがい、むしろ生きることに執着しますのやろ」

「いくら腕のいい医師が高価な薬を用いて治療したかて、歳には勝てしまへんわいな。医僧といえばきこえはようございますけど、庫裏《くり》で飯を炊《た》く坊主と、同じぐらいの身分どっしゃろ。偉い坊さまたちからすれば、放り出すのも造作はありまへんわなあ」

焼き上げた若狭鰈を中皿に並べる宗因に、重兵衛が毒づいた。

「それで、親っさんが会わはったその坊さまは、どういうお方どすねん」

「名前は明珠といわれ、生れは近江の伊吹山に近い小泉村。古来から伊吹山は、薬草の宝庫と評されるだけに、薬草についての知識なら、誰にも劣りはせぬというてました。近くの寺の僧に引き立てられ、京の本山へきたそうどす。そやけど両親は貧しい小作農やそうどすさかい、もともとは口減らしのため、寺の小僧にされたんどっしゃろなあ」

店の賑わいが、二人のやり取りをききづらくしていた。

「わし、若狭鰈を頼んだんやけど、えろう遅いのやなあ。まだやろか——」

船曳き人足の国松が、お時にたずねている。

「国松はん、いま焼き上がりました。お時どのに、すぐ持っていってもらいますさかい」

「宗因の親っさん、急がせてすんまへん。ついでにお銚子を三本、付けておくれやすか。今日は給金をいただいたとこどすさかい」

国松は大声で弁解した。

「ではお時どの、これをあちらに持っていってくんなはれ」

宗因は若狭鰈の皿を重兵衛に差し出し、肘付き台に急いできたお時に手渡してもらった。

「宗因の親っさん、明珠いうたら、灯明の明に宝珠の珠と書くんどっしゃろ。ええ名前どすがな」

「名前もよく、心根も悪そうではないゆえ、わしはいっそ町医にでもなったらどうかと勧めましたんどす。そしたら会所の吉右衛門どのが、丁度、西船頭町の長屋が一軒空いているというてくれはり、ひとまずそこに住むことになりましたのやわ」

「そやったらその明珠はん、長屋で町医をしはりますのやな」

「へえ、そうしたいとわしらにはっきりいわはりましたさかい、吉右衛門どのがお時どのに長屋への案内をもうし付けはりました。後から薬研《やげん》や古い物どすが薬簞笥《くすりだんす》のほか、布団や鍋釜の所帯道具一式を、運ばせはったそうどす」

薬研とは、漢方の薬種を粉砕する器具。金属や硬木で作られ、V字状の舟形で中が深く窪んだ形をしている。

この窪みに入れた薬種を、軸のついた車輪状の鉄具で粉砕するのである。

薬簞笥は医者や薬屋が用いる特殊な簞笥。小引き出しが多数ついており、種々の薬を入れられるようになっていた。

「会所の吉右衛門さまは、高瀬船の船頭や船曳き人足たちの怪我や病気を、その明珠はんに診《み》させるおつもりなんどっしゃろか」

「いやいや、吉右衛門どののことや。そない狭いご了見ではありまへんやろ。あの界隈には町医がおらぬさかい、医者が住みはじめたら町のお人たちが安心するだろうと、いうておられました。明珠はんも、それをきいてその気にならはったようどす」

「寺で何年、医僧をしていたのか知りまへんけど、追い払われたからというて、今更、近江の田舎には戻れしまへんさかいなあ。明珠はんとやらも、工合のええお人たちにめぐり合わはったもんどす」

「西船頭町の新しい長屋には、大黒町から弥助《やすけ》と伊八、それに孫六が移り住みました。幸い、明珠はんは弥助の家のすぐ隣どす」

「そら、塩梅《あんばい》がよろしゅうおすなあ」

「ほんまどす。けどちょっと気にかかることも、ないではございまへん――」

相手が信用の置ける重兵衛だけに、宗因は酒の燗《かん》を付けながら、うっかり口をすべらせた。

狭い尾張屋の飯台はすべて埋まり、猥雑な声が満ちあふれていた。

「そら、なんどす。まさかその明珠はんが、寺から追い出された理由は真っ赤な嘘。ほんまは女犯がばれ、放り出されたというのではありまへんやろなあ」

「さようなことではございまへん。実は明珠はんが医僧だったと名乗った後、わしはその素性を確かめるため、さりげなく『本草綱目《ほんぞうこうもく》』についてたずねてみました。そしたらなんの躊躇《ためら》いもなく、すらすらと返事が戻ってきましたわい。明珠はんは本草学を相当、深く学んできたようす。医僧やったことは疑いありまへん」

宗因はこれだけは明確に答えた。

『本草綱目』は中国で明代、李時珍によって著《あら》わされた百科全書的本草書。五十二巻と附図二巻からなり、おもだつ部分には、症状別に治療薬・適用法が述べられている。記載薬物の総数は千九百三種。これが日本にもたらされたのは、慶長十二年（一六〇七）だった。

本草学は生活に必要な自然物、特に薬草や食物となる自然物について、総合的な知識を得るための学問。さしずめ、薬物学ともいえる。

同書は本来は薬物書であったのだが、博物学的色彩を帯びていたため、江戸時代の本草家たちに、採薬・鑑識などの知識をもたらした。そしてそれはかれらを野外研究へと誘い、わが国の博物学の興隆に大きな役割を果したのである。

こうした薬物学の書物は、欽明天皇二十三年、呉の智聡が『神農本草経集注』を招来《しょうらい》したのに始まり、時代ごとに数多くが中国からもたらされた。

薬物も多く中国から輸入されたが、舶来の薬は高価なうえ量もかぎられている。そのため国産薬は古くから希求されており、その採取・栽培のための本草学の知識が、必要とされたのである。

『本草綱目』の学習を経て、江戸時代中期以降の本草学は、漢方医学的薬性研究と博物学的物産研究の二つに分かれていく。

前者は実行を重んじ、薬物をどう処方すれば効果があるかの実証を専《もっぱ》らとした。後者は諸藩の殖産興業政策のなかで用いられ、有用自然物の採取・栽培の実地的知識や技術を得させた。やがてこれは物産学から名物学の段階を経たのち、博物学へと発展するのである。

「そしたら宗因の親っさん、明珠はんのなにを心配しておいやすのどす」

「なにというて、すぐには答えられしまへん。けどどうしても気にかかるんどすわ」

「そういうたら、明珠はんは酒飲みやときいてますのに、まだ一度も尾張屋でお姿をお見かけしまへんなあ。わしも一遍、お目にかかりたい思うてますのやけど——」

重兵衛は店の中を見廻してつぶやいた。

もし明珠が尾張屋に姿を見せたら、ほとんど毎日店にきている重兵衛が、目にしないはずがなかった。

「わしも酒代などは無用、いつでも店へおいでなされと、弥助に伝えさせてますのやけど、一向にまいられませぬ」

「なるほど。するとまことの町医になるため、長屋に籠もり切りで、勉学にいそしんでおられますのやな」

「いや、それがそうではありまへん。弥助や伊八によれば、まだしっかり毛の生えそろうておらぬ坊主頭を手拭《てぬぐ》いで包み、朝早くから背負い籠を負い、北山や西の愛宕《あたご》山に登っているとか。ときには泊りの山登りともなり、家にいるところを塀越しにのぞくと、薬草めいたものが、陰干しにされているそうどすのや」

「それなら、薬草を熱心に採取してはるのどすがな」

「そうならよろこばしいことどす。けど角倉会所の吉右衛門どのは、古い薬簞笥を運ばせた後、町医として病人に対するには、とりあえず薬を仕入れねばなるまいと仰せられ、三両の金を手渡されたはず。しかしながら、二条の生薬屋《きぐすりや》へ薬を買いにいかれたようすは、全くございまへん。あえて自分で薬草を集めておられるようで、それが気になるんどすわ」

宗因はまた新しく酒の燗を付けながら、低い声でいった。

「おきぎしてたら、そら確かに怪しおすなあ。だいたい長屋を留守がちにしてはったら、いざ病人や怪我人が出たとき、間に合わしまへん」

「幸い近くの町内に、病人も怪我人も出ておりまへんさかい、無事にすぎてます。けどいまのままではどうなるやらと、わしはそれを案じてるんどす」

店の中で誰かがなにか冷やかされているらしく、わあっと多くの人声が沸き立った。

「お時どの、もうさほど忙しくござるまい。手伝いとはいえあまり遅くなると、わしが吉右衛門どのに心苦しい。そろそろ帰り支度をしてくだされ」

宗因は店の中を見廻して告げた。

人の数こそ減ってはいないが、みんなすっかり酒が廻り、先ほどまでのようなあわただしさはなくなっていた。

「はい、ほなもうしばらくだけ手伝わせていただきます」

彼女はお盆を拭いながら答えた。

「宗因の親っさん、親っさんが心配してはるのは、明珠はんが自分を放り出したお寺の三綱衆に毒を盛るため、毒草を探しているのやないかということどっしゃろ。そら、病人に死なれたからといい、すげなく寺から追い出されたのでは、腹が立つのも当然どすさかいなあ」

重兵衛は宗因がひそかに危惧《きぐ》していることを、あっさりいってのけた。

その頃、西船頭町の長屋では、明珠が行灯《あんどん》の明りの許に薬研を据えていた。

舟形の底に青い苔《こけ》のような植物を入れ、一心に擂《す》りつぶしていた。

擂りつぶした植物を袋に入れて汁を取り、それを貝殻にのせて焼き固める。少量に結晶したそれを、また薬研で粉砕するのだ。

偉そうにしていたあの男にこれを用いるのは、自分の鬱憤《うっぷん》を晴らすためだけではない。世のため人のためだと、かれは思っていた。

「おい、いま帰ったぞ。折詰めの中身は、尾張屋の出し巻きや。餓鬼が寝てるんやったら、起して食べさせてやれや」

表で足音がひびいたかと思うと、弥助の濁声《だみごえ》がきこえてきた。

「あんた、また酔うて。いま時分、なに無茶をいうてはるんどす。出し巻きは明日の朝、食べさせてやればよろしゅうおすがな。給金をいただくと、すぐ飲みに行かはるのはかましまへんけど、酔っ払うて大声を出すのは止めとくれやす。ご近所にもご迷惑どすえ」

弥助の女房おひさが、かれを小声でたしなめる声がひっそりつづいた。

四

やきもの問屋筑後屋の店の前に、大八車が三台止められ、そこに積まれた大きな木箱や菰《こも》包みを、小僧たちがせっせと奥に運んでいた。

「気張って慎重にするんやで――」

手代の松吉が、たびたびかれらに注意をうながしていた。

「へえ手代はん、気を付けてさせていただきます」

年嵩《としかさ》の小僧が、松吉に軽く頭を下げて答えた。

「それがわかっていながら、つい気をそらせ、手を滑らせてしまうのや。木箱一つ菰包み一つを落としたら、中のやきものが割れ、五両十両がふいになってしまうんやで。若旦那さまにど叱られ、それだけ給金を減らされるのを、承知しときなはれや」

松吉の横では、手代見習いの正七が、木箱などに付けられた荷札を改めている。手にした帳面に、矢立から墨をふくませ、一つ一つ書き止めていた。

九州の唐津《からつ》や伊万里《いまり》、有田皿山《さらやま》などの窯業地《ようぎょうち》で作られたやきものは、西海路、内海路、東海路、北海路など、海路交通の整備と活発化により、日本の全土に広まった。伊万里津には廻船問屋が集中し、ここから船で運ばれた陶磁器は、大坂に荷揚げされた。京都には、陸路や淀川を行き来する船で伏見に運ばれ、さらに高瀬船に積み替えられ、三条木屋町に近い高瀬川岸の荷揚げ場で下ろされるのであった。

瀬戸、美濃《みの》、信楽《しがらき》のやきものは、陸路や琵琶湖を運航する船を利用し、京都の東玄関口の三条大橋を経て、三条通り界隈のやきもの問屋に運ばれてきた。

それだけに、筑後屋の近くには大八車の行き来が激しく、筒袖半纏《つつそではんてん》一枚に褌《ふんどし》姿の人足の姿が目立った。

どこもが繁盛を極めていた。

筑後屋は間口が十間、奥行きは十五間もある大店《おおだな》だった。

奥の蔵のそばには、各窯業地からの木箱や菰包みを納める厚板壁の荷小屋が、幾棟も建ち並んでいるほどだった。

黒々と波打つ屋根瓦、二階に整然と連なる白い漆喰《しっくい》塗りの虫籠窓《むしこまど》、そうした筑後屋の構えが、周りの商家の中でも、その威容を際立たせている。

手代の松吉は頰のこけた顔の目を光らせ、小僧たちの動きと帳付けをする正七の手許を見定めていた。

三条通りに面した表から、やきものを詰め込んだ木箱や菰包みが、つぎつぎに土間を通り抜け、奥に運ばれていく。店の右側の帳場では、若旦那・彦市郎の弟の次郎助が、総番頭の伊兵衛と額をつき合わせ、そろばんを弾《はじ》いていた。

次郎助は兄の彦市郎より二つ年下。だがこうして帳場に坐っている姿を見ると、彦市郎とは出来の違いがはっきりわかるほど、貫禄がうかがわれた。

大旦那の彦右衛門は、二年前に連れ合いに死なれ、自身もいま病に臥せっている。再起はもうおぼつかなかった。

店は事実上、総領息子の彦市郎が宰領していた。

だが店の後継ぎにほぼ決まっているかれは、商いを弟の次郎助に委せ切りにしていた。日夜、稽古事や遊びに没頭しているありさまだった。

そのくせ、銭勘定だけはやかましく、十数人いる男衆や女子衆《おなごし》が食べる惣菜の類にまで口を挟んだ。吝嗇《けち》な若旦那として、町内の評判も悪かった。

筑後屋彦右衛門はかれで三代目。死んだ女房のおもよは、まだ意識がはっきりしているとき、夫の彦右衛門に幾度も詫《わ》びていた。

「うちが総領息子やさかいといい、彦市郎を甘やかして育てたのが間違うてました。それであの子は、大人になっても商人の心得がわからへんのどす。こうなったら、次郎助に店を継がせとうおすけど、次郎助はほんまのところ、どう思うていますのやろ。兄さまを押しのけてではきっと嫌どすわなあ。お母はんが兄さまの道楽をそない案じはらんかて、わたしが口喧嘩をしてでも、お店だけはきちんと守っていきます。兄さまもそのうち目を醒まし、商いに励むようになりまっしゃろと、先日も次郎助がいうてました。けどうちは、どうしても彦市郎には気が許せしまへん。いっそ彦市郎を若隠居させ、次郎助に店を継がせたら、どないどすやろ。そうしとくれやす。うちの最期のお願いどす」

　おもよはこう懇願したが、彦右衛門は彦市郎が可愛く、うなずかなかった。

「総領息子を家から出し、若隠居なんかさせたら、同業者から笑われます。店には総番頭の伊兵衛をはじめ、二番番頭もいることどすさかい、彦市郎が少々怠けていたかて、商いに障りはありまへん。第一、親戚筋にそんな相談をかけたら、あれこれ口を出され、家の中がわやになりますがな。弟の次郎助がおまえに、兄と口喧嘩してでも店を守っていくというてるのどすさかい、それでよろしゅうおすわ。次郎助は欲のない奴どすさかい、兄を立ててきちんとやっていきまっしゃろ。そやけどほんまをいえばわたしかて、兄と弟が入れ替わっていてくれたら、どれだけ安心やろと思うてます。まあ、こんな愚痴《ぐち》をいうてても仕方ありまへんわなあ。彦市郎もそのうち少しは落ち着いてくれまっしゃろ」

いま病の床につく彦右衛門は、妻のおもよにこういい、それをずっと願っていた。ところがかれの病が悪化するにつれ、彦市郎の遊蕩《ゆうとう》はむしろ激しくなった。近頃では祇園や北野遊廓のならず者と近付きになり、賭場にもこっそり出入りしているようすだった。

松吉はそんな彦市郎の付き手代。その行状をすべて知っていた。

だが生来、利に聡《さと》い性格をそなえており、若旦那の彦市郎に忠義面を見せながら、その実、かれに愛想尽かしをしていた。小店でもいい、自分の店を持ちたいと、ひそかに考えていたのだ。

遊びに出かけ、彦市郎から財布を預けられたら、すかさず勘定を誤魔化す。かれの彦市郎への追従には、筑後屋の店の者だけではなく、出入りの商人たちもあきれていた。

筑後屋の店の前で行われていた大八車からの荷下ろしも、あらかたすまされた。

今頃、彦市郎は昨日の夜遊びがすぎ、部屋でまだぐっすり眠っているはずだった。

そのとき、松吉に若い女が近付いてきた。

「筑後屋の手代の松吉はんどすなあ」

女は粋筋の者だとみえ、親しげなようすで声をかけてきた。

「へえ、わたしが手代の松吉どす」

かれは彦市郎の夜遊びを知っているだけに、見知らぬ若い女にも、警戒の気配もなくうなずいた。

「そしたらいまからちょっと、きていただけしまへんやろか。向こうのそば屋で、お待ちやしてるお人がいてはるんどす」

彼女は媚《こ》びをふくんだ顔で告げた。

「向こうのそば屋いうたらそば政やな。わしを待ってはるいうのは誰どす」

「そのお人は、筑後屋の若旦那さまと手代の松吉はんについて、重要な話があるというてはりましたわ」

「なにっ、わしと若旦那さまについて重要な話どすと。それは男はんどすか、それとも女子はんどすかいな」

松吉は彼女に一応たずねたが、男女どちらからなにをきかされても、訝《いぶか》しくはないと思っていた。

筑後屋の店内《みせうち》や同業者、さらには町内でも、彦市郎の悪評は極まっている。店の相続についても、あれこれしきりに取り沙汰されていたからだ。

「松吉はんを呼んできてほしいと頼まはったのは男はん、お坊さまどす」

「お坊さまやと――」

かれは相手が僧侶だときかされても、十日ほど前、若旦那の彦市郎が角倉会所の船馬場で起した騒動など、全く記憶から欠落させていた。

彦市郎には珍しいことでもなかったからだ。

――お坊さまがわしを待ってはるんやと。祇園や北野のならず者やのうて、ひとまず安心やけど、お坊さまがわしになんの用やろなあ。わしが若旦那さまの付き手代やいうのを、知ってはるに違いないわい。すると、筑後屋の菩提寺・安楽寺の和尚《おしょう》さまやろか。和尚さまが筑後屋のとんでもない話を耳に入れはって、若旦那のために、それをわしにそっときかせてくれはるのかもしれへん。安楽寺の和尚さまは檀家《だんか》のお人たちから、一枚だ二枚だ南無阿弥陀《なんまいだ》と、お経をまるで小判を数えるように読まはると、悪口をいわれてはる。次郎助さまは、銭勘定ばっかり考えてはる和尚さまを嫌うてはるさかい、彦市郎の若旦那さまにはお味方になるわけや。

松吉は胸でめまぐるしく考えた。

筑後屋の店の中をひょいと覗《のぞ》き、若い女の跡につき、半町ほど離れたそば政に急いだ。

「お坊さまは店の奥でお待ちどす。ほなうちは、これで去《い》なせていただきます」

女はそば政の前までくると、松吉に軽く頭を下げ、細身の身体をひるがえした。

「あの女子、なんやな。安楽寺の和尚さまから小銭を摑まされ、わしを呼びにきただけやったんかいな」

松吉は口に出して愚痴り、そば政の暖簾《のれん》をくぐった。

正午には少し間があり、店はがらんとしていた。

奥からそばを茹《ゆ》でる匂いが濃く漂い、店の南西隅の飯台に、僧侶が一人向いていた。

——あれっ、安楽寺の和尚さまやないがな。そしたらどこの坊さまなんやろ。もしかしたら、和尚さまの使いかもしれへん。

それでもまだ松吉は、先日の事件を思い出さなかった。

今日の明珠は頭をきれいに剃《そ》り、真新しい墨染めに、これもまた真《ま》っ新《さら》の白衣を着ていた。

これで数珠でもたずさえれば立派な僧侶だ。

だが町医も、墨染めの裾がやや短いだけで、だいたいこんな格好をしていた。

「お坊さま、わたしが筑後屋の手代の松吉どすけど、ご用とはなんどっしゃろ。わたしを呼びにきはった女子はんから、若旦那さまとわたしについて、重要な話があるとききましたけど。お坊さまは安楽寺の和尚さまのお使いどすか——」

かれは不審そうな顔で飯台に近付き、明珠に声をかけた。

「なるほど、松吉じゃな。まあ、わしの前に腰を下ろすがよかろう」

「へえ、そうさせていただきますけど——」

なにか怯《ひる》みを覚え、松吉は明珠の顔に目を据えたまま、おずおずと床几《しょうぎ》に腰を下ろした。

「松吉、そなたわしを見覚えておらぬのか——」

明珠は威厳をそなえた声でたずねた。

「見覚えいうて、どこでお会いいたしましたんかいなあ」

「痴《し》れ者につける薬はないともうすが、そなたも迂闊《うかつ》な奴じゃわい。十日ほど前、角倉会所の船馬場で、寝ていたわしの空徳利の枕を、筑後屋の放蕩息子が蹴飛ばしたただろうが——」

松吉を睨み付け、明珠は恫喝《どうかつ》する口調でいった。

「あ、あのときのお坊さま——」

かれは小声で短く叫んだ。

「あのときのお坊さまではないわい。松吉、そなたあの折、彦市郎が懐からぽとりと落した印伝革の財布を、さっと自分の懐に入れたであろうが。あの財布には、おそらく十両ほど入っていたはず。草の上に落ちたとて、それくらい判じられるわい。その金を自分のものにして、そなたは知らぬ顔でいるのじゃな。わしがちょっときいたところ、そなたは彦市郎の付き手代というより、腰巾着《こしぎんちゃく》だそうだのう。これまで若旦那の銭を、どれだけちょろまかしてきた。正直にいうてみい」

「そ、そんな財布や銭なんか知りまへん」

「嘘をもうすな。わしはこっそり近くで確かめたわい。彦市郎の財布は別物に替わっていた。印伝革の財布を落したからよ。わしがこれらの一切を、彦市郎にもうし伝えたら、そなたは店から暇を出されるのは、確実だわなあ」

「お、お坊さまは、わ、わたしを脅《おど》してはるんどすか——」

「おう、脅しているのじゃ。だがなあ、わしはそなたに金を出せとはもうしておらぬぞ。いささかわしのいうことをきいてくれたら、そなたの悪事は内緒にしておいてとらせるが、どうじゃ」

明珠は笑みをたたえた顔で持ちかけた。

「そんなんいわはり、わたしはなにをしたらええのどす」

松吉は顔を蒼白にして肩を小刻みに震わせ、小声でたずねた。

「さしたることではない。ここに粉薬が小量ある。これをなにかに混ぜ、彦市郎に飲ませてくれればよいのじゃ。毒をもって、奴を殺そうとしているのではないぞ。彦市郎、いや筑後屋が抱えている病を、ちょっと治してやるまでのことよ。わしはまことは医者でなあ。そなたにも決して悪い相談ではないはずだが——」

「へえっ、そんなことどすか。そ、そしたらさせていただきます」

松吉は自分の悪事をはっきり指摘され、目前の坊主の許から、少しでも早く立ち去りたかった。

明珠が懐から紙に包んだ粉薬を取り出した。

それはかれが薬研で擂《す》り、汁を煮て粉にしたうえ、甘草《かんぞう》に混ぜた秘薬であった。

「確かにいたすのじゃぞ。粉薬の効果は五、六日のうちに表れてまいる。その効が彦市郎の奴に見かけられねば、そなたがわしの頼みをきかなんだとして、そなたの悪事一切を、彦市郎に伝えてやるでなあ。されば話は決まった。手打ちとして、ともにそばでも食おうぞ」

明珠は快活に勧めた。

だが松吉はそれはもう堪忍《かんにん》しておくれやすといい、逃げるように店から出ていった。

それから六日後、重兵衛が尾張屋の肘付き台に向かい、今夜も酒を飲んでいた。

「宗因の親っさん、この間、話してくれはった三条富小路の筑後屋の若旦那のことやけど、うちの若い衆が実際に見てきたそうどす。目は虚《うつ》ろで手を震わせ、涎《よだれ》を垂らしてどうにもならんようどすわ。どこの医者も首をかしげ、匙《さじ》を投げてるといいまっせ」

重兵衛の話を無言でききながら、宗因はかれのために鰆《さわら》を焼いていた。

肘付き台の隅に丹波の壺が置かれ、そこに遅咲きの桜が活《い》けられている。いつもならくすんで見える店の中が、なんとなく華やいでいた。

「ところでこの桜、どないしはったんどす」

「今朝ほど明珠どのがござっぱりした身形で現われ、持ってきてくれたのじゃ。頭はきれいに剃り上げられていたわい。先日の花見は胸糞が悪うございました。今夜、この尾張屋でいっぱい酒を飲み、それがしのお披露目とさせていただきたいと、殊勝にいうておられた」

筑後屋彦市郎の狂態が何者の仕業なのか、宗因だけはすでに勘付いていた。そしてその彦市郎の狂態もやがて治まるに違いなかった。

「そうどすか。そしたら明珠はんは、やっと町医になる覚悟を付けはりましたのやな。そらめでたいことどすがな。わしが町医の看板を、彫らせていただきまひょうかいな」

かれが明るい顔で宗因にいったとき、法体《ほったい》の明珠が、ごめんなされと暖簾を分け、店に現われた。

かれとともに、清冽《せいれつ》な水の匂いが表から漂ってきた。

螢の夜

一

「柳の枝がすっかり青うなりましたなあ」

「この時節になると、高瀬川の水の匂いが、濃く感じられますやないか」

「もうすぐ梅雨、それがすんだら夏がきて、また暑い暑いとぼやいて暮らさななりまへん。ほんまに一年が早うすぎていきますわ——」

「歳を取ると、それがいっそう早いみたいどすなあ」

「人間の歳いうもんは、最初はゆっくり、つぎにはぼちぼち、それから後は、俄《にわ》かに早う取っていくみたいどす」

尾張屋の宗因は、店で商《あきな》う泥鰌《どじょう》や若狭鰈《わかさがれい》などを錦小路《にしきこうじ》で買い、それを入れた竹籠《たけかご》をぶら下げ、四条小橋を渡りかけていた。

足許の船乗場の待合床几《しょうぎ》に、中年の男二人が、腰をかけているのが見える。

二条から高瀬船が下ってくるのを待ちながら、愚痴《ぐち》めいた口調でこんな話をしていた。

四条小橋は高瀬船がくぐり抜けるため、弧線状《こせん》に架《か》けられている。それを西から東に渡ったすぐそばに、大きな石灯籠《いしどうろう》が一基、でんとすえられていた。

夜にはこの石灯籠の火袋《ひぶくろ》に、近くの番屋に詰める町雇いの男が、火を点《とも》すことになっている。もとは南北に各一基ずつあったそうだが、いまは北側の一基だけになっていた。

「あのどでかい石灯籠は、高瀬川を支配してはる角倉《すみのくら》家が、据《す》えはったもんやとばっかり思うてたけど、実はそうではないのやてなあ」

「おまえ、毎日のようにそばを通りながら、そんなことも知らんのかいな。あの石灯籠は、もともとは川向うの祇園社《ぎおんしゃ》のために立てられたもんやわい。祇園社の一の鳥居は四条京極の東、いまでいうたら河原町の近くに立っており、二の鳥居は鴨川の向うの東石垣《とうせき》町、南座の辺りに立っていたそうやわ。それが一の鳥居は洪水で流され、二の鳥居は応仁の乱のときに、焼け失せてしまったんやと。四条通りから見えてる祇園社は平安の昔、桓武天皇さまがここに京《みやこ》を造らはった以前から、あそこに祀《まつ》られていたありがたい社で、あの石灯籠は参詣道に立てられていたというこっちゃ」

「わし、そんなん知らなんだわ――」

「昔、酔狂な金持ちの商人がいたんやなあ。常夜灯と刻まれてる中台《ちゅうだい》の石の裏に、寛永十六年（一六三九）の年号と、夷屋《えびすや》八郎《はちろう》右衛門《えもん》と彫ってあるやろな。尤《もっと》も寛永の年号はしっかり読めるけど、夷屋八郎右衛門の名前は、彫りが薄れて読み辛ろうなってるけどなあ」

「寛永いうたら、三代将軍家光さまの時代とちゃうかいな」

「そうやがな。まあざっと数えて百四、五十年前のこっちゃ。石や木とは恐ろしいもので、百四、五十年もの歳月、雨に打たれ風に晒《さら》されながらも、あの石灯籠はああしてじっと立っているのじゃわい」

いつか宗因がその石灯籠のそばを通りかかったとき、職人風の男たちが話を交わしていた。

石灯籠は石を材料として製作された灯籠。本来は仏堂の前に立てて本尊に献灯する仏具で、照明のためのものではなかった。

だが室町時代以降、社寺に恩顧を受けた人々が奉献する風潮が生れた。

全国のどこの社寺にも、祈願のための石灯籠が、参道の脇などにずらっと並んでいる。

社寺の石灯籠は八角形、六角形、四角形にかぎられ、下から基壇（礎）、竿、中台、火袋、笠、宝珠の各部でととのえられているのが普通だった。

四条小橋の東北に立てられている大きな石灯籠の裏側には、確かに寛永十六年十月十日、奉献・夷屋八郎右衛門――と彫られていた。

その夷屋八郎右衛門がいったい何者なのか、百五十年近く経ったいまでは、付近の橋本町や真町《しんちょう》の人たちにもわからなくなっていた。

「えんやほい、えんやほい――」

宗因が四条小橋を渡り終えると、高瀬川の下流から荷船を曳《ひ》き上げる人足たちの掛け声がひびいてきた。

かれは木屋町（樵木町《こりきちょう》）筋に止まり、四条小橋の橋桁《はしげた》の向うをのぞくように眺めた。

そしてそばに立つ大きな石灯籠の基壇に、そこでときどき見かける老婆が、ひっそり腰を下ろしているのに気付いた。

老婆は衣替えの季節がすぎたというのに、着古した冬物の袷《あわせ》をきて、どこか垢染《あか》みたようすだった。

貧しさがはっきりうかがわれた。

さらには貧しさがそうさせたのか、頭に小さな髷《まげ》を結った顔には、依怙《えこ》地な性格がのぞき、ひどく瘦《や》せていた。

彼女は宗因とふと目が合うと、かれを鋭い目付きでじろっと睨《にら》んだ。

それに宗因は、柔らかい微笑で応えた。

「お婆《ばば》どの、青葉の季節になったとはいえ、水辺の近く、しかも石灯籠の基壇に腰を下ろしておいでては、身体が冷えましょう」

心底、それを案じての言葉だった。

「ふうん、わしみたいなお婆に親切ごかしになあ。なにか下心があってのことかいな。そなたはわしが、こうしてここに腰を下ろしているとき、たびたび見かける顔じゃが、どこの男じゃい。大根にねぎなんか入れた籠を、ぶら下げおってからに。男のくせに恥ずかしくないのか」

彼女は宗因を嘲《あざけ》るようにいった。

「お婆どの、わしにはなんの下心もありまへんわい。本当にそう思うただけのことじゃ。わしはこの木屋町筋のすぐ先で、尾張屋という居酒屋を一人で営んでいますのや。いま店で売る品物を、錦小路まで仕入れに行った戻りどすわ」

「ふん、そうかいな。それはわかったわい。そやけどどうせ安く買い叩《たた》いてきた古大根や雑魚《ざこ》を、見た目には旨《うま》そうに煮たり焼いたりして、客に法外な値段で売り付けるのやろ。そんな腹黒い算段をしているに違いないわい」

お歯黒《はぐろ》の剝《は》げた口から、またもやとんでもない悪態が吐き捨てられた。

「わしも食うていかねばならぬゆえ、少しぐらいは儲けさせてもろうております。けど居酒屋の儲けなど、たかがしれてますわいな」

「それは腹黒い商人《あきんど》の口癖じゃわなあ。忙しゅうおすかとたずねると、商人は誰もがぼちぼちどすと答えおる。大忙しで大儲けしていてもじゃわい。またほんまのところは十分儲けておりながら、元値を切って売らさせていただいてますと、平気な顔で客に嘘をつきよる。客をばかにしているんじゃ」

「お婆どの、広い世の中、そんな商人もいてるかもしれまへん。けど、阿漕《あこぎ》な商人ばかりではございませぬぞよ。けちな居酒屋を営んでいるとはもうせ、わしはまっとうな商いをしているつもりでございまするが――」

宗因は老婆の横柄な口利きと態度に、どことなく圧倒されていた。

「ふん、おぬしがそういうのやったら、それがほんまやとしておいてやろう。そやけど一人で居酒屋を営んでいるのやったら、人手が足らんのと違うか。わしみたいなお婆に、気安く声をかけよったたんは、どうせ人手がほしいさかい、店の手伝いでもさせようという魂胆なんやろ」

「とんでもない。さような気持は毛ほども持っていまへんわ」

「ふうん、そうやろうかのう」

彼女がまた宗因の顔をじろりと眺めたとき、威勢のいい掛け声を上げ、高瀬船が二人の近くを曳き上がっていった。

「尾張屋の宗因さま、いまお買物のお戻りどすか――」

「今夜、店に寄せさせていただきますさかい」

そこに宗因が立っているのに気付いた伊八につづき、米造がかれに声をかけ、また上《かみ》に遠ざかっていった。

「えらい力仕事をして稼いだ銭を、うまいこと剝ぎ取ろうとしている居酒屋の主《あるじ》に、間抜けな挨拶《あいさつ》をしていくもんじゃわい。世の中の裏も知らんと、甘い曳き人足どもじゃ」

老婆の言葉には、一つひとつに棘《とげ》がふくまれていた。

「お婆どの、そうまでいわれずとも――」

さすがに宗因は憮然《ぶぜん》とした顔でつぶやいた。

「わしが思うたままをいうたのがなぜ悪い。わしは心で思うたことを、正直にいうたまでよ。そなた、わしの言葉に腹を立てたのなら、いっそこの高瀬川に蹴落したらどうじゃ」

「とんでもない。さような乱暴、それがしにはできかねまする」

「髪は後ろで一つに束ね、ときどき侍言葉になるとは、変な居酒屋の主《あるじ》じゃわい。そなた、騙《かた》りとちゃうか――」

「騙り呼ばわりは心外。わしが居酒屋の主ではないとお疑いなら、ともに店まできて、お茶でも飲んでお戻りになられませぬか。いや、正午《ひる》が近うございますゆえ、わしの手料理で、朝焚《た》いた御飯でも軽く食べられませ。この竹籠の中には、今朝早く若狭の小浜《おばま》から届いた一夜干しの鰈が入っておりもうす。それを惣菜にして、いかがでございます。人間、腹が空いていると、とかく気が立つともうしますのでなあ」

　宗因はまるで稚子《ややこ》をあやす調子で、老婆にいいかけた。

「そなた、うまいこと口車に乗せ、わしを店の客として、引き込もうとしているのではあるまいのう。わしが鐚銭《びたせん》一枚持っておらぬのを承知の上なら、その尾張屋とやらに付いていってやろう。ここでさらに念を押しておくが、御膳を食わしたからといい、やい店の掃除をせよの皿を洗えのといい付けたとて、わしはなにもせぬぞよ。それでよいのなら、店に案内しなはれ」

　老婆はどこまでも居丈高だった。

「それがしはさような不埒《ふらち》は決してもうしませぬわい。ともかく、まいりましょうぞ」

宗因は老婆をうながし、石灯籠の基壇から立たせた。

老婆がこころもとなげな足取りで、宗因の横に付いて歩き、二人はすぐ尾張屋の表に着いた。

「尾張屋、ここがそなたの営む居酒屋かえ」

表の腰板障子戸の油紙に、太い字で書かれた屋号を見て、老婆がたずねた。

「いかにも、ここでございます。どうぞお入りくだされ」

奇妙な顔付きで立つ彼女に笑いかけ、宗因はがらっと表戸を開けた。

宗因には、老婆が相当腹を空かせていることぐらい、すでに察せられていた。

悪態を吐《つ》き、横柄な口利きをしていても、老婆の本質は決して意地悪ではない。ただ単に依怙地にすぎないと、宗因は見ていた。

「そしたら入らせてもらいますぞえ」

「どうぞ、遠慮のう入っておくれやす」

宗因は老婆が店に足を踏み入れると、自分は急いで奥に進み、竹籠を置いて前掛けを締めた。

ついで屈《かが》み込み、竹籠の中から大きな竹皮で包んだ若狭鰈を取り出し、調理場に廻った。

「そなたは侍でもなし、芯《しん》からの商人でもなし、妙な口利きをする男じゃなあ。この店を始めて何年になるのじゃ」

老婆は薄暗い店の中を眺め渡しながらたずねた。

「そんなん、どうでもよろしゅうおすがな。飯台のほうか、それとも肘付《ひじつ》き台のほうに腰を下ろさはりますか――」

「わしは飯台より、肘付き台に向かうほうがええわい。ほう、若狭鰈を焼くため、種火からもう火を熾《おこ》し始めているのかいな。その渋団扇《しぶうちわ》を使う手付き、なかなか馴《な》れているのう。その手付きと店のようすを見るかぎり、そなたはこの尾張屋の主に相違あるまい。男どもはこうして肘付き台に向かって腰を下ろし、主のそなたと話をしながら、酒を飲むのじゃな。わしも男に生れてきたなら、おそらくそうしていただろうがなあ」

老婆は、若狭鰈を遠火で焼き始めた宗因に、開けられたままの表戸から外を眺めたりして、感慨深そうな声を漏《も》らした。

彼女の言葉遣いが横柄なのは、育ちからくるもので、彼女の依怙地はただの強がりにすぎまい。本当のところはそうでないのが、宗因には少しずつわかりかけていた。

「そしたらお婆どの、燗《かん》を付けますほどに、いっぱいぐっとお飲みにならはりますか——」

宗因は若狭鰈を菜箸《さいばし》でひっくり返しながらたずねた。

「いやいや、わしは酒など飲めしまへん。それより御飯を食べさせてもらいまひょ。鰈の焼ける旨そうな匂いを嗅《か》いでいたら、急に腹が空いたわい。御飯は朝焚いたものだというていたが、それで十分じゃ。早ういたしなされ」

老婆は遠慮なく宗因を急がせた。

「はいはい、早速いたします。朝食べ残しておいてよかったわい」

「わしを店に誘っておきながら、なにをぶつぶついうているのじゃ。それにお茶をいっぱいもらいたいものじゃ」

矢継ぎ早に老婆は催促した。

「わかりました。すぐいたしますほどに、ちょっとお待ちのほどを——」

宗因は彼女をあやすようにいった。

「えんやほい、えんやほい——」

店の前をまた高瀬船の曳き人足たちの声が通りすぎ、積み荷を満載した船が、少しずつ曳き上げられていった。

尾張屋の店先の軒下で、燕《つばめ》が巣作りでもしているのか、親鳥が中空で静止したまま、羽ばたいていた。

「尾張屋の宗因さま——」

このとき、改めてお妙の子とされたおみわの小さな顔が、店の表口にのぞいた。

母親のお妙は、宗因と弥助《やすけ》の勧めや角倉会所《すみのくらかいしょ》の頭取児玉吉右衛門《こだまきちえもん》の説諭《せつゆ》を受け入れ、御物師《おものし》（縫い物係）として、再び角倉会所に雇われていた。

「おお、そなたはおみわちゃんではないか。いま頃どうしたのじゃ」

「うち、女船頭頭《がしら》のお時はんに、高瀬船に乗りたいと頼んだのやねん。そしたらお時はんが、松原までやったらええといわはり、お客はんといっしょに乗せてくれはったんやわ。松原の船着場で下り、いま角倉会所に戻る途中やねん。お店の前を通りかかったら、表の戸が開いてたさかい、ちょっとご挨拶をと思うたんどす」

「それはそれは、よく声をかけてくれたのう。どうじゃ、なにか食べてまいらぬか」

「いいえ、結構どす。早く会所に戻らな、お母ちゃんが心配しはりますさかい」

彼女はぴょこんと頭を下げ、北に駆け出していった。

おみわは四条室町に大店《おおだな》を構える呉服屋、「越後屋」吉兵衛が、外の女子《おなご》に産ませた子。母親が死んだため店に引き取られたが、吉兵衛夫婦に酷《むご》く扱われていた。

その最中《さなか》、一旦は所帯を構えたものの、博打《ばくち》好きな夫の松次に死なれ、酌婦《しゃくふ》として不幸な生活をしていたお妙とめぐり合った。

お妙とおみわは、いまでは本当の母娘のように、三条に近い北車屋町の長屋に住んでいるのである。

酒を蟒蛇《うわばみ》みたいに飲んでいたお妙は、ぴたっとその酒を断っていた。

「あの子はおみわちゃん。もう五つにならはるそうどすなあ」

老婆がぼそっとつぶやいた。

「お婆どのはあの子をご存知でございますのか——」

宗因の驚いた声に、老婆は黙ってうなずいた。

尾張屋の軒下から、燕がさっと青空に飛翔《ひしょう》していった。

二

今夜も居酒屋の尾張屋は賑《にぎ》わっていた。

「重兵衛の棟梁、また今夜もどすかいな——」

暖簾《のれん》をかき分け入ってきた高瀬船の曳き人足たちが、肘付き台に向かい腰を下ろしている白髪頭の重兵衛に声をかけた。

「一日、ご苦労さまどしたなあ。そちらはんもまた今夜もどすかいな」

「へえ、酒を飲むのは毎晩。この尾張屋でいっぱい引っかけて戻らなんだら、決まって家で飲んでますわいな。嬶《かかあ》の奴が、尾張屋で飲んできておくれやすというてます。そのほうが、手間がはぶけてええのやそうどすわ。家でぐだぐだ酒を飲まれていると、なかなか片付かしまへんと愚痴られますのや」

「なるほど。わしも女房のお茂に、そう愚痴られてのお出ましなのよ」

「そら、お互い結構なことどすなあ」

重兵衛に声をかけた人足は、ではといい、仲間が腰を下ろす飯台のほうへ進んでいった。

重兵衛は四条小橋に近い米屋町の長屋に住んでいる。

宗因と特別、親しくしている角倉会所の弥助は、いまは西船頭町の長屋住まい。四条通りを挟み、米屋町は北で、西船頭町は南であった。

重兵衛はもと幕府御大工頭《おんだいくがしら》中井家の組頭を務めていたが、いまでは一線から退き、ときおり主家に出かけるだけだった。

「重兵衛はん、それはもう一本燗を付けてくれというてはるんどすか」

調理場に立つ宗因は、かれが右手に持った銚子を、ぶらぶらさせているのを見てたずねた。

「ああ宗因の親っさん、もう一本だけお願いしますわ。今夜はそれで止《や》めておきますさかい」

「そないいわはりますけど、すでに四本も銚子を空けられてます。お身体《からだ》に悪くはございませぬかな」

宗因は重兵衛の顔色をうかがいながらきいた。

「親っさん、わしが身体の工合を考え、いつも物を食べながら酒を飲んでいるのを、知ってはりまっしゃろ。いまも泥鰌《どじょう》の蒲焼きに大根おろし、それに柿膾《かきなます》を食べたところどすがな」

かれは肘付き台に置かれた柿膾の小鉢を、指差して力《りき》んだ。

柿膾は細長く刻んだ大根が七、八割、同じように刻まれた人参二、三割を、酢に水を少しくわえ、甘味を付けて軽く焚《た》き上げる。

柿のある季節には、干柿が用いられる場合もあるが、人参の色合いが柿に似ているため、柿膾といわれていた。

　宗因はいつも柿膾を大量に作り置き、それをまず小鉢に入れ、突き出しに用いていた。

「重兵衛はんにそうまでいわれたら、もう一本出さな仕方ございませぬな」

　かれは口許に微笑をふくませていい、燗付けをしていた何本かの銚子の中から、一本をひょいと摘《つま》み上げた。

　布巾で底の濡《ぬ》れをぬぐい、肘付き台に置いた。

「おおきにおおきに。この一本、今夜の最後として、よう味おうて飲ませていただきます。酒飲みはどうも口が卑しくて困ります。こう見えても昔は、銚子を十本ぐらい空けても、けろっとしていたもんどすわ。年を取ると、やっぱり酒量が落ちますなあ」

「五本目の銚子を飲もうとしながら、なにを横着なことをいわはりますのじゃ。わしなど客のみなさま方から盃《さかずき》を勧められ、銚子にしたら一本ぐらい飲んだだけで、もうぼっと酔払ってしまいます。商いが面倒になりますわい」

「居酒屋の主がそれでは、商売にならしまへんなあ。客が勧めてくれたらどれだけでも酒を飲み、勘定をごそっともらわな、居酒屋なんかやってられしまへんやろ」

「さように阿漕《あこぎ》な商い、わしにはできませぬわい。尾張屋にまいる客は、日銭稼ぎの船曳き人足や荷積み人足がほとんど。汗を流して稼いできた銭を、少しでも余分に使わせてはもうしわけないと、心得ております」

宗因は重兵衛の不埒な言葉を不快に思ったのか、眉《まゆ》をひそめていった。

「そんな心掛けで商いをしてはりますさかい、尾張屋はいつも繁盛しているんどすわ。居酒屋や飯屋には、それぞれの商売のやり方がありますさかい、それはそれでええのと違いますか」

かれは宗因にいい、手酌でついだ盃をぐっと空けた。

「ところで重兵衛の親っさん、今夜は仕立てのええ袖無し羽織を着ておられますのじゃなあ」

宗因はかれが着た利休茶の袖無し羽織を改めて見つめ、褒《ほ》めたたえた。

「ああ、これどすか。この袖無し羽織は去年の夏、角倉会所に雇われ、御物師として仕事を始めたお妙はんが、頭取さまのもうし付けで縫い上げてくれはったもんどす。普照《ふしょう》さまのため、安曇川《あどがわ》の上流に橋を架《か》けたときには大変世話になったと、労《ねぎ》らわれていただいたんどすわ」

重兵衛は身につけた袖無し羽織を見下ろし、誇らしげに告げた。

「それはようございましたなあ。お妙どのは、初めは角倉会所で女船頭として働いておられましたが、伏見の船宿で働く手代と所帯を持った後、その手代が博打好きのため、えらい苦労をいたされました。幸いともうすか、それとも不幸にもともうすべきか、夫の手代が店の金に手を付けているのが知れて店から暇を出されたうえ、賭場の悶着から人に刺し殺されてしまいました。お妙どのはその前から酌婦をして働いておられましたが、それこそ売り上げを増やすため、酒を浴びるほど飲み、身心ともぼろぼろになっておいでてございました。されど、お妙どのを母と慕う不幸な女の子をもらわれ、わしや角倉会所の頭取さまの言葉に従ってくだされた。もとの暮らしに戻られ、わしをはじめお妙どのが兄のように慕うていた弥助の奴も、ほっとしております」

「わが家へこの袖無し羽織を持参してくだされた頭取の吉右衛門さまによれば、お妙はんはほんまのところ酒は大嫌い。ただ店の売り上げと自分の稼ぎ、また気持をまぎらわすため、客に勧められるまま飲んでいただけやったそうどすわ。そんな荒れた暮らしをしていたら、身体も心もぼろぼろになるぐらい、端《はな》からわかっていたといいます。それがいまではぴりっとして、御物師頭のおりようはんの許で、縫い仕事に精を出してはりますがな。頭取さまは当人が望むのであれば、そのうちまた女船頭に戻ってもらってもよいというてはりました」

「あのお妙どのは女船頭として働いていた頃、誰よりも高瀬川女船歌を上手に唄うと評判されていたからのう」

「頭取さまは、お妙はんが落ち着いた暮らしを始められたのは、みんな尾張屋の宗因さまや篠山《ささやま》へお戻りやした藤蔵《とうぞう》はんのお陰やと、感謝してはりましたわ」

重兵衛は自分が当の頭取やお妙の気持になり、宗因に向かい頭を下げた。

「いや、あの赤坂藤蔵どのやわしは、少しぐらい役立ったかもしれぬが、お妙どのがもとの暮らしに戻る気になられたのは、なんともうしてもおみわちゃんのお陰。実の母に死なれ、実の父親から疎《うと》まれて暮らしていた可愛らしい女の子を、得られたからに相違あるまい。この世を寂しく生きていた二人が、齢こそ違え相まみえて、実の母娘同然に暮らし始めたのじゃ。つい数日前にも、おみわちゃんがお時どのにせがみ、高瀬船に乗せてもろうたのだともうし、尾張屋に顔を見せていったが、一段とよい子になったようすだったわい」

「さようでございましたか——」

重兵衛は酒を飲むのも忘れ、宗因の話にきき入っていた。

角倉会所で御物師として働き出したお妙が、北車屋町の長屋に住んでいるのは、子持ちのためだった。

昼間、お妙が角倉会所に出かけているとき、彼女をお母ちゃんと呼んでいるおみわは、会所の近くで遊んだり、小僧たちの手伝いをしたりしてすごしていた。

角倉会所の御物師たちは、御物師頭おりょうの許で、同所で働く多くの人々が用いるあらゆる物を縫っていた。

それは上物では打ち掛けや袿《うちぎ》、小袖や切り袴、日常品では脛巾《はばき》から雑巾《ぞうきん》にまでおよんでいた。御物師部屋と名付けられた広い特別な部屋が、設けられているほどだった。

お妙の縫い物をする腕は巧みで、以前から御物師頭のおりょうは、彼女に一目を置いていた。

おりょうがかつてお妙を白い目で見ていたのは、彼女の針仕事の腕を、羨望する気持からである。

ご禁裏さまの御局《おつぼね》で御服所《ごふくどころ》女官を務めていたおりょうは、自分の立場がお妙に取って替わられるのを恐れていたのだ。

角倉会所に、臑《すね》に疵《きず》を持って戻ってきたも同然なお妙に、もうそんな警戒心は無用であった。いまおりょうは、誰よりも親切にお妙に接していた。

「おみわちゃんが針仕事に興味をお持ちにならはりましたら、この御物師部屋に連れてきなされ。わたくしが頭取さまに、お許しを得させてもらいます。五つ六つの女のお子なら、だいたい針仕事に興味を抱きましょう。糸通しや糸取りなど、子どものできる仕事はどれだけでもございますさかい」

おりょうはそうお妙に勧めていた。

「弥助のおっちゃん、この頃、うちお母ちゃんに付いて、御物師部屋へ行こうかなと思うてますねん。そのうち針仕事ができるようになったら、最初におっちゃんの布脛巾を縫わせていただきますさかい、弥助のおっちゃんも、それをしっかり覚えておいておくれやす」

「おう、忘れんとくさかい、必ず縫ってくれや。もし布脛巾が無理やったら、足をぬぐう雑巾でもかまへんねんで――」

つい先日も、角倉会所の一画で弥助と顔を合わせ、おみわはかれにこういっていた。

「宗因の親っさん、わしら帰らせてもらいますわ。勘定を頼みます。勘定はきっちり四人割りにしておくんなはれ」

「な、なんやて。おれはおまえが尾張屋へ誘うてくれたさかい、てっきり奢《おご》ってくれるもんやと思うて付いてきたんやがな。なんやなそれは。おれ、銭なんか一文も持ってへんで――」

四人連れの一人が、年嵩《としかさ》の仲間に口を尖《とが》らせた。

「そ、そんなん。わし、そんなつもりでおまえたちを誘ったわけやないねんで。まあ考えてもみいな。貧乏たれのわしが、なんで四人分の飲み代を払えるのやな。そんなん、初めからわかるこっちゃろ」

肘付き台のかたわらで、小さな諍《いさか》いが突発した。

「まあまあ、そんなことで揉《も》めんといておくんなはれ。尾張屋としては、酒を飲む前も飲んだ後も、みんな仲良うしてもらわな困ります。そしたら三人分だけ酒手《さかて》（酒代）をいただき、一人分は負けさせてもらいまひょ。それでどうどす」

「おれらにはありがたいけど、それではこの尾張屋が損をするのとちゃうか。もうしわけないがな」

「損は損でも、元ぐらいはちゃんといただかせてもろうてます。是非、そうしてくんなはれ」

宗因の口調は、すっかり居酒屋の主のものになっていた。

「ほな、そうしてもらおか。おまえ宗因の親っさんに、ようお礼をいうとかなあかんねんで」

年嵩の男が、一文無しの男の後頭部に手を当て、無理矢理、宗因に頭を下げさせた。

「ここにこうして腰を下ろさせてもろうてますと、毎晩、あれこれなにかありますのやなあ」

四人連れから受け取った小銭を、宗因が銭箱に入れるのを見て、重兵衛がつぶやいた。

店の隅では、両手に持った箸《はし》で小鉢の縁を叩き、誰かが戯歌《ざれうた》を唄っていた。

「そうそう宗因の親っさん、わしなにか忘れていると思うてましたけど、いまひょいと思い出しましたわ」

重兵衛が急に勢い付き、肘付き台から身体を乗り出した。

「重兵衛はん、なにを思い出さはったんどす」

「ちょっときかせていただきますけど、この間、お仙のお婆さまが、ここにちょこんと腰を下ろしていはったそうどすなあ」

「お仙のお婆さまいうのは、どなたさまのことどす」

宗因は重兵衛からたずねられたことが皆目わからず、不審な顔で問い返した。

「それは、お妙はんとおみわちゃんが住んでる北車屋町の長屋に、独り住まいをしてはるお人どすわ」

「あのお婆さま――」

低くつぶやいた宗因の胸裏に、四条小橋の石灯籠のそばで出会い、店に連れてきた依怙地そうな老婆の姿が浮んできた。

　その老婆が、いま重兵衛のいる場所に腰かけていた顔付きまで、はっきり思い出した。

「そのお婆さまがいかがされたのでございます」

「北車屋町の長屋に住み始めたのは五、六年前からやそうどす。けどひどい貧乏な独り暮らしのうえ、なにかと口喧《くちやかま》しく、長屋の人々からも嫌われているときいておりますわい。お歳は七十をすぎてはり、もとはそこそこの暮らしをしていた商家のお人らしゅうございます。けど困ったことに、どこかお身体が悪いとみえ、近頃、ひどい咳をされるそうどすのや」

　重兵衛は言葉を渋りながらいった。

　そういえば、老婆は宗因の前で御飯を食べているとき、二、三度軽く咳込んでいた。

　宗因はふと暗い予兆を感じた。

三

　泥鰌の鰓下《えらした》に、千枚通しを巧みに打ち付ける。

そして小刀で、腹を小気味よく切り割いた。

今日も宗因は、錦小路の川魚屋で仕入れてきた泥鰌を、店の調理場でさばいていた。今夜の仕込みを始めたところだった。

暖簾はまだ揚げられていないが、表戸を開け放った戸口から、風にそよぐ柳の枝が眺められ、薫風《くんぷう》が店の中にまで吹き込んでいた。

筒桶《おけ》の中から、かれが一匹の泥鰌を摑み上げたとき、あわただしい足音が、店の中に走りこんできた。

宗因が何事かと目を上げると、小さなおみわが息を喘《あえ》がせて立っていた。

「おお、おみわちゃん、どうしたのじゃ」

かれの手から離れた泥鰌が、ぱちゃんと筒桶の中に落ち、水しぶきを上げた。

「そ、宗因さま、うちどないしよう」

おみわは険《けわ》しい顔でかれに訴えた。

「うちどないしようとは、なんの意味じゃ。さあ、わしに話してみるがよい。いったいなにが起ったのだ。なんであれ、わしがどうにかしてとらせるわい」

「へえ、ありがとうございます。そやけどうち、わからしまへんねん」

おみわは泣きそうな顔で答えた。

「なにがわからぬのじゃ。おみわちゃん、ゆっくりわしにもうしてみろ」

「一遍、ここで見た長屋のお婆ちゃんが、血を吐いて倒れはってな。そやさかい、西船頭町の角倉会所の長屋に住んではる明珠《みょうじゅ》さまいうお医者さまを、急いで呼んできてほしいと、長屋のお人に頼まれ、ここまで走ってきたんどす。そやけどうち、その西船頭町がどこか、ほんまのところわからへんねん」

「なにっ、あのお婆どのが血を吐いて倒れられたのだと――」

調理場から廻り込み、宗因は土間で息を喘がせるおみわの両肩に手をそえ、彼女に確かめた。

「うち見てたけど、お婆ちゃんは長屋の井戸で水を汲み、飲んではりましたのや。それが急に釣瓶《つるべ》を手放さはり、崩れるように倒れはったんどす。激しく咳込まはったあげく、真っ赤な血を口から仰山《ぎょうさん》、吐かはったんどすわ。長屋の小母ちゃんたちが大騒ぎをして、お婆ちゃんを家の中に運び入れはりました。そして小母ちゃんたちは、うちにいわはったんどす。おみわちゃんのお母はんは角倉会所の御物師。西船頭町に住んではる町医の明珠さまのお住居《すまい》ぐらい知っているはずやろし、急いでお連れしてきてほしいとどす。そやさかいうち、長屋から飛び出してきましたのやけど――」

おみわは両目から米粒ほどの涙をぼろぼろこぼし、宗因に息を喘がせたまま告げた。

「なるほど、そうか。お医者の明珠さまが住まわれている西船頭町の長屋なら、わしがよく知っておる。おみわちゃんといっしょに呼びに行ってつかわそう」

「宗因さま、うれし――」

彼女はぱっと顔を輝かした。

「さればおみわちゃん、すぐまいるが、ちょっと待ってはくれまいか。わしが留守をしているうちに泥棒猫がきて、折角、わしが割いた泥鰌や、筒桶の中で生きている泥鰌を、盗み食いされたら大変。商売物が駄目になるのでなあ」

宗因は襷《たすき》を解きながらいい、割いた泥鰌を両手で掬《すく》い取り、大鉢の中に手早く入れた。その上に俎板《まないた》をのせ、漬け物石を置いた。

生きた泥鰌がひしめく筒桶の上には、小さな醬油樽を据《す》えた。

あのお婆が口から血を吐いて倒れたとあれば、今夜はおそらく休業になるだろう。

「おみわちゃん、すまぬが肘付き台の端に、木札がぶら下げてあるのがわかるだろう。本日休業と書いてあるやつじゃ。それを表戸の端の釘に、下げてきてはくれまいか」

調理場の中に屈んでいた宗因は顔を上げ、土間で焦《じ》れているおみわに頼んだ。

「はい宗因さま。そしたら急いで仕度をしておくれやす」

「わかった、すぐじゃわい」

かれは調理場の中を見廻し、すべての安全を確かめると、表に出て「尾張屋」と書かれた腰板障子戸をぴしゃっと閉めた。

おみわが爪先立ち、両手で表の柱に「本日休業」の木札を引っ掛けようとしており、やっと掛け終えたところだった。

「さあ、お医者の明珠さまのところへまいろうぞよ。いまの時刻、長屋においでになればよいのだがなあ」

「とにかく急ぐんどす。居てはらなんだら、長屋のお人にきいたらわからしまへんか」

「そうだなあ。そうすればよいわい」

宗因が明珠の在宅を案じたのは、かれが薬草を採取するため、遠出しているのではないかと、ちらっと思ったからだった。

明珠は、角倉会所の頭取児玉吉右衛門や自分たちが強く勧め、一ヵ月余りのうちにすっかり長屋住まいの町医になり切っていた。

利休鼠《ねずみ》の筒袖に筒袴姿。薬籠《やくろう》は古道具屋で買ってきた。

長屋の表には、「いしゃ」と横文字で彫り刻んだ看板が、かけられていた。

重兵衛が数日掛りでこしらえたものだった。

「板は樫の木。五十年百年、風雨に晒《さら》されたかて大丈夫どす。漢字で医者と彫ろうかとも思いましたけど、誰にもすぐ読めるようにと、ひらがなにしましたわい。これどしたら、子どもにもわかりますさかい、身体を病んだお人が、すぐ明珠はんに手当を頼みにこられまっしゃろ」

重兵衛は、明珠が貧しい人々から頼りにされたいと思った通りの看板を、作ってきたのであった。

かれの噂はたちまち高瀬川筋に伝えられ、真夜中、腹痛を起して泣き叫ぶ幼児が、担ぎ込まれてくるほどだった。

角倉会所には、出入りの許されている本道（内科）や外科の医者もいたが、高瀬船の船頭や船曳き人足たちの間では、明珠のほうがずっと評判がよかった。

「会所から頼まれているお医者さまは、なにかに付けて偉そうにしはる。けど西船頭町の明珠さまは、誰にも優しく親切で、銭がなくても、丁寧《ていねい》に診《み》てくれはりますわいな。この間、斎藤町に住んでる左官の奴が、道で転んで頭に怪我をしたそうや。けど銭がないさかい、台所にあった大根一本を治療代にと持っていきよった。それでも快く疵《きず》の手当をしてくれはったそうやわ」

「その話、わしもきいたわ。ほんまにそうやてなあ」

「稼ぎの少ない者や年寄りなどの、怪我や病気を診てくれはるお医者さまが、西船頭町の長屋に住み付かはって、ほんまにありがたいこっちゃ」

「名前は明珠さまといわはるそうやけど、いったいどこからきはったお人なんやろ」

「そんなん、どこからでもええがな。お天道《てんとう》さまが、わしらの許におつかわしになったお医者さまと思うてたら、それで十分。妙な穿鑿《せんさく》はせんこっちゃ」

「そうや。全くやわ。やっぱりお天道さまは、この世をじっと見てはるのやわい」

町のこんな噂を耳にし、宗因や重兵衛はひそかに喜んでいた。

明珠と同じ長屋に住んでいる船曳き人足の伊八や孫六などは、鼻高々だった。

「おみわちゃん、西船頭町は四条小橋を渡り、高瀬川沿いに下った辺りがそうじゃ」

宗因はおみわの手を引き、高瀬川筋を下《しも》にと急いだ。

「えんやほい、えんやほい――」

曳き人足たちが掛け声を上げ、高瀬船を曳き上げてくるのに出会ったが、宗因は誰が引き綱を曳いているやら、関心を払うどころではなかった。

だが四条小橋の東詰めに立つ大きな石灯籠だけは、なぜかかれにはっきり意識された。

北車屋町の長屋で血を吐いて倒れたお婆は、どうしていつもあの石灯籠の基壇に、腰を下ろしていたのだろう。

いつか日暮れに見た光景だが、彼女が寂しそうに、毎夜、火の点される火袋や宝珠を眺め上げていた姿が、ふと胸に浮んできた。

宗因とおみわは、あわただしい足音をひびかせ、四条小橋を渡った。

明珠が住んでいる長屋が間近に迫っていた。

「宗因さま、うちの手をそう引っ張りやしたら、痛うおすがな」

「されば、わしが背負うてつかわそう」

「そんなん、うち恥ずかしおす。明珠さまがお住まいになる長屋は、もうすぐなんどすやろ」

「おお、すぐそばじゃわい」

宗因たちは川沿いの道を南に走り下りていった。

曲がりくねった路地を駆け抜けた。

かれとおみわの目の前で、「いしゃ」と彫られた看板がかすかにゆれていた。

「おみわちゃん、ここが明珠さまのお住居じゃわい」

「いてはりますやろか――」

息を喘がせ、彼女が心配そうにきいた。

「わしがたずねてつかわそう」

宗因はすっかり武家言葉になっていた。

「明珠どの、わしは尾張屋の宗因じゃが、おいでになられますかな」

表戸を手荒に開いて叫んだ。

かれの大声は辺りにひびき渡った。

長屋の裏まで届くほど、ひびきのいい声だった。

「宗因さまでございまするか。それがしならいま雪隠《せっちん》におりますわい。しばらくお待ち願いまする」

「なんじゃ、雪隠におられたのか。されば用がすむのを待たねば、仕方あるまい」

二人は土間で焦れながら、明珠が厠《かわや》から出てくるのを待ち構えた。

「明珠さまの厠は長うございますなあ」

「そなたやわしとしては、さようなところで考えごとをしてもろうては困るのじゃが
――」

明珠がしばらくといったほんのわずかな時が、宗因とおみわには途方もなく長く感じられた。

「いやはや、お待たせもうし上げました。宗因さま、このお子のどこが悪いのでござ

います。さあ上がってくださりませ。診て進ぜましょう」

厠から出て奥から現われた明珠は、土間に向かって蹲《うずく》まり、宗因の顔からおみわのそれにと目を移した。

「お医者さまの明珠さま、うちはどこも悪いところなんかあらしまへん。悪いのは北車屋町の長屋に住んではるお婆ちゃんどす」

おみわはふくれっ面で答えた。

「明珠どの、この子はそなたを迎えにまいったのじゃ。少し気にかかることがあるゆえ、わしも同道いたすほどに、急いでもらいたい。薬籠はどこにござる。わしがお持ちいたそう」

宗因は声を急《せ》かせていた。

三人が西船頭町の長屋を飛び出してから、三条通りに近い北車屋町の長屋に着くまで、さほどの時はかからなかった。

高瀬川筋を急いで上がる途中、宗因は手短にお婆の名前やだいたいの暮らしのほどを、明珠に伝えていた。

これまで四条小橋の東畔に立つ石灯籠の近くで、たびたび出会っている旨もだった。

「それはわかりましたが、薬籠は自分で携《たずさ》えまする。どうぞ、それがしにお渡しくださりませ」

「いや、これはわしが持たせてもらおう。明珠どのはもはや、高瀬川筋に住まうお人たちに慕われるお医者になられたのだからのう。これはわしの感謝の気持じゃわい」

「されば忝《かたじ》けなく仰《おお》せに従いまする。ところでお話からうかがい、そのお婆さまの病はおそらく労咳《ろうがい》。しかも相当、悪化しているものと思わねばなりますまい」

「血を吐かれたともうすからには、わしもそうではないかと案じていたわい」

宗因は暗澹《あんたん》たる気持になっていた。

労咳は肺結核の漢方名。現代の医療でなら治るが、古い時代には完治が困難とされていた。

「明珠のお医者さま、ここでございます」

おみわが北車屋町の長屋までくると、ませた口調でかれにいった。

長屋の木戸門の奥、一軒の家の前に五、六人の女たちが立っていた。

かつて明珠が旦暮《たんぼ》をすごしていた寺院には、薫香の香がみちていたが、ここには早くも貧しさが匂い、かれの胸をきりっと痛ませた。

「おみわちゃん、ここがあのお婆さまの住んでおられる家じゃな」

宗因の問いかけに、おみわが無言でうなずいた。

お婆の家の表に立っていた女たちが、宗因と明珠に怖《お》じたようすで辞儀をした。

「では入らせていただこう」

薬籠を下げた宗因は、明珠をうながした。

「これは酷《ひど》うございますなあ」

お婆の家に一歩入るなり、明珠はあらわな声でいった。

家の中の襖《ふすま》は破れ畳は黄ばみ、家具らしい物は、一切、目に付かなかったからである。

彼女を横たえた布団も大きくほころび、中から綿がはみ出していた。

「明珠どの、大家《おおや》と町年寄を誰かに呼んできていただかねばなりませぬな」

宗因の言葉に、明珠が大きくうなずいたとき、台所から白い女の顔が二つのぞいた。

長屋の異変をきいて角倉会所から駆け付けてきたお妙と、女船頭のお刀禰《とね》であった。

お刀禰は、お妙の身辺を案じる女船頭頭のお時に命じられ、お妙に付いてきたのである。

「これはお妙どのにお刀禰どの――」

宗因が驚きの声を短く発した。

「すでに大家さまと町年寄さまには使いを出しました。お婆さまには少し飴湯を飲んでいただき、眠ってもらっておりまする」

お妙が小声で、土間に立つ宗因と明珠に伝えた。

「お母ちゃん――」

おみわが草履を脱いで部屋に上がりかけた。

「ひかえるのじゃ。病人に近づいてはなりませぬ」

明珠がおみわの両肩を、強い力でぐっと押え込んだ。

かれは早くも病気の感染を恐れていたのであった。

四

「ほな宗因さま、お届けにまいります」

お刀禰が女船頭の仕事着のまま、尾張屋の飯台にひかえていた。

宗因が焼き上げて竹皮にくるんだ鰻《うなぎ》の蒲焼《かばや》きと重箱を、風呂敷に手早く包み、かれにお辞儀をしていった。

「ああ、頼みましたぞ。昨日はお妙どの、今日はお刀禰どの。毎日、ご苦労さまじゃ」

「いいえ、会所の頭取さまからそのようにいわれてますさかい、これもお役目の一つと思うております」

お刀禰はどこか弾《はず》んだ声で答えた。

「おお、そうじゃ。西船頭町のお長屋のお人たちも、気にかけてくだされておろうが、お仙のお婆さまに、なにか食べたいものはないか、たずねてきてもらいたい。明珠どのによれば、労咳の妙薬は、なにより気楽にして、滋養のある物を食べることだそうな。医者として明珠どのの腕は欠かせぬが、料理を作るわしの腕も、いくらか役立つというものじゃわい」

「おっしゃる通りでございます」

お刀禰はひかえめにうなずいた。

いまお婆は、明珠が独り住まいをする西船頭町の一室で、病の床についている。かれの看病を受けているのであった。

北車屋町の長屋からそこに移され、十日がすぎていた。

お刀禰が抱えた風呂敷包みの中には、当然、お婆だけではなく、明珠の食事も入れられ、重箱の一つがそれだった。

労咳は体力のない者や、病弱な人々に感染する恐れがある。

お婆の病はそれだといち早く察した明珠は、だからこそおみわが破れ布団に近付くのを、強く止めたのであった。

「こうして見れば、家の中には碌《ろく》に物がないありさま。おそらく台所とて同じで、米《こめ》櫃《びつ》には一粒の米もございますまい。きっとお婆さまの腹の中は空っぽ。すぐさまお粥《かゆ》と滋養のある物を食べていただかねばなりませぬわい。だがそれがしとしては、お長屋のお人たちの健康にも、気を配らねばなりませぬ。されば取りあえず、お婆さまをそれがしの家に引き取らせていただきましょう」

明珠は、目を閉じ横たわっているお婆の額に手を当て、誰にともなくつぶやいた。

破れ布団の枕許には、水を入れた欠け茶碗が置かれていた。

お妙かお刀禰が、水を布にふくませ、お婆に与えたに違いなかった。

「明珠さま、そしたらうちがお婆さまを背負い、西船頭町のお長屋までお連れさせていただきます」

驚いたことに、お刀禰がごく自然な表情で明珠と宗因にもうし出た。

長屋の外では、日頃、憎まれ口を利いていたお仙のお婆が、口から血を吐いて倒れたと知り、みんなが恐れをなしているようすだった。

「そなたが背に負うてといわれますか――」

「はい、うちでよければ、させていただきます」

「このお婆さまが、いかなる病かご承知の上でございますか。そなたは確かお刀禰どのといわれましたな」

「はい、刀禰どす」

「承知の上とあらば、そなたとそれがしが代わる代わるお婆さまを背負い、西船頭町の長屋へまいりましょうぞよ」

お刀禰の勇気に触れ、明珠は明るい顔になって立ち上がった。

「明珠どの、わしはいかがすればようございましょう。なんなりと命じてくだされ」

明珠とお刀禰のやり取りに気後《きおく》れを感じていた宗因は、お妙と顔を見合わせ、かれにたずねた。

「宗因さまには、ここにひかえていていただきとうございます。間もなく大家と町年寄がまいりましょうほどに。お婆さまが、町医をしているそれがしの許に引き取られた旨を伝え、この家《や》の物の処分を、お取り計らい願いとうございます。お婆さまに身寄りはいないか、店賃《たなちん》はどうなっているかなど、あれこれ問題があるはず。厄介でございましょうが、それらの処置をお頼みいたします」

大家と町年寄が長屋に駆け付けてきたのは、お婆がお刀禰の背に負われ、長屋を去ってほどなくであった。

「お仙の婆さまは、労咳やったそうどすなあ。あのお人は、古い縁《ゆかり》の者に頼まれ、この長屋に住んでもらったんどす。そやけどこの五年ほどの間に、店賃をまともにもろうたのは数度。貧乏な婆さまに、きつい催促もできしまへんさかいなあ。うちとしては、これで片が付いてやれやれの気持どすわ」

長屋の大家は、三条大橋の畔《ほとり》で旅籠《はたご》屋を営む「木伏屋《きぶせや》」彦兵衛だった。

「木伏屋どの、そのいい草はきき捨てにできませぬなあ。家の中でお婆どのに首を縊《くく》られるより、ずっとましでございましょうが。万一、そうして死なれ、この家にお婆どのの幽霊が出るとでも噂されたら、今後、借り手はございませぬぞよ。わしは木屋町筋で尾張屋ともうす居酒屋を営む者じゃが、お婆どのが滞《とどこお》らせた店賃は、全部きれいにお払いもうそう。さあ、この場でお払いいたすゆえ、勘定をいたされるがよい」

宗因は険しい顔で木伏屋彦兵衛にいった。

不意な入用のため、店から飛び出すとき持ってきた財布を懐《ふところ》から取り出し、かれにぐっと詰め寄った。

「そ、そんなつもりでいうたわけではございまへんがな。どうぞ、堪忍《かんにん》しとくれやす」

「そなたは疫病神が去ったと口にこそしなかったが、似たようなことをもうしたぞよ。大家と店子《たなこ》は親子も同然。御定法の身分も、さように仕分けられている。それにも拘《かかわ》らず、その口利きはなんじゃ」

激怒する宗因の姿を、一旦、外に出たお妙が、おみわの肩を抱くようにして、心配そうにのぞいていた。

「尾張屋はん、まあそない怒らんといておくれやす。木伏屋はんもつい気を緩ませ、不用意な言葉を口にしはりましたんやわ。お婆さまの店賃は、大家の木伏屋はんからお見舞いということで、どうどっしゃろ。なんの縁もゆかりもないお人たちが、店子のお婆さまのため、いろいろ世話をやいてはる。木伏屋はんもそれを見たからには、無茶なことをいうたらあきまへんのやで。この場は町年寄のうちに、委せておいていただきまひょか」

町年寄の「もず屋」五右衛門は、質屋を営んでいた。

かれは世馴れた口調で二人をなだめ、互いに鉾《ほこ》を収めさせた。

「ところで、この家に残されたお婆どのの持ち物についてじゃが、町年寄としてこれをいかがいたされるおつもりじゃ」

宗因の態度や声には、もと武士としての威厳が籠《こ》もっていた。

「いうたらなんどすけど、どれ一つを見ても、値を付けられるような品物はございまへん。そやけどお婆さまには、なにかどうしても入用な品とか、気になる物があるかもしれまへん。そやさかい、病気は労咳やと説明し、処分させてもらいますと断った上で、うちが町番屋の衆に、焼き捨てさせていただきますわ。それでいかがどっしゃろ」

もず屋五右衛門はさすが質屋だけに、ひと渡り家の中を見回して値踏みをし、宗因に相談をかけた。

「ああもず屋どの、それでようございましょう。されど、あの仏壇の中にある幾つかの位牌は、別にしておかねばなりませぬな」

「そら当然どす。先ほどちらっと見させていただきましたけど、お灯明の火皿に、灯油さえ残っていまへん。からからに乾いてましたわいな。お婆さまは腹を空かせたあまり、灯明の油まで舐《な》めてしまわはったんどっしゃろか」

質屋の五右衛門はあきれた顔でいった。

「まさか、さようなことはござるまい――」

「うちは質屋どすさかい、あのお婆さまがこの長屋に移り住んできはった当座から、いろいろな品物を預からせてもらいました。初めはそらびっくりするようなきものや櫛、簪《かんざし》の類で、質流れをさせるのが惜しいような品物ばかりどした。この貧乏なお婆さまが、どうしてこんな高価な品を持ってはるんやろと思うて、一度、それとなくたずねたことがございます」

五右衛門は落ち着いた声で宗因に語りつづけた。

「お婆さまの四代前のお爺さまは、夷屋八郎右衛門といわはり、烏丸・東洞院《ひがしのとういん》で大きな両替商をしてはったそうどす。その夷屋が潰《つぶ》れたのは、大名貸しのせいやったとか。三井家三代の高房さまは、重役手代の中西宗助はんの勧めで、『町人考見録』と名付けた本を書かはりましたわなあ。その中には、父親の高平さまが見聞しはった京都のお大尽が、大名貸しや贅沢三昧《ぜいたくざんまい》の暮らしによって、没落していったようすが四十六例も記されてます。両替商の夷屋もその一つ。当時、夷屋八郎右衛門はんは、四条小橋の畔にいまも立っているあの大きな石灯籠を、祇園社の参詣道やさかいというて、ぽんと奉献されたそうどすわ。いまのお婆さまからは考えられしまへん」

質屋の五右衛門は気の毒そうにいった。

「な、なんじゃと。お婆どのはあの石灯籠を祇園社に奉納されたお人の子孫だと仰せられるのか——」

「へえ、そうどす。そのときついでにうちは、奉献を受けた祇園社が、夷屋八郎右衛門はんに出した感謝の書き付けを、お婆さまから見せてもらいましたわいな。その書き付け、仏壇の下の小引き出しにでも、入れてあるのと違いますやろか。大名貸しで身上《しんしょう》を失った後、代替わりのたびに不幸つづき。お婆さまの夫やったお人は若死にして、いまお婆さまに身寄りはいないそうどすわ。近頃、店に顔を見せはらしまへんさかい、どうしてはるのかなあと案じてましたけど、質草になる物がすっかり尽きてしもうてたんどすなあ」

かれは仏壇に顎《あご》をしゃくっていった。

仏壇には、貧しい暮らしをしていたお婆には、不釣合いなほど立派な位牌が幾つも並んでいた。

これを眺めていた宗因の胸裏に、ある思案が不意にひらめいた。

労咳を完治させるには、滋養のある食べ物をとり、寒いときも暑いときもそれなりに快適な部屋ですごし、医者から適切な治療を受ける必要がある。

いわば贅沢《ぜいたく》にすごさねばならなかった。

何百両にもおよぶその金の算段を、宗因はふと思い付いたのである。

仏壇の小引き出しの中には、質屋の五右衛門がいった通り、祇園社から夷屋八郎右衛門に宛てた感謝の書き付けが仕舞われていた。

大名貸しとは、近世町人の大名への金銀貸し付けをいう。近世初期では京都町人が最多で、つぎに堺、長崎、大坂、江戸の町人がこれにつづいた。

各大名は参勤交代や江戸在府、幕府から命じられる手伝い普請《ぶしん》などによって、貨幣の支出が増え、年貢米を当てにして、裕福な町人から金銀を借りた。だがその債務が膨大になると、さまざまな名目を付け、返済不能をいい立てた。

結果、貸した側はついに没落したのである。

三井家三代の高房は、『町人考見録』において、「大名貸しの商売は博奕のごとくにて」といい、京都の豪商が大名貸しや驕奢《きょうしゃ》のためつぎつぎ没落していったようすをのべ、それらを強く戒めている。

夷屋八郎右衛門も、この大名貸しで巨額な財産を一挙に失ったのであった。

宗因はお仙のお婆が、四条小橋の畔に立つ石灯籠を、寂しそうに見上げていた姿にようやく納得を覚えた。

あの石灯籠に刻まれた年号や夷屋八郎右衛門の名前は、百五十年近い歳月がたつだけに、明らかに薄れてきている。

祇園社の執行《しゅぎょう》に、すべての事情を打ち明けて懇願する。つまり同社に奉献された石灯籠を、一旦、夷屋八郎右衛門の血を享《う》けたお婆に返してもらう。それを何百両かで、改めて金持ちに買ってもらい、再び祇園社に奉納するという形を取るのだ。

現実的には、石灯籠の中台の部分を石工に薄く削り取らせ、それを買ってくれた新しい奉納者の名前を、そこにしっかり刻んでもらえばいいのである。

われながら感心する妙案であった。

「宗因さま、祇園社がそれを承知してくれましょうか」

「承知するもしないもなかろう。人助けにもなり、ただそこに彫られている名前が、変わるだけじゃでなあ。石工たちはあの石灯籠を磨き立て、難なく真《ま》っ新《さら》にしてくれるわい。買い手は角倉会所の児玉吉右衛門どのに、探していただくことにいたす」

北車屋町から明珠が住む西船頭町の長屋に急いだ宗因は、自分が考えた妙案をかれに明かした。

お仙のお婆は、陽当たりのいい奥の部屋で清潔な布団に横たえられ、昏々《こんこん》と眠っていた。

その足で宗因は、すぐ東山の祇園社に向かった。

「とんでもないおもうし出じゃが、あの石灯籠になんの変わりもないとなれば、人助けでもあり、否《いな》やはもうせませぬ。そなたさまを信用し、すべてお委せいたしまする」

祇園社正禰宜《しょうねぎ》の土佐左馬亮《さまのすけ》は、執行屋敷の座敷で美髯《びぜん》をひねりながら、宗因に快諾を与えてくれた。

すぐさま宗因は明珠の家に戻ってきた。

後はことごとく巧く運んだ。

児玉吉右衛門の口利きで、石灯籠を快く買ってくれたのは、三条富小路で川魚料理屋を営んでいる「魚富」の主源七であった。

「吉田村の高台、神楽岡のしかるべき場所にでも、お婆さまの隠居所を建てればよろしゅうおすがな。隠居所には小さな別棟を添え、小女を雇うて、お婆さまの世話をしてもろたらいかがどす」

宗因から一切をきかされ、重兵衛はすぐさま隠居所の普請を考えはじめていた。

二百両の金があれば、瀟洒《しょうしゃ》な隠居所を建てても、お仙のお婆がこれからの一生、楽に暮らしていける。明珠の投薬を受け、労咳も完治するに違いなかった。

京の町を一望できる神楽岡での隠居所普請は、すぐにはじめられた。

「お婆どの、さような次第でございますれば、ご先祖さま並びに祇園社の正禰宜さまに、感謝いたされませ。わしらが勝手にいたしたる段は、平《ひら》にご容赦くだされ――」

すべてが決まったとき、顔にいくらか生色を取り戻したお婆の枕許で、宗因は右手をついて伝えた。

「わしみたいな依怙地な婆に、よう許ろうてくだされた。ああ、世間とはありがたいものじゃ。千人の悪人がいれば、千人の善人もいるというでなあ。それでわしが神楽岡の隠居所にまいるのは、梅雨の前頃になるのだのう」

「いかにも、さようでございまする」

自分たちの意向をなんの文句も付けずにきき入れてくれたお仙のお婆に、宗因は軽く頭を下げた。

「わしはいろいろ苦労してきたが、その中でも螢の飛ぶ頃が楽しみどしたわ。いつもその頃には、ご先祖の八郎右衛門さまが祇園社に奉納されたあの石灯籠のそばに行くのじゃ。高瀬川から螢がふわっと浮かび上がり、石灯籠の周りを飛ぶのに見とれ、自分を慰《なぐさ》めていたわいな。隠居所に運ばれていく日は夜、是非とも螢の飛ぶのを見たいものじゃ」

彼女はこういって小さく咳込み、柔らかくゆるんだ目を閉じた。

熱い涙が一筋、白い布にくるまれた籾枕《もみまくら》に伝わっていった。

厄介な客

一

「えんやほい、えんやほい――」

先程、伏見からの客船が、三条小橋の下をくぐり、二条の角倉会所《すみのくらかいしょ》の船着場に向かってきた。

高瀬川のほとりでは、柳の枝がすっかり濃く繁り、あるかなきかの風にかすかになびいている。

船着場に横付けされた高瀬船は、今日最後の昼船。あとは夜船になり、よほどの用のある者か、特別な人物しか乗れなかった。

「足許に気をつけて降りておくんなはれ」

「荷物はしっかり持っとくれやっしゃ」

威勢のいい声をかけ、伏見から二条までの二里半、高瀬船を曳《ひ》き上げてきた船曳き人足の伊八と米造の二人が、船縁《ふなべり》をまたいで桟橋に上がろうとしている船客たちに、注意をうながしていた。

「わしらを乗せ、伏見からこの京の二条まで船を曳き上げてくるとは、大変なご苦労どっしゃろ」

二人を労《ねぎら》う声が、木屋町筋を挟んですぐ目前になる旅籠《はたご》「柏屋《かしわや》」にまで、桟橋のほうからきこえてくる。

「なあに、そないにいうてくれはるのはありがとうおすけど、荷船とは違って客船どすさかい、あんまりきついこともありまへん。わしらにはこれが仕事どすさかい――」

伊八が船客の足許を気遣いながら応えた。

棹《さお》をあやつってきた船頭の弥助は、伏見の京橋から乗ってきた若い男女二人に、なんとなく注意の目を向けていた。

その二人も無事に船から降りていた。

永年、高瀬船の船頭をしていると、客の風体や物腰を見ただけで、およそのことが察せられるものだ。

いま船を降りた男女は、高瀬船に乗ってきた当初から、どこか妙だと感じられていた。

船の安定した場所に、女を坐らせるのは当然としても、彼女が携《たずさ》えているのは提《さ》げ袋一つだけ。男は大小二つの荷物のうち、大きいほうを背中に負い、もう一つを小脇にかかえていた。

二人は大坂・伏見間の淀川を往来する三十石船（過書船《かしょぶね》）に乗ってきたに相違なかった。

夫婦連れを装ってはいるが、弥助の目には明らかに主従。若い男が絶えず女を気遣い、一方、女はどこか頼りなげな態度で、男にすべて委せ切っている。

大店《おおだな》の手代が、店のいとはん（良家の娘を敬愛して呼ぶ語）に従っていると、見えなくもなかった。

ともに裾《すそ》上げをして手甲《てっこう》に脚絆《きゃはん》、菅笠《すげがさ》に草鞋《わらじ》を履いているからには、これからどこか遠くへ出かけるのだろう。

だがそれにしては男に落ち着きがなく、妙におどおどしているのが気にかかった。

船から降り、桟橋で女の草鞋の工合をすぐさま改めているのも男だった。

——おいとはん、足は痛ましまへんか。すぐお宿を取りますほどに。

弥助の耳には、男がいとはんの機嫌をうかがう声が、きこえるようだった。

男の目が草鞋を確かめると同時に、角倉会所の周りに建ち並ぶ旅籠に這《は》わされていたからであった。

「弥助はん、あれは駆落ちかもしれへんなあ。男のようすからすると、大店のいとはんが、初《うぶ》な手代か見習いをそそのかし、京まできっと逃げてきたのやわ。大店のいとはんでも、しおらしい生娘《きむすめ》ばっかりやあらへん。男を手玉にとって嬲《なぶ》るような女子《おなご》もいるときくさかい」

船から上がった弥助に伊八が近づき、小声でささやいた。

「おそらくそうやろなあ。そやけど、このままでは夜船で追っ手がきて、二人ともすぐに捕まってしまうわ」

「いっそそれがええのとちゃうか。重い物は箸《はし》ぐらいしか持ったことがなさそうないとはん。近江《おうみ》か若狭《わかさ》、とにかく男の故郷に向かって逃げるつもりやろけど、追っ手に捕まって大坂に連れ戻されたほうが、長い目で見たら身のためやわ。どれだけ金を持ち出してきたかわからへんけど、たとえ百両あったにしたところで、先が読めたるさかい」

「大坂に連れ帰られ、男と女は泣く泣く別々にさせられ、男は店から暇を出されて奉公構えに処せられる。女も当初こそ泣いて暮らしているもんの、そのうちそんなこともすっかり忘れ、やがてはけろっとした顔で、文楽や歌舞伎見物に出かけるわいな。人柄は悪うなさそうやけど、いとはんの誘いに乗って店から逃げ出してきた男の甘ちょろさには、腹が立ってくるわい。どんな店か知らんけど、五年か十年の奉公を、棒に振ってしまうんやさかいなあ。いとはんの親父はんに、いくらかでも情けがあったらええのやけど——」

米造が伊八のあとにつづけた。

奉公構えは本来、切腹に次ぐ武士の重刑だが、武士ばかりにではなく、帯刀を許された町人にも適用された。それがひいては、他家への奉公を一切差し止める言葉となったのである。

旧主から奉公構えに処せられた奉公人は、親許に戻って一生不遇のうちにすごすのが、普通とされていた。

男女の間、特に女が身分の高い場合、大抵は道義にはずれた関係、即ち不義か密通として、男の側が不利益をこうむってしまう。

角倉会所の船着場でささやかれるこうした声は、もちろん、旅籠の柏屋にまでは届かなかった。

柏屋の当代は惣十郎《そうじゅうろう》といい、六代目。父親の惣左衛門《そうざえもん》は、角倉会所で上女中として働いていた伊勢《いせ》を見初め、妻として迎えて息子のかれをもうけた。

当代の惣十郎の妻はお鶴《つる》といい、彼女の母親志津《しづ》は、女船頭として角倉会所に奉公していた。同じ女船頭のお時《とき》とともに、伊勢とは実の姉妹のように仲が良かった。

志津はやがて、尾張《おわり》藩京屋敷詰めの奈倉宗十郎《なくらそうじゅうろう》（宗因《そういん》）とわりない仲となったすえ、お鶴をなした。だが宗十郎が上役の不正をあばかんとして逐電《ちくでん》に追い込まれたことから、不慮の死をとげさせられてしまった。

そのためお鶴は、すでに柏屋に嫁いでいた伊勢に引き取られて育てられた。

高瀬川に沿う木屋町筋で居酒屋「尾張屋」を営む宗因は、こうした経緯《いきさつ》を持つ奈倉宗十郎の終《つい》の姿だったのである。

柏屋には番頭の佐兵衛《さへえ》、女中頭のお里《さと》、雑役に従う老爺の市助《いちすけ》のほか、通いの女中が三人いた。

店はさして大きくはないが、客室は低屋根の二階と離れをふくめて十二室。店の北と裏は角倉会所の敷地。そこは高瀬船の造船や修繕を行う板屋根の作事場と、船干し場にされており、平らな船底をならべた向こうに、鴨川や東山が広く眺められた。

柏屋の初代惣助は、高瀬川開削に当った角倉了以《りょうい》の子・素庵《そあん》（与一）と深い関わりがあり、柏屋の土地は素庵の命令で、惣助に特別に与えられたのであった。

大坂から過書船で伏見に着いた船客は、次に高瀬船に乗り換え、京をめざしてくる。そして二条の船着場で船から上がると、定宿《じょうやど》のない者は、だいたい角倉会所から出迎えに出ている奉公人たちに、適当な旅籠はございまへんかとたずねる。

「旅籠どしたら、そこの柏屋なんかどうでございまっしゃろ。角倉会所ではお客はんから相談を受けると、いつもあの柏屋を紹介させていただいております」

連れの若い女を労《いたわ》っていた手代風の男は、会所の小者とそんなやりとりをすでに交わしたようすであった。

「さあおまつさま、旅籠はすぐそこでございますさかい――」

男は大小の荷物を携え、女に声をかけた。

女の名はお松というらしかった。

「蓑助《みのすけ》、うちをお松さまと呼んではいけまへんやろ。お松でええのどす。うちもおまえを、蓑助はんといわなあきまへんわ」

彼女は気を取り直すように木屋町筋に立ち、しゃんと背筋を伸ばした。

「おいでやす。お泊りでございますか――」

柏屋の番頭佐兵衛と女中頭のお里が客を出迎え、店の帳場には惣十郎が坐っている。いまでは隠居している先代の惣左衛門と伊勢の二人も、忙しいときには手伝いに姿をみせていた。

店内《みせうち》で惣左衛門は大旦那《だんな》さま、伊勢は大店《おおだな》さまと呼ばれている。京では商家の当主の妻はだいたいお店《たな》さま、またはお店《みせ》はんといわれるのが習いであった。

「いま到着した高瀬船で、ここに着きましたのや。それで今夜の宿をお願いいたしたいのどすけど――」

蓑助はお松とともに、「旅籠　柏屋」と黒地に白く染め抜かれた暖簾《のれん》をくぐった。

出迎えた番頭の佐兵衛と帳場の惣十郎に、ぴょこんと頭を下げて頼んだ。

「お二人でございますか」

すかさずお里がたずねた。

「はい、わたくしと女房のお松、二人でございます」

巧みに答える蓑助の脇で、菅笠を脱いだお松が、帳場の惣十郎に向かい軽く一礼した。

「お二人どしたら、なんの障《さわ》りもございまへん。泊まっていただきまひょ」

佐兵衛が愛想よく答え、足を濯《すす》ぐ平盥《ひらだらい》を運んできておもらいやすと、お里をうながした。

「濯ぎ盥を二つどすえ――」

お里が中暖簾の奥に声を投げると、即座にへえっと老爺市助の声が返されてきた。

広い表の土間では、すでに一組の客が草鞋と脚絆を脱ぎ、足を洗い終えていた。

番頭の佐兵衛は気を利かせ、新婚らしい二人の客を離れに泊める気で、惣十郎に声をかけた。

「若旦那さま――」

濯ぎ盥が蓑助とお松の足許に運ばれてきたのは、ほぼ同時だった。

「佐兵衛、あれはどうなってましたんかいなあ」

惣十郎は佐兵衛のそれ以上の口を封じるように、帳面を手にしてすっと立ち上がった。

かれは目顔で佐兵衛をうながし、奥の台所にと誘った。

「若旦那さま、あれ、あれとはなんどした」

佐兵衛はまだなにも気付かずに、迂闊《うかつ》な声を上げ、惣十郎の後をあわただしく追ってきた。

「おまえ、あれとはこの話どすがな」

惣十郎は声を低めていい、佐兵衛のきものの袖を引っ張り、さらに裏庭に連れ出した。

佐兵衛はようやく惣十郎の異変に気付きはじめていた。

「佐兵衛、おまえがとんでもないことをいい出しかねへんさかい、ここに連れてきたんどす」

「とんでもないこととは、なんどす」

「おまえはあの若い二人連れを、離れにでも泊める気でいてましたのやろな」

「へえ、そのつもりでおりましたけど、それではなにか都合が悪おすか——」

かれは惣十郎の態度に不審を感じていたが、まだその真意をはかりかねていた。

「おまえという奴は、どれだけ旅籠に奉公してたら、いっぱしの番頭になれますのやろ。うちは角倉会所のご配慮を受け、上客ばかりを泊め、ずっと商いをつづけてきました。そうどすけど、少しは泊り客の顔色を読まなあきまへんやろな」

惣十郎は苦々しげな顔で、佐兵衛を叱《しか》り付けた。

「若旦那さまはいったいなにをいうてはるんどす」

佐兵衛は、まだ怪訝《けげん》な顔付きのままだった。

「おまえはずっと耄碌《もうろく》したままなんどすなあ。おまえがいま離れにでも泊めたらどうかといいかけた男女、あれは大坂か堺からでも駆落ちしてきた二人連れどす。ひょっとすると、京の北山かどこかで、心中するつもりかもしれまへんねんで——」

一段と声をひそめ、惣十郎はいった。

「駆落ちに心中、そらほんまどすか――」

佐兵衛は驚いて目を見張った。

「おまえには、一目見ただけでそれがわかりまへんのか。夫婦を装うてはりますけど、明らかに男と女子の身分が違うてます。そもそも男は、女子の機嫌を取るように振舞うてますわなあ。あんな二人を離れに泊めたら、なにが起きるかわかったものではありまへん」

「若旦那さまがいわはるのがほんまどしたら、そら大変なことどすがな」

「佐兵衛、おまえの目にはなに一つ悪う映るものはないようどす。それはええことどすけど、場合によれば、えらい迷惑をこうむる結果になりまっせ」

惣十郎は、佐兵衛が気持の底に根深くそなえる性善説について指摘したのである。父親の惣左衛門は、かれのそこに好感を抱いている。だが自分や女房のお鶴は、いささか違っていた。

性善説は人間の本性は善で、仁・義を先天的に具有すると考え、それに基づく道徳による政治を主張した孟子《もうし》の説をいう。荀子《じゅんし》の性悪説に対立するものであった。

「そしたら若旦那さま、あのお二人にはどの部屋に泊まっていただきまひょ」

「いま問われたかて答えに困りますけど、とにかくあの二人には、用心せなあきまへん。お膳の上げ下げはお鶴かお里にしてもらい、隣の部屋にはわたしとお鶴が寝ることにします。店のみんなに、それとのう伝えといておくれやす」

惣十郎は堅い表情でかれにいい付けた。

「へえ、わかりました。店の者にも気を付けてもらいます」

「店の者はもちろん、おまえが一番気を付けなあきまへんのえ」

その後、何気ない顔で帳場に戻った惣十郎は、丁度、足を濯ぎ終えていた二人を中の間に案内するよう、女中頭のお里に命じた。

「それではまた後でおうかがいいたしますさかい、まずお部屋にご案内させていただきます。そこでくつろいでいておくれやす」

かれは蓑助とお松に愛想よくいい、市助に二人の荷物を運ばせた。

奥の台所では煮炊《た》きが忙しくなされていた。

「おまえさま、今夜は厄介を引き受けることになったようどすなあ」

惣十郎が帳場に坐ると、お鶴がすっと近づいてきて声をかけた。

「どうやらそのようどすけど、お父はんとお母はんには黙っていておくれやす。二人とも人のええ世話好きどすさかい、一歩誤れば、話がとんでもない方角へ進みかねしまへん。災いはよほどでない限り、除《よ》けて通ってもらうのが一番どす」

「旦那さまのいわれる趣《おもむき》、うちはようわきまえてます」

お鶴は九歳のとき、志津の遺児として柏屋に引き取られてきた。

幼い頃から、それなりに旅籠商いを見てきたつもりだが、藩家への冤罪《えんざい》を晴らし、木屋町筋で居酒屋を営む実父の宗因なら、これをどう処置するだろうとふと思った。

これまでの経験から、心中しそうな危うい男女を泊めた部屋の隣には、自分たち夫婦が寝ることに決めていた。

一睡もしないでその夜が明ける。

無事に一夜を明かした男女が旅立っていった朝は、いつもほっと安堵する。だが後になり、気遣いの声をかけてやらなかったのを悔いる折も、あったりした。

「お鶴、それでは先程のお客はんに、宿帳を書いていただいてきますさかい、帳場に坐っていてくんなはれ」

惣十郎は宿帳と矢立を持って立ち上がった。

外は薄暗くなり、角倉会所には行灯《あんどん》の火が幾つも点《とも》されていた。

こうして立っていった惣十郎は、意外にもすぐ戻ってきた。

「お二人はどないな工合どした」

「わたしがどこにお出かけどすとおたずねすると、琵琶湖の竹生島《ちくぶ》までお礼参りにというてはりましたわ」

「竹生島にお礼参りに――」

お鶴は意表をつかれ、呆れ顔で問い返した。

竹生島は琵琶湖の北にぽつんと浮かぶ周囲半里ほどの小島だった。

平安時代後期、園城寺行尊《おんじょうじぎょうそん》が記した『観音霊場三十三所巡礼記』では、十七番札所とされ、いまでは西国三十三所観音霊場第三十番札所として、多くの人々から崇《あが》められている。

「なんでも女子はんのお母はんの病気が、親戚がいただいてきた竹生島の観音さまのお札にお祈りしてたら、平癒したそうどすのや」

惣十郎も気が抜けたように、低声でつぶやいた。

「そやけど旦那さま、船で竹生島に渡り、そこで深い湖に抱き合うて身を投げる場合も、考えられますわなあ」

お鶴はいいながら、惣十郎の手から宿帳を受け取った。

そこにはなぜか、大坂・堂島永来町《えいらいまち》　料理屋大和屋助右衛門《すけえもん》娘松、手代奉公人蓑助と記されていた。

文字は蓑助が書いたものだといい、なかなかの達筆だった。

二

「おおきに、ありがとうございました。ゆうべはぐっすり眠っていただけましたやろか」

上がり框《がまち》に腰を下ろし、足拵《あしごしら》えをしている昨夜の泊り客に、惣十郎や佐兵衛たちがたずねている。

「へえ、お陰さまでよく眠り、ゆっくり休ませてもらいました」

「これから江戸へとは、大変でございますなあ。長い旅でございますさかい、あんまりご無理をなさらんと、気を付けて行っていただきまへんと――」

「なあに、初めての東下りではありまへんさかい、少しぐらい勝手がわかってます。季節もよく、旅も気楽どすわ。江戸で商いの用をすませ、大坂に戻るときには、またこの柏屋はんに泊まらせていただきます」

「それはありがたいお話でございます。番頭はんのご無事なお顔を拝見した折には、一本旨《うま》いお酒でもお付けし、江戸の土産《みやげ》話でもきかせていただかなあきまへん」

「そしたらわたしも、柏屋の旦那はんになにか江戸の手土産を買うてきまひょ」

「いいえ、そんなものなにも要りまへん。ご無事なお顔を見せてくれはるだけで、十分でございます」

「それではあんまり愛想がおへんさかい、手荷物にならん江戸の浮世絵でも求めてきまひょうかいな」

「浮世絵、それどしたら気楽にいただかせてもらえます」

惣十郎は馴《な》染《じ》み客に如才なくいい、旅拵えを終えた四十年配の男を表に送り出した。

相手は木屋町筋を南に向かい、三条通りを左に折れた。三条大橋を渡り、いよいよ東海道に足を踏み入れていく。今夜の泊りは、近江の草津辺りのはずだった。

惣十郎は相手の姿が視界から消えるまで店の表に立ち、かれを見送った。

昨夜はろくに眠っておらず、瞼《まぶた》が重くてならなかった。

それは店先で泊り客の旅立ちの手伝いをしているお鶴も同じだろう。

昨夜、隣の部屋で布団を二つ並べて寝た大和屋の娘お松と手代の蓑助は、ひそひそ声で夜遅くまでなにやら話し込んでいた。

だが惣十郎とお鶴が、代わるがわる襖《ふすま》に耳を押し付けても、内容まではっきり聞き取れなかった。

ただなにか切迫した気配だけが如実に感じられ、二人が竹生島へお礼参りに行くのは、嘘だと察せられた。

その部屋で心中されたら大変な事態になる。

町奉行所のお調べ、心中死体の処置。旅籠商いどころではない。場合によれば、畳を入れ替え、部屋の模様替えもしなければならなくなる。

幸い、貸家とは違い、旅人を泊める旅籠だけに、心中者の出た部屋でもすぐに利用はできる。

だがそれでも、事件の一部始終をすっかり忘れるまで、あまり気持のいいものではなかった。

息をひそめ、二人のようすをうかがっていた惣十郎とお鶴は、明け方、お松と蓑助がようやく眠り込んだのを見澄まし、やっとうとうとと眠りに付いた。

だが旅客に朝餉《あさげ》を食べてもらい、それからかれらを送り出すため、長くは寝ておれなかった。

「なにもなかったみたいでよろしゅうおしたなあ」

「ああ、ほんまによかった。いま隣の気配をうかがったところ、お二人ともまだすやすやと眠ってはるようやわ」

惣十郎は手早くきものを着ながら、布団から起き出したお鶴にいった。

「こんな商いをしていると、もしやのことがあったら大変どすさかい、あれこれ気を揉《も》まななりまへん。そやけどこれくらいは、どんな商いにも伴う厄介。仕方ありまへんわ」

「おまえがそないにいうてくれると、わたしは気が楽で、ありがたいわい」

惣十郎はお鶴に小声で礼をいった。

昨夜来の一切は、大旦那の惣左衛門と母親の伊勢には知らせていなかった。

客のすまされた朝食のお膳が、台所に一通り返されてきたとき、女中頭のお里がお鶴に近づいてきた。

大坂堂島のお客はんからのご相談どすけどと断り、思いがけない話を持ちかけてきた。

「蓑助いう手代はんからのご相談どす。お嬢さまの身体の具合があんまり良うない。もともと蒲柳《ほりゅう》の質《たち》のお人が、お礼参りにと急いで旅立ってきたもんどすさかい、こんなありさまになってしまいましたというてはりました。そこで数日、この柏屋に逗留させていただけしまへんやろかと、頼まはるんどすけど――」

お里はいささか困惑した表情で告げた。

「それでお里はんは、お客さまにどう返事をしてきはったんどす」

「へえ、うちではなんとも答えられしまへん。旦那さまかお店さまに事情をお伝えし、場合によっては後程、お部屋のほうにうかがわせていただきますと、もうし上げておきました」

彼女はお鶴の顔色をうかがいながら答えた。

「そうどすか、案じた通りどすなあ。うちのお人と、これはいったいどうなりますのやろと、朝から話し合うていたところどした」

お鶴は溜息混じりにつぶやいた。

「お店さま、やっぱり駆落ち、心中でも考えてはりますのやろか——」

「お里はん、滅多なことを口にしてはなりまへん。とりあえず、うちから旦那さまにお話ししておきますけど、みんなに落ち着いていてもらいとうおす。わかってますやろなあ」

彼女は強い目でお里に念を押した。

「へえ、そこはようわきまえてます」

お里はこう答え、惣十郎がひかえる表の帳場に急ぐお鶴を見送った。

「お客さまが数日、この柏屋に逗留させてもらいたいと、いうてはるんどすか。昨夜のようすからうかがい、わたしはそんな相談がくるのやないかと思うてました」

「そしたら旦那さまは、そないにもう予想してはったんどすか——」

「予想してたわけではなく、あり得る場合をあれこれ考えてたにすぎまへん。まあ危うい雰囲気のまま旅立っていかれるより、病弱を理由に逗留をいい出される方が、ずっと増しどすわ。これで危うい場面は当面、避けられたと見てもよろしゅうおっしゃろ。何日も滞在しているうちに、次第に心も打ち解け、人には語り辛い話でも、する気にならはるかもしれまへん。おまえ、堂島のお客はんの許を訪ね、旅立ちのお客はんをお見送りして一段落ついたら、わたしがお部屋におうかがいしますと、お伝えしておいてくんなはれ」

惣十郎は宿賃を銭箱に納めながらいった。

かれは三十をいくつかすぎるが、これまで剣呑《けんのん》な雰囲気を残して旅立っていった若い男女が、幾組いただろうかと、ふと思い返してみた。

琵琶湖の某所で男女の心中死体が揚がったとか、園城寺《おんじょうじ》の奥で胸を刺し違えた二人が息絶えていたなどという話をきくたび、昨夜、または数日前に泊めた客ではなかったかと、胸を騒がせたりしてきた。

人間は必ずしも善性ばかり持つものではないと考える惣十郎でも、それくらいの人情はそなえていたのだ。

四半刻（三十分）ほど後、かれは右手に宿帳を携え、蓑助とお松の部屋を訪れた。

「どうも遅うなってもうしわけございまへん。お連れさまのご容体はいかがでございます」

惣十郎は一応、相談を受けた話の筋に添い、相手からの言葉をうながした。

「お忙しいところをご足労願い、すんまへん。お願いの件はおききと存じますけど、それについて、もうありていに打ち明けさせていただきます。実はわたくしどもが琵琶湖の竹生島へお礼参りに行くというのは嘘。昨日、店先で夫婦を装ったことや、あれこれもうし上げた話は、すべて偽りでございます。ただ、そこにお持ちの宿帳に書きました大坂の住所や、おいとはんとわたくしの名前は、ほんまでございます。わたくしの生国《しょうごく》は讃岐《さぬき》の金比羅《こんぴら》。そこに身を隠すわけにもいかんと、思い付くまま京に向こうてきたんどす。お松さまと店を出たのは三日前。伏見の船宿に泊まってましたけど、そこでは危ないと思い、京に逃れてきたんどす。お金は百三十両ほど持ってます。深い事情はいますぐお話しできしまへんけど、この金でわたくしらを、ここにこっそり匿《かくま》っていただけしまへんやろか。行く末についても勘考せなあきまへん。勝手なお願いどすけど、何卒《なにとぞ》、お頼みいたしとうございます」

蓑助は金包みを膝の前に置き、惣十郎にいきなり両手をついて懇願した。

かれの後ろではお松がうなだれ、身を縮めて坐っていた。

「百三十両とは大金。それにしても突然、深い事情はいますぐ話せしまへんけど、この金で匿うてほしいとは、そちらさまの勝手な言い分ではございまへんか。金で進退を決めるお人は多いかもしれまへんけど、この柏屋の代々は、決して金では動かしまへん。ただ理にかなう事情があれば、一文の銭もいただかんでも、匿わせてもらいます。その事情とやらを、まず正直にきかせていただけしまへんやろか」

惣十郎は宿帳をばたんと閉じ、蓑助に迫った。

ここで金と銭について書けば、江戸時代、一両、一分、一朱は金といったが、貫や文は銭と認識されていた。

「いわはるのはご尤《もっと》もでございます。そやけどお松さまは、ご自分の恥をあんまり世間に晒《さら》したくないと仰《おお》せられております。それをしいて、わたくしが口にするのも――」

蓑助の言葉が曖昧《あいまい》になってきた。

「誰でも自分の恥は、世間に知られたくないもんどす。そやけど、それを越えな何事も解決せんとなれば、やはり明かさな仕方ありまへんやろ。おまえさまがたお二人を匿ういうのは、お味方するのも同然。その恥も深い事情とやらも、全部しっかりきかせてもらわな、匿われしまへん。相談はそれからのことにしておくれやすか」

惣十郎は二人に突き放したいい方をした。

「そ、それは至極ご尤もでございますけど――」

「そしたら素直に話をきかせておくれやすか。お供の手代はんでは、気楽に口にできんかもしれまへん。けど主《あるじ》のお松さまなら、ご自分で決めていえるはずどす。それと内容次第では、男には話し辛いかもわかりまへん。なんどしたらお松さまから話をきくのは、わたしではのうて、この柏屋の女主にさせていただいてもようございます」

かれははっと気付いて一歩退き、女房のお鶴を引き合いに出した。

女には同性には語れても、男には打ち明け難い話もあるものだ。

惣十郎のこの一言で、お松の表情がふっと弛《ゆる》んだようだった。

「この世で起ったことは、この世で必ず解決が付くもんどす。あんまり深う思い詰めんと、わたしの女房に相談をかけとくれやす。父親はもと京詰めの尾張藩士。女房はいろいろ苦労もしてきましたさかい、思いがけない解決策を、ひょいと考え付くかもしれまへん。それではすぐ、ここへこさせますさかい、ちょっと待っておくれやす――」

惣十郎は目で合図らしいものを蓑助に送り、二人の部屋をあとにした。

直後、惣十郎に代わり、お鶴がお盆に湯呑み茶碗を三つのせ、部屋に入っていった。

彼女はお松と四半刻余り話し込んできた。

お松の抱える問題はかなり深刻だが、ときおり世間で起る類の事件であった。

概略を簡単にいうなら、堂島永来町で料理屋を営む大和屋の娘お松が、客として店に訪れた地廻りのならず者の若親分に手籠《てご》めにされたのである。

ただ一件はそれだけでは終わらなかった。

かれの子分筋になる小頭が店を訪れ、若親分の囲い者にならぬかと、強くもうし入れてきたからだった。

「無理矢理手籠めにしたうえ、それはあんまりやおまへんか。いくらお身内が多いというても、やくざ稼業のお人の許に、たとえ正式な妻としてでも、お松を嫁がせるわけにはいかしまへん。お松はどこにでも出せるきちんとした女子。それをなんちゅう無茶で乱暴なもうし入れをしてきはるんどす。それにお松には、もう夫婦になると言い交わした男はんがいてはりますさかい、この話はきっぱりお断りさせていただきますわ」

彼女の父親助右衛門は、腹立ちまぎれにいい切った。

「なにっ、言い交わした男がいるのやと。お松さんと若旦那の今度のことを、その男にばらしたらどうなるんじゃ。どんな良縁かて、すぐ潰《つぶ》れてしまうやろ」

交渉の代表としてきた小頭が、助右衛門を居丈高に恫喝《どうかつ》した。

「うちは一人娘。そんなことはなんでもあらしまへん。浪速の商家の娘は、男が芸者遊びをするように、みんな早いうちから役者遊びぐらいしますわ。手代の蓑助に今度の話をいたしましたら、若親分さまのお身内が店に客としてきはりましたら、汁物に油虫でも泳がせたらなあきまへんなあと、笑うてました。これで話の芯《しん》が、はっきりおわかりになりましたやろ」

助右衛門は小頭を睨《にら》み付け、憤然といってのけた。

だが本当のところお松は、手籠めにされた一昨日から自室に籠り切り、泣きつづけていた。若い女にとり、好きでもない男に無理矢理手籠めにされるのは、死ぬほど口惜しく屈辱的なことであった。

料理屋の手代といえば、だいたい料理人に決まっている。

助右衛門は汁物に油虫でも泳がせたらなあきまへんなあと、手代の蓑助がいったと腹立ちまぎれに告げたが、蓑助は大人しいだけが取得の若者。とてもそんな気の利《き》いた科白《せりふ》の吐ける男ではなかった。

「怒りのあまり、わしが勝手にそんなことを口にしてしまい、すまんこっちゃ。こうなったら、みんなから永来町の親分はんと立てられている島蔵《しまぞう》親分は、清蔵《せいぞう》若親分だけやのうて、自分の顔にも泥を塗られたとして蓑助、おまえとお松の命を狙《ねら》うに違いありまへん。同業者仲間や蔵屋敷のお武家さまたちに相談したかて、円満な解決は難しおすやろ。店はわしが丹波の篠山《ささやま》から出てきて一代で築いたもの。未練はありまへんけど、蓑助には悪いことをしてしまいました。ほんまの気持をいうと、わしはおまえとお松に所帯を持たせ、この店を継いでほしかったんどすわ。おまえさえよかったら、いまからでもそうしてもらいとうおす」

「そやけど旦那さま、島蔵一家に目を付けられたら、この永来町ではもう商いなんかできしまへんやろ」

「それなら店を手放し、どっかに行ったらええのどすがな。わしは丹波の篠山城下に帰り、小さな居酒屋でもはじめます。おまえとお松はどっか遠くへ逃げ、立派に所帯を構えてくれしまへんか」

助右衛門は百三十両あまりの金を蓑助の前に並べ、かれに手をついて頼んだ。

「旦那さま、この話、わたくしみたいな者には分《ぶん》にすぎてます。けど旦那さまの意を汲み、お松さまさえうんというてくれはったら、承知させていただきます。そやけど、いざとなって考えたら、旦那さまはともかく、わたくしたち二人は、どこに逃げたらええのどっしゃろ。島蔵一家は堂島一帯の川筋にも目を光らせ、淀川の過書船にも大きく睨みを利かせてますさかい」

蓑助は暗澹《あんたん》とした顔でたずねた。

過書船とは、過書（通行の許可証）を得て航行する船をいい、京の伏見と大坂間の交通のため、淀川の通航を特別に許された船をこう呼んでいた。

だいたい積載能力が米三十石相当の和船をいい、行政権の一端としての裁量権は、角倉家が幕府から与えられていた。

「なんと、そないな話どしたんかいな。どこにでも起り得る話どすけど、一家が逃散《ちょうさん》とは、あんまりきかん顚末《てんまつ》どすなあ。そやけど百三十両も持ってたら、どこに行っても店を張っていけまっしゃろ」

「その気になれば、そらそうどす。そやけど旦那さま、人間、知らぬ土地ではなかなか根を張って生きられへんのと違いますか。堂島永来町の島蔵一家の話は、どっかで耳にした覚えがございますわ」

「この高瀬川や淀川、それに堂島を流れる大川は一衣帯水。そら名前ぐらいなんとなくきいてまっしゃろ。この一件、角倉家の頭取・児玉吉右衛門《こだまきちえもん》さまのお手を煩わせることにでもなったら、気が重おすなあ」

「それにしても、島蔵一家の目を掠《かす》め、よう堂島から京の高瀬川筋までこられたもんどすわ」

「蓑助はんの在所は讃岐。島蔵一家の目は、おそらくそっちに向いてるんどっしゃろ」

惣十郎は軽く考えていい、帳場から表の高い梁《はり》をふと見上げた。

一羽の燕《つばめ》が巣作りをはじめていた。

三

昨夜、琵琶湖の堅田《かたた》から柏屋に大きな魚籠《びく》二杯、諸子《もろこ》が届けられた。

もと女中として奉公していたお照《てる》の親許からであった。

諸子は淡水産の硬骨魚。文字通り、場合によれば大量に発生する。特にホンモロコが美味として珍重され、照焼や鮨などに用いられる。

「ほどほどの諸子やったらありがたいのやけど、こうまでの量になると、不遜な言い方ながら、かえって迷惑なこっちゃなあ。炭火でこれを一日中焼きつづけたかて、焼き切れるものではあらへんわいな」

番頭の佐兵衛や女中頭のお里たちが、炭火を熾《おこ》しながらぼやいていた。

「これこれ、近江の堅田から折角、お照の親御さんが届けてくれはったんどす。お客はんの食膳に出すだけでは、とても使い切れしまへんさかい、どこかに貰うてもらいまひょ。魚籠の一つを角倉会所のお台所に、もう一つの魚籠から半分ぐらいを、尾張屋の親父さまのところにお届けしたらどないどす。この諸子どしたら、酒の肴《あて》に打って付けどすわ。尾張屋のお客はんも、きっとよろこばれまっしゃろ。肴が良ければ、酒も進みますさかい」

惣十郎の一声で、大量の諸子の処置が決まった。

先程まで、泊り客然《ぜん》と無聊《ぶりょう》にしていた蓑助も話をきき、自分の小荷物の中から襷《たすき》と前掛けを取り出した。焼きを手伝わせていただきますともうし出てきた。

諸子は形も大きさもそろっている。

串が打ちやすそうだった。

そんな蓑助の姿を、惣十郎はちらっと見て、ある種の危惧《きぐ》を覚えていた。

堂島永来町の清蔵たちは、讃岐の金比羅一帯を虱潰《しらみつぶ》しに探し、それでも蓑助とお松の消息が知れないとなれば、今度は堂島から移動が容易な淀川筋に目を向けるだろう。

淀川の流域から伏見、さらには高瀬川筋に、探索の地域を移してくるはずであった。

「おれの妾にならねえか――」

無理矢理手籠めにしたうえ、図々しくもよくいえたものだ。

相手が誰であっても、自分の威勢には必ず従ってくる。その歳まで周囲からそれが許され、毛ほどもそれを疑わない無知が、惣十郎やお鶴にはやり切れなかった。

若親分の清蔵が、お松を妾にといい出してきたのは、彼女に強く惚れ込んでいるからだ。

その執着の強さを、父親の助右衛門は察しているに違いない。だからこそ店を畳み、一家離散の覚悟を付けたのである。

ならず者たちは大和屋の手代蓑助が、一家に対して挑発的な言葉を吐いたと思い込んでいる。しかも蓑助は、お松と夫婦約束をしているときかされた。

これは無法者の思慮のない大釜の中に、油を注いで火を投げ入れたのも同然だった。

烈火のごとく怒り、頭に血をのぼらせた島蔵・清蔵父子の命を受け、子分たちは二人を探し出すため、あらゆるところに手をのばしてくるだろう。

この無法者たちは、自分らが人の心に一生癒《い》えないほどの疵《きず》を与えたとは考えてもいない。反対に自分たちが受けた当然の恥辱を、激しく憤っている。

そのための報復は、思慮に欠ける者たちだけに、底知れない執念深さと残酷さが発揮されるに決まっていた。

惣十郎はそれに危険なものを感じていた。

いまのままでは、やがて二人の所在をかれらに嗅《か》ぎ付けられてしまう。

柏屋に手伝いとして、紛れ込ませるわけにはいかなかった。

——この件、どう処置したらええのやろなあ。

惣十郎は台所の縁側に腰を下ろし、お鶴が竹籠へ諸子を移すのをぼんやり眺めながら、しきりに考えていた。

お里が細い鉄串をごっそり持ち出してきた。

前掛けを締めた蓑助がそれを受け取り、洗い場に持っていくと、束子《たわし》でごしごしと洗いにかかった。

いくら諸子を大量に焼くにしても、昨夜の泊り客が、なぜか台所で調理をしようとしている。

台所働きの女中たちが、これはどうしたわけかと問いたげな表情で、惣十郎とお鶴の顔に目を這わせていた。

かれと同行のお松は、部屋にひそっと閉じ籠っている。

まだ凌辱された衝撃から、脱し切れていないようすだった。

相手が誰であれ、女にとって好きになれない慮外の人物から、無理強いに犯されることは、後々まで心に深い傷痕を残す。

どうしたらあの女子の心の疵《きず》を癒やしてやれるのか。彼女からあれこれ詳細をきき、お鶴は歳月をかけて忘れるしか方法はなかろうといい、蓑助との間に子どもでも生れたら、次第に癒やされていくのではないかといい添えていた。

こんな心の疵に効く良薬が、どこかにあるはずもなかった。

力ずくで女を凌辱する。男として最低で、ならず者といえども、これだけの破廉恥《はれんち》は少なかった。

ところがその破廉恥な男が、自分たちの沽券《こけん》が疵付けられたとして、お松と蓑助の二人を追っている。

「お松はんのお父はんは、急いで店を畳み、丹波の篠山に帰るつもりやというてはったそうどす。けどお松はんと蓑助はんを捕えられなんだら、ならず者たちは今度はそのお父はんを捕え、餌《えさ》として二人を誘《おび》き出そうとするんやありまへんやろか」

「丹波の篠山まで、親っさんを追いかけていってかいな」

「そうなりますわなあ」

お鶴は生唾をごくりと飲み込みうなずいた。

「まあ、そうまでのことはありまへんやろ」

「へえ、お松はんのお父はんは、蓑助はんたちを店から立ち去らせるとき、こういわはったそうどす。わしはおまえたちがどこに身を隠すつもりでいてるか、あえてきかしまへん。どこに落ち着いたかて、二人で仲良うやるこっちゃ。それで蓑助、お松が清蔵に手籠めにされたことは、気が変になった犬に、不幸にも嚙み付かれたぐらいに思うておくのやで。ほんまにやくざとは嫌な者たちやわ。あ奴らは、自分たちをいったい何さまやと思うてるんやろ。大坂町奉行所の連中も、各藩の蔵屋敷の侍たちも、いざとなるとへっぴり腰。度胸なんかまるであらへん。これでは世の中、なんともならへんわい。まだ丹波にいた若い頃、わしは大坂や江戸、それに京などはもっと増しなところやと思うてた。ところが大きな町では、意気地のない連中が仰山《ぎょうさん》集まり、桶《おけ》の中の泥鰌《どじょう》みたいに、上になったり下になったりして、揉《も》み合うているだけやがな。わしは篠山に帰ると決め、いっそさばさばしたわいと、いわはったときききました」

「お鶴、そやさかいおまえは、清蔵たらいう堂島のならず者が、お松はんのお父はんを捕えて行方をたずねたかて無駄やと、いいたいのやな」

「へえ旦那さま、きいてへん行き先をどれだけ問われたかて、答えようがありまへんさかい。身体にきいてみると、簓竹《ささらだけ》で敲《たた》かれても、知らんものはいわれしまへん。それにしてもうちらは、ただそんな不埒《ふらち》が行われんよう祈るしかありまへんのやなあ」

お鶴は最後には眉《まゆ》を翳《かげ》らせてつぶやいた。

「ほんまになあ。わたしらにできることは、あの二人にどっかにひそっと隠れてもらい、当座の嵐が吹きすぎていくのを、じっと待つだけのこっちゃ」

惣十郎はそういったものの、当座の嵐を避けさせるため、いますぐどうすればいいのか、思い付かなかった。

柏屋に泊まってもらっていたら、人の口には戸が立てられず、そのうちかれらの知るところとなるに決まっている。

かれらなら二人を巧妙に誘拐《かどわか》し、大坂に連れ去るだろう。

そして人目の差さない場所で、どんな残酷な懲罰を加えるかしれなかった。

とにかくいますぐ起り得る事態にそなえ、少しでも早くお松と蓑助の二人に、どこかに移り住んでもらうに限る。

惣十郎は今日中にでもそれを果たそうと考えながら、蓑助が水洗いをすませた串に、巧みな手付きで、諸子を次々と刺し通すのを眺めていた。

「それでは旦那さま、ちょっと宗因の父上さまの許まで出かけてまいります」

襷《たすき》をしていたお鶴がそれを解き、惣十郎に告げた。

「ああ、そうしてくれるか。しばらく親父さまには会うておりまへんさかい、よろしく伝えておいてくんなはれ。店は繁盛してますやろなあ」

「店の繁盛など、どうでもよろしゅうおすがな。父上さまはご自分一人が食べていかれればよいご身分。一軒店を構えている柏屋の屋台とは、まるで違います」

お鶴は実父の宗因とは縁薄く生きてきており、いささか薄情にもきこえる言葉を、夫の惣十郎に返した。

「とにかく早う行ってきなはれ。戻ってきたら、あれこれ相談せなならんことが仰山ありますさかい――」

意味ありげに惣十郎はいった。

あれこれ相談とはなにか。ちらっと蓑助の後ろ姿を眺めたお鶴には、それがわかっているようだった。

お鶴はお里に、お松にも声をかけなにか手伝ってもらいなはれと指図していた。寂しさや暗い考えに陥《おちい》るのを避けさせるためで、妙な物想いにふけさせてはならなかった。

「ほな、すぐ帰ってきますさかい、頼みますえ」

お鶴は台所の誰にともなくいい、竹籠を提げて表に出た。

「気を付けて行っておいやす」

番頭の佐兵衛が、帳場からのび上がって送り出してくれた。

表に出ると、燕が高瀬川の川面すれすれに飛ぶのが眺められ、人の往来が盛んになっていた。

「えんやほい、えんやほい――」

朝からの一番船が、高瀬川を曳き上がってくる。清々《すがすが》しい水の匂いが強く鼻に漂った。

お鶴が三条をすぎ、土佐藩邸に近い木屋町筋の居酒屋・尾張屋までくると、油紙で貼られた店の戸が大きく開いていた。

父親の宗因が、錦小路で店の買い物をすませ、帰ってきたところらしかった。

「父上さま、鶴どす。お元気でおいでどしたか――」

彼女は店をのぞくなり、優しい声をかけた。

あらゆる真相がわかって以来、お鶴は父親を許す気になっていた。武士の社会や身分の上下、人間の欲望がどんなに醜《みにく》いものか、彼女にも理解できるようになっていたからである。

その中で父親の宗因は清廉潔白に生き、武士としての意地を通してきたのだといえよう。

尾張藩からの出仕の求めを再三拒み、京の市井で居酒屋の主として、庶民と哀歓をともにしながら生きている。

そのほうが人間としてどれだけ幸せか。死んだ母親の志津も、きっと喜んでいるに違いなかった。

「おお、お鶴か。わしはいま買い物から帰ってきたところだが、そなたを待たせはしなかったであろうな」

買い物籠の中から、買ってきたばかりの品物を取り出す手を止め、宗因は肘付《ひじつ》き台の奥からお鶴にたずねかけた。

「いいえ、たったいまきたところどす」

「それならよいのじゃが、それで今朝はどうかしたのか。まさか嫁ぎ先で、姑どのや旦那どのたちと喧嘩でもいたし、こんな実家に戻ってきたのではあるまいな」

　宗因は冗談顔でいった。

「父上さまには一度ぐらい、そんなことがあってもよいとお思いどっしゃろ。そやけど今日もまたお生憎《あいにく》さまどした。実は琵琶湖の堅田から、諸子が魚籠に二杯も届けられたんどす。そやさかい焼いてお店で肴《さかな》として、お客さまに出していただいたらどうかと思い、持参したんどす」

「おお、そうか。それはありがたい。今日はどうしてか、いつもの川魚屋に大きさのそろった諸子がなくてなあ。買わずに戻ってきたのじゃ」

「それは丁度よろしゅうおした」

「これだけ多くあれば、柏屋からの届け物だともうし、みんなに存分に食べてもらえるわい」

　竹籠の中をのぞき、宗因はにこやかな顔で一人うなずいた。

「高瀬船の曳き人足の方々から、一人一人お礼をいわれるのは面倒どすけど、まあそれも仕方ございまへん。そうしておくれやす」

　お鶴は苦笑していい、肘付き台の奥に回った。

「ところでお鶴、物騒な連中が大坂から淀川をさかのぼり、高瀬川筋まで入ってきているようじゃ。柏屋ではなんの騒ぎも起きておらぬか。いかがじゃ」

宗因は案じ顔で、いきなりお鶴に問いかけてきた。

「物騒な連中とは何者どす」

お鶴は宗因の顔をまじまじと見つめてたずねた。

「大坂堂島の湊屋《みなとや》一家の若い連中じゃ」

「若い連中といわはりますと、堂島のならず者たちどすか――」

「ああ、どうやら昨日から伏見はもうすに及ばず、高瀬川筋の旅籠を片っ端から当り、人探しをしているようなのじゃ」

「旅籠を片っ端から――」

「さてはそなた、なにか思い当ることがあるとみえるな」

宗因の目はさすがに鋭く、お鶴の顔色の変化を見逃さなかった。

「はい、そのならず者たちが探していると思われる若い男はんと女子はんを、昨夜から泊めてます。今日は朝から、身の振り方について相談を受けておりました」

「誰が相談に乗っているのじゃ」

「うちの旦那さまどす」

「惣十郎どのか。うまく乗ればよいのじゃが――」

「旦那さまは若おすけど、肝の据《す》わったお人どすさかい、どうにかされまっしゃろ。大坂の堂島から逃げてきた二人にはなんの非もなく、女子はんはならず者一家の若親分に、手籠めにされたんどす。うちが直《じか》にききました」

「若親分に手籠めにだと。それをさらに我が物にするためかどうかは知らぬが、大坂からこの京まで追うてきているのだとわかれば、きき捨てにはできかねるな。実は昨夜から怪しげなそんな若い奴らが、店に客として出入りしておる」

苦々しげな表情で宗因はつぶやいた。

大坂の堂島は、元禄元年（一六八八）に大掛かりに開発された。同地の一部を幕府が遊所としたため、盛大に栄えた。

近松門左衛門の『曽根崎心中』のお初は、堂島新地天満屋の抱女であった。また『雨月物語』などの作者で、文人、国学者として知られる上田秋成は、享保十九年（一七三四）同所で芸妓を母として生れ、紙・油商の島屋の養子となっている。

「若いならずものが客として――」

「互いに知った情報を、わしの店で伝え合うているようすじゃ」

「この諸子、そんなならず者たちに、ただで食べさせる必要はおへんえ」

お鶴は急にきっとした顔になり、宗因に断った。

「ああ、注文いたしたら、思い切り高く売り付けてとらせるわい。ともかくその一件、惣十郎どのに委せておくが、手に余るようならわしに知らせてまいれ。高瀬川の川筋まで、そんな奴らに入り込まれたことがこれからはっきりいたせば、角倉会所の頭取・児玉吉右衛門どのがひどくお怒りになられよう。大坂堂島のならず者たちは、角倉家が江戸幕府から高瀬川支配を仰《おお》せ付けられているのを、知らぬとみえるわい」

宗因は昨夜、奥の飯台で大きな態度で酒を飲んでいた見馴れぬならず者たちを思い出し、眉を曇らせた。

高瀬川筋で働く人々や馴染みの川人足たちが、触らぬ神に祟《たた》りなしといわぬばかりに、小さくなっていた。

中にはときどき宗因の顔色をうかがう者もいた。

——宗因の親っさん、あんな奴らを黙って放っておくんかいな。

そんな悪態を吐《つ》きそうな眼差しだった。

今夜も同じ雰囲気になるに相違なかった。

「宗因さま、なにか手伝うことはございませぬか——」

このとき、西船頭町で医者の看板をかかげている明珠《みょうじゅ》が、ひょっこり顔をのぞかせた。

看板をかかげていても、常に病人があるわけではない。明珠は暇ができると、尾張屋へ平服で手伝いにやってきていた。

「おお明珠どのか。丁度よいところにまいられた。柏屋のお鶴がなあ、諸子をたくさん持参してくれたゆえ、これを水できれいに洗い、串を打ってもらえまいか」

宗因は明るい声でかれに頼んだ。

「わかりました。早速、させていただきましょう」

明珠はお鶴に軽く会釈し、邪気のない顔でにっこりと笑った。

四

尾張屋に諸子を焼く煙と匂いが、濃く立ち込めていた。

陽が暮れてから店は一段と賑《にぎ》やかになった。宗因一人では客をさばき切れないが、幸い明珠が朝からずっといてくれ、大助かりのありさまであった。

「宗因さま、いつもこうなのでございますか」

明珠が酒の燗《かん》を付けながら、炭火で諸子を焼きつづける宗因にたずねた。

「毎度というわけではないが、ときどきはこんな日がござる。されど、商売物をたっぷり仕入れてきたにも拘《かかわ》らず、さっぱり客のない折もございますわい。今日の客はどこかで、尾張屋がただで諸子を酒の肴に振舞うてくれるときいたのであろう。それで集まってきたとしか、考えられぬ混みようじゃ。明珠どのがおいでくださるゆえ、なんとかさばけておりもうす」

「尾張屋が誰にどんな宣伝をしたわけでもないのに、妙でございますなあ」

「いや明珠どの、人ではなく猫どもが諸子の匂いを嗅ぎ、それを広めて歩いたのかも知れませぬぞ」

「猫たちでございますか。宗因さまは面白いことを仰せられますのじゃなあ」

宗因が炭火を団扇《うちわ》であおぐたび、こまかな白い灰が舞い立ち、明珠の顔に降りかかっていた。

今夜も肘付き台に陣取った重兵衛《じゅうべえ》が、明珠が酒の燗を付けるようすを、驚いた顔で眺めていた。

「こうして明珠さまが、酒の燗付けをしている姿を見せてもろうてますと、実に鮮やかな手付き。薬種を入れた薬研《やげん》をきしらせるように、馴れたもんどすなあ。丁度、燗の付いた頃を見計らい、さっと湯から引き上げて銚子を拭《ぬぐ》うところなど、たいしたもんどすがな」

「重兵衛さまはそれがしを煽《おだ》てておられるのじゃな。薬研をきしらせるのも、酒の燗を付けるのも簡単。どんな素人にでもできますわい」

「いやいや、簡単な仕事ほど、実はむずかしいもんなんどすわ。あれこれ作事に携わってきたこのわしがいうからには、間違いございまへん」

白髪頭の重兵衛は、確信ありげに断言した。

かれはいまでこそ隠居しているが、もとは幕府御大工頭《おんだいくがしら》・中井家の組頭を務めていた。

近くの米屋町に夫婦二人で住んでいる。

だが家に引っ込んでいては早く老ける。健康を損なわない程度に、人と会って酒を飲むのがいいと老妻に勧められ、毎晩のように尾張屋に現れるのだと明珠はきいていた。

重兵衛がそうまでいうのならばと、明珠は殊更、異議を唱える気にはならなかった。

年の妙というべきだろう。

確かに簡単に見える仕事ほど、その実は容易ではない。医術でも同じで、良い例が発熱や腹痛。背後になにがひそんでいるかわからないのである。

明珠はどこに出かけるときにも、目立たないように薬籠《やくろう》を携えていた。

急患にそなえてだった。

重兵衛は、かれがいつも持っている薬籠が、調理場の隅に置かれているのを目にしており、その心掛けをふくめ、酒の燗付けを褒《ほ》めているのかもしれなかった。

明珠と重兵衛が、軽い言葉でやり取りするのをききながら、宗因は店の表に背を向け、隅で腰を下ろす初老の男を気にしていた。

男は顔を隠すようにして、一人で酒をちびちび飲んでいる。

そこにいるだけで、貫禄を感じさせる男だった。

店にはかれだけではなく、入口近くに昨夜の男たち三人が、新顔一人を加えて陣取っていた。四人は険《けわ》しい目をときどき店の中に配り、ひそひそ話をしている。

狭い店の中は、そのほか高瀬船の曳き人足や、近くの積荷問屋で働く男たちでいっぱいだった。

「おい親っさん、おれたちにも諸子の焼いたのを一皿くれねえか」

四人の中の一人が、腰掛けからのび上がって頼んだ。

その飯台の上には、重兵衛が運んでいってくれた銚子六本ほどが、無造作に食い散らされた若狭鰈《かれい》の皿などとともに置かれていた。

「お客はん、すんまへんけど、いまここで焼いている諸子は、みんなもう売り切れ。

お客はんたちには出せしまへんわ」

宗因が串をひっくり返しながら、男を怒らせるような口を利いた。

「なんだと親父、みんな売り切れで、わしらに出す分はないのやと。手許にまだ仰山残ってるやないか。その科白はなんやねん。おまえ素人のくせに、わしらに喧嘩を売ってるんか」

「取りあえず喧嘩は売らんと、酒だけ売ってますわいな」

「な、なんじゃと――」

宗因の挑発に、ほかの一人が尖《とが》った声を発して立ち上がった。

「おい、店の親父。おまえはなんでわしらに、そない突っかかる口利きをするんじゃ。なにかわけでもあるのかいな」

「へえ、わけはおますわ。銭は要りまへんさかい、この店から出ていってほしいのどす。酒を飲みたければ、ほかの店に行っていただけしまへんやろか」

宗因はずけっと相手にいった。

がやがや喋《しゃべ》りながら仲間と酒を飲んでいたほかの客たちが、ぴたっと動きを止めた。

船曳き人足の米造と孫六も、互いの顔を見合わせて黙り込んだ。

「わしらに出ていってほしいとは、どういうこっちゃねん。わしらのどこが気に入らんのやな」

兄貴分らしい男が、ほかの三人を制し、宗因を激しく詰《なじ》ってきた。

「どこというて、わしはそこにおいでの四人のなにもかもが、気に入らんのどすわ。大坂の堂島から、高瀬川筋までやってきて、誰かを探していはるみたいどすけど、その相手のお人をうまく見付けられましたんかいな。高瀬川筋ではもう評判になってますわ。そのきこえてくるあれこれが、すべて気に入らんのどす。なんでも若親分が女子はんに乱暴を働き、妾にならへんかと誘ってはるそうどすなあ。そやけど嫌われて逃げ出されはったとか。それを追うて淀川から伏見、さらには高瀬川筋まで出張ってくるとは、男としてみっともないとは思われしまへんか。高瀬川筋の旅籠を次々に当り、そこにも探す相手がいてはらなんだら、次には東海道を大津までいき、琵琶湖の底でも浚《さら》えはりますのか——」

客たちは尾張屋に何年も通っている者が多いが、これほど悪態を吐く宗因を見るのは、ほとんどが初めてだった。

「親父、てめえ耳の聡《さと》い奴ちゃなあ。わしらがどうして高瀬川筋をうろついてるのか、もう知っているとは、さては大和屋の者となにか関わりがあるのやな」

「わしがそのお人と関わってたら、どないにおしやすつもりどす。つべこべいい、おのれたちの勝手な無法が、痛い目に遭《あ》わされなわかりまへんのか――」

その声とともに宗因は出刃包丁を握り、肘付き台をぱっと飛び越えてきた。兄貴分の目前に飛び降り、その胸倉をぐっと摑んだ。

一瞬の動きであった。

「さあ、店から出ていってもらいまひょか。ほかの店にといいましたけど、もう堂島に戻り、大人しくしてはることどすなあ。若親分にも、京の高瀬川筋は恐おすわとでも伝え、気儘《きまま》ができへんことを、よう教えといたらどないどす」

男の胸許に包丁を突きつけてすごんだ。

「な、なにをするんや、てめえ――」

あとの三人が顔を険しくさせ、一斉に気色ばんだ。

「これこれ、このお人の相手になるのは、もうそれまでにしておくのじゃな。それがしは明珠ともうす医者。この尾張屋の主に腕をへし折られたり、出刃包丁で疵を負わされたりしたら、手当ぐらいしてつかわす。されどありのままをもうせば、ここの主は、そなたたち四人が一斉に襲い掛かったとて、造作なく叩《たた》き伏せてしまわれるお人じゃぞ」

明珠が穏やかにいいながら、宗因の手から出刃包丁を受け取っていた。

「宗因さまがこんな物騒なものを握り、店の中を飛ばれるとは、よほどお腹立ちなのでございましょう。そこのところが察しられたら、そなたたち四人は店から黙って引き上げ、夜船で大坂に戻らはったらどないどす。若い女子はんに乱暴を働いたという若親分に、あんまり目立つ悪さをしてたら、そのうち世間さまが放っておかへんと、よういいきかせておかないけまへんなあ。明日になってもみなさまの姿を高瀬川筋で見掛けたら、このお人が腹を立て、次にはただではすまされしまへんで――」

明珠はさらに念を入れた。

「世の中には、とんでもないお人がとんでもない恰好で、ひっそり暮らしてはるもんどすわ。酔狂いう奴どすなあ。女子一人のことで、大坂から京までの川筋が揉めたら、どないになります。あちこちを巻き込み、えらい大事《おおごと》に発展しまっせ。おまえさんたちも、世間をもっと大きな目で見なあきまへんわ。ともかくまあ、お坐りやすな。そないに食べたかったら、わしが店の親父はんに頼み、諸子を一串焼いてもろうて上げます。それを食べ、夜船で大坂にお戻りやす」

隠居の重兵衛が、世馴れた口調でみんなをなだめ、取りあえず静かに飯台に向かわせた。

宗因に胸倉を摑まれた年嵩《としかさ》の男も、怖気付《おじけづ》いた表情で、長床几《ながしょうぎ》に腰を下ろした。居酒屋の主は、調理場から肘付き台を飛び越えてきたが、落ち着いてその距離を計ると、三間はありそうだった。

しかも相手は、自分の目指す場所にひょいと飛び降りている。武芸の達者ぶりが、はっきりとわかる相手であった。

年嵩の男の顔から、改めて血の気が失せていた。

「これで大人しく大坂に引き揚げはるんどしたら、諸子を新たに焼かせていただきまひょ」

宗因がかれらにいい、調理場に戻りかけた。

そのとき奥で背を向け、飲んでいた貫禄のある初老の男が、待ってくんなはれといい、立ち上がった。

「こ、これは大親分――」

宗因から衝撃を与えられた男たちが、初老のかれを見て、またもや腰を抜かさんばかりに驚いた。

かれは男たちが若親分と慕う清蔵の父親、島蔵だったからである。

「尾張屋の旦那、わしは大坂・堂島界隈《かいわい》を島にしている湊屋一家の島蔵いうけちな男どす。ここ半年余り、病で寝付いておりました。ようやく元気になって起き出してみると、なにか島の中が変なんどすわ。そこでこっそり自分で探りを入れてみました。結果はこんなみっともない始末。この四人は息子の清蔵が身近に置き、あれこれ使っている男たち。そやけど若い女子はんに乱暴を働き、堂島にいられんようにしたのは、息子の清蔵というよりこのわしの罪。甘やかし、勝手気儘に育ててしまったからどす。それを四人にいいきかせてお許しくださるとは、まことにありがたいご処置でございます。こうなったら、大坂に帰って息子の性根を叩き直すか、島を誰かに譲って堅気になるか、どうにかしななりまへん。わしの命にかけても、必ずなんとかいたしますさかい、どうぞ堪忍《かんにん》してやっておくんなはれ。この通りでございます」

島蔵は冷たい土間にがばっと両膝をつき、宗因に平伏した。

「堂島の大親分、島蔵はんどすか。これは驚きましたわい。人のことなどいえた義理ではございませぬが、出来の悪い息子を持つと、難儀でございますなあ。さらにもうせば、出来の悪い息子ほどまた可愛いときている。ご子息の清蔵はんは、おいくつにならはるんどす」

「へえ、二十五になります」

「二十五ならまだひよっ子。一人前に育つまで、まだまだ死ねませぬなあ」

「全くその通りでございます」

「口幅ったいことをもうしますが、よき一家を作るには、よき番頭を育てること。これは商家も規模に拘わらず藩家も同じ。さらには、色町のお人たちにもいえることでござる。それがしはもとは武士。思いもかけぬさまざまな事態に出会い、いまは居酒屋の主として、気楽にすごしておりもうす。されど生きるにつけては、あれこれ面倒が付きまとい、厄介でございますわい。ともかく見たところ、それがしよりまだお若いごようす。身体を大切にいたされ、ご子息をしっかり鍛え直されますのじゃな」

宗因は土間に両手をついている島蔵にいい諭した。

大親分の島蔵がそうしているだけに、ほかの四人も土間に坐り込み、うなだれていた。

「旦那さまが仰せられる通りでございます。これからどうすればよいやら、真剣に頭を痛めねばなりませぬ」

「島蔵の大親分、それは持つ者の贅沢《ぜいたく》な悩みともうしましてなあ。なにも持たねば、悩むこともいささかもありませぬのじゃぞ」

明珠が明るい声でいった。

「まず大親分がなさねばならぬ処置は、息子どのに強いお灸《きゅう》をすえること。そして追っている二人を以後、絶対に探させぬことでござろう。曽根崎の遊所で働く女たちとて、好きで身体を販《ひさ》いでいるわけではございますまい。それぞれ一口では語れぬ深くて哀《かな》しい事情を抱えているはず。そんな世間の裏側もすべて呑み込み、島を守っていかねばなりますまい。人情に厚い親分こそまことの任侠の徒。さようなお人であれば、人にも慕われ、島もきちんと保てましょう。それがしは大親分どのを、そんなお人ではないかと思うておりますわい」

宗因は島蔵の両手を取り、立たせながらいった。

「幾重にももったいないお言葉――」

「とりあえず、どら息子どのをまっとうな男に鍛え直すため、まあ二、三年、淀川の過書船にでも一人で乗せたらいかがでござる。暑さ寒さや人の情けを、身をもってみっちり味わわせるに限りますわい。わしが角倉家に雇ってもらいたいと、口を利いてもようございますぞ」

宗因がここまでいうと、島蔵はうっと声を詰まらせた。

店の中がまたいくらか賑やかになってきた。

「えんやほい、えんやほい――」

今日、最後の荷船が曳き上げられてきた。

夜空では星がまたたきはじめている。
明日も好天のようだった。

三日坊主

た。

一

「尾張屋の旦那さま——」

宗因は京の台所といわれる錦小路で買い物をすませ、四条小橋の近くまで戻ってきた。

このときいきなり後ろから、どこか切迫した若い女の声がかけられた。

振り向くと、高瀬川を一つ隔てた土佐藩京屋敷の東でかれが開く居酒屋から、北に七軒ほど上《かみ》になる小料理屋「辰巳屋《たつみや》」で、女中奉公をしているおまさであった。

「辰巳屋のおまさはんではないか。どうしたのじゃ」

宗因は立ち止まり、彼女が近づくのを待ちかまえた。

おまさも錦小路で店の買い物をした戻りらしく、両手に蕗《ふき》や鰆《さわら》など、さまざまな品物を入れた竹籠を提げていた。

「へえ、お呼び止めしてすんまへん。すぐそばまでどすけど、ご一緒に帰っていただけしまへんやろか」

彼女は辺りをはばかる声で頼んだ。

「わしに一緒に帰って欲しいともうすのだな。なにかあったのか」

眉《まゆ》をひそめ、かれはたずねかけた。

「はい、ちょっと――」

おまさは工合の悪そうな顔になり、目で宗因にすがった。

宗因が四条通りに目を這《は》わせると、ならず者めいた若い男が、あわてたようすで西にさっと踵《きびす》を返した。おまさが宗因に同道を頼んだのは、その男が原因に相違なかろう。

どうせ辰巳屋にちょいちょい姿を見せる客で、おまさに好意を抱き、うるさく付きまとっていたのに違いなかった。

「店までともに戻るのはなんでもないが、妙な男に付きまとわれては、そなたも難儀じゃな」

「へえ、宗因さまはもうお気付きどすか」

おまさはほっとした表情をみせていった。

尾張屋の主《あるじ》・宗因が、もと尾張藩京屋敷に仕えていた武士だったことは、高瀬船が往来する木屋町筋の多くの人々に知られていた。

店の客は、だいたい高瀬川の船人足や、町筋に並ぶ積荷蔵で働く人足かお店者《たなもの》。酒が安く飲めるので評判だった。

店にはたまに、かれに好意を寄せる角倉会所《すみのくらかいしょ》で働く女船頭のお時や、二条の会所近くで旅籠《はたご》屋を営む「柏屋」のお店《たな》さま（女主）になっている娘のお鶴が、手伝いにやってくる。

だが普段は買い物から仕込み、接客まですべて宗因独りでこなしていた。ときには、馴染《なじみ》客が勝手に手伝ってくれる折もあった。

今日もいつも通り、客たちに出す品のあれこれを錦小路で買い求めてきた。中でもかれが常に大量に買ってくるのは、近江《おうみ》の瀬田から運ばれてくる蜆《しじみ》だった。

蜆は一升で十文から十五文。江戸や京大坂だけではなく、関東以西ならどこでも馴染みの深い食材であった。

「蜆汁を飲まぬ客には、酒は売りまへん」

木屋町筋で居酒屋を始めてすでに何年にもなるかれは、いつも冗談めかし、京言葉で客たちにいっていた。

蜆は昔から酒毒を除き、二日酔いに効くことで知られていた。

蜆には現代医学でいえば、メチオニン、シスチンといった肝臓を強くするアミノ酸が多くふくまれている。それらが胆汁の分泌を促し、黄疸《おうだん》を予防するのである。

かれが手にした竹籠の底から、蜆の水がまだぽとぽとと滴《したた》り落ちていた。

「真っ昼間から送《おく》り狼《おおかみ》にまとい付かれるとはなあ」

宗因は軽口を利《き》き、おまさに笑いかけた。

送り狼とは、表面は好意的に人を送り届けながら、途中で特に女性に、乱暴をはたらく危険な人物をいう。

「尾張屋の旦那さまは気軽にいわはりますけど、送り狼ほど迷惑なものはあらしまへん。毎朝、錦小路へ出かけるうちを待ち受け、荷物を持ってやろうのどうのと、うちの気をなんとか惹《ひ》こうとしはるんどす。そやけどその狼が、辰巳屋の上客といつも一緒のお人だけに、あんまり邪険にもできず、うちは一層困ってます」

「上客と一緒の人物なら、そうであろうな。それで相手は、どこの何者なのじゃ」

おまさの返事をきき、宗因は急に真面目な顔付きになり、更にたずねた。

「その上客は、東町奉行所の市中お見廻りの同心さまと、十手を預かっておいでの白壁町の桝屋《ますや》六右衛門親分はんどす」

「なんだと、あの男はさような連中の供をして、辰巳屋にやってくるのか――」

宗因は少し驚いた顔で彼女を眺めた。

「はい、桝屋はんの手下として使い走りをしたり、探索の手伝いをしているそうどす」

「いまそなたは、桝屋の親分ともうしたが、その白壁町の桝屋とは、確か瀬戸物屋ではないのか」

「へえ、瀬戸物屋の桝屋はんどす」

「やはりそうか。町奉行所から十手を預かっている瀬戸物屋があるとはきいていたが、そ奴の手下に目を付けられたとは厄介じゃな」

難しい顔で宗因はつぶやいた。

高瀬川から西にのびる京都の三条通りの弁慶石町や中之町界隈《かいわい》は、大津街道（東海道）や高瀬船などで尾張や美濃《みの》、さらには九州の伊万里《いまり》や唐津《からつ》などから運ばれてくるやき物の集散地であった。

そのためそれらを南北に貫く御幸町通り、麩屋町《ふやちょう》通り、富小路通りなどには、多くのやき物問屋が櫛比《しっぴ》していた。

桝屋六右衛門は三条麩屋町を少し下った白壁町で、小さな瀬戸物屋を開いていた。

やき物に限らず、各種の問屋は小売を行わない。それで三条通り筋のやき物問屋は、盗賊を遠ざけるため、町奉行所から十手を預かる桝屋六右衛門に、近くで瀬戸物屋を営ませていたのだ。

桝屋は間口四間ほどの小店。商いは六右衛門の女房と小僧の二人だけで切り回していた。

おまさによれば、先程の人物は六右衛門の手下で源七といい、もとは博徒。三条通りのやき物問屋から、過分の賂《まいない》を受ける同心の杉坂卯之助と六右衛門に、ともにかわいがられている男だった。

おまさの言葉通りなら、彼女は蛇《へび》に睨《にら》まれた蛙《かえる》も同然だといえよう。

市中見廻りの同心と、その同心から十手を預かる者の手下となれば、普通の商人には、目前に立ちはだかる大きな峭壁《しょうへき》も同じ。店への出入りを断るわけにはいかなかった。

――これではやがて悶着が起き、あげく傷を負うのはこのおまさだろうな。

宗因は彼女と連れ立って木屋町筋を北にたどりながら、胸の中で苦《にが》くつぶやいていた。

おまさはまだ十八歳。去年、近江草津の湖辺の村、芦浦村から辰巳屋へ年季奉公にきたのだと、常連客の隠居大工の重兵衛から、きかされたのを覚えている。

宗因が無言で歩くかたわらで、おまさも昏《くら》い表情で店に向かっていた。

彼女が持つ店の買い物は、宗因のそれよりはるかに少なかった。

辰巳屋は尾張屋ほど小店ではないだけに、おまさが錦小路で見立ててきた品物の大半は、買い物をした店の小僧たちが、後から辰巳屋に届けてくれるからである。

おまさが両手に携《たずさ》える竹籠は軽かったが、源七は狭い錦小路を人に揉《も》まれて歩く彼女に近づき、幾度も声をかけてきた。

「辰巳屋のおまさ、その買い物籠、わしが持ったろうやないか」

濁ったかれの声が今日も彼女を怯《おび》えさせた。

「若い女子のおまえが買い物をしていると、店の者に甘う見られ、古い品を売りつけられるかもしれへんねんで。そこがおまえにはわからへんのか」

源七に言葉をかけられても、おまさはなんの応答もしなかった。

「おまえは愛想のない女子やなあ。わしがこうも親切な声をかけてやっているのに、返事一つせえへんのかいな。わしがお前の荷物を提げて後ろに立ってたら、店の者はわしをおまえの男衆《おとこし》と思い、ええ品物を安う売ってくれるはずや。若い女子衆やと見て、先《さっき》も乾物屋でからかわれていたやないか。今度また同じことがあったら、わしは勝手に前に出ていき、相手をどづかせてもらうで。そしたら大騒ぎになるやろなあ。それでもええのかいな」

源七の言葉は、まさにおまさへの威《おど》しであった。

幸いその後、そんなことはなかったが、源七は同心の杉坂卯之助や親分の桝屋六右衛門とともに辰巳屋にくるたび、いつも二人の目を盗み、さり気なくおまさのおいどに触った。

相手をどづくとは、撲《なぐ》る意味の京言葉で、おいどは尻を指していた。

辰巳屋が奉公にきて一年ほどしか経っていないおまさを、錦小路へ行かせているのは、彼女の資質を見込んだからだった。勿論、何度か板場や古い女子衆の供をさせ、買うべき物の品質を見定めるこつを、教えた上であった。

「おまさの奴、なかなか上手な品定めをしてくるやないか」

「家は半農半漁やそうやさかい、琵琶湖の魚の新しいのと古いのを、見分け馴《な》れてるのやろ。海の魚も基本は同じやさかい」

「野菜の見分けかて、しっかりしたもんやで」

「それになにを頼んでも、へえと明るい返事をし、気持よく動いてくれるわい」

「お客はんにも愛想がええしなあ」

「辰巳屋に好ましい女子衆がきたと、近くでもう評判になってるわい」

「あんな娘がこれからもずっと居付いてくれたら、助かるのになあ」

「住込み働きの年季は四年。おそらくその間に、店に長くいてもらうため、長兵衛の旦那が適当な婿をどっかから探してきて、くっ付けてしまうやろ」

「店が繁盛するのもしないのも奉公人次第。長兵衛の旦那もそこは心得てはるさかいなあ」

「お店さまも自分には派手になったきものの中から、おまさに似合うものを探し出し、せっせと着せてはるがな」

辰巳屋の奉公人たちはこう噂していた。

「そやけどおまさはんには、悪い虫がもう取り付こうとしてますえ」

「悪い虫とはなんやいな」

若い板場がたずねた。

「それは悪い客、男どすわ」

「どんな客なんや」

「東町奉行所同心の杉坂さまが、ときどき連れてきはる十手持ちの桝屋の旦那、そのお供をしている源七といういけ好かん奴どす」

年嵩《としかさ》の仲居のお竹が、憎々しげに答えた。

「その源七は、何年か前まで北野遊廓の博奕打《ばくちう》ちのところで、子分をしてた男ときくやないか」

「どうして博奕打ちの子分が、十手持ちの旦那にくっ付いたんやろ」

「それは蛇《じゃ》の道は蛇《へび》という奴ちゃろなあ。世間にはそないな取り合わせがようあるわい」

「そんな奴に、初《うぶ》なおまさが目を付けられてるんやったら、わしらがどうにかしてやらなあかんのとちゃうか」

「そしたらおまえ、源七の奴がきたら、その腹に出刃包丁でもぶすっと刺し込む気かいな」

「そんなことまで考えてへんけど、それがわかったら、わしらの手でどないかしてやらななりまへん。旦那さまはそれをご存知どすやろか」

「わしがお話ししたさかい、もう知ってはるわ。苦々しい顔できいてはったさかい、なんとか始末を付けてくれはるやろ」

板場頭の宗助が声を強めていった。

「始末というて、どうしはるおつもりどっしゃろ」

出刃包丁で腹でも刺す気かと問われた若い板場が、宗助にただした。

「うちの旦那は、桝屋の旦那に金でも握らせ、その源七を遠ざけはるおつもりやろ」

「そやけど宗助はん、相手は犬や猫ではなし、檻の中に入れておかれしまへんえ。桝屋の旦那がその博奕打ちの子分やった男に、おまさはんには近づくなと、どれだけ強う諌《いさ》めたかて所詮は無駄。男がおまさはんにえろう惚れてたら、十手持ちの旦那の許から飛び出してでも、おまさはんをわが物にしようとしまっせ。これは銭金や理屈で片付く問題ではなさそうどす。人の心ばっかりは、町奉行所の旦那にも手に負えしまへんやろ」

「お竹はん、そしたらどないしたらええのやな」

板場頭の宗助が、眉を翳《かげ》らせてただした。

「いっそあの男に悪事でもはたらいてもらい、隠岐島にでも遠島になってもらうしかありまへんなあ」

お竹が腹立たしそうにつぶやいた。

「お竹はん、そんな無茶なことをいうて、おまさが逆上した源七の手にかかって殺されかけたりしたら、どないするねん」

「そんな恐れがあるさかい、うちは苛立《いらだ》ってるんどす。だいたいおまさはんの難儀を知ってる男が店に二人も三人もいて、みんな手をこまねいているとは、それこそどういうことどすな。うちはほんまに腹が立ってなりまへん。誰も男らしゅう始末を付けられへんのどしたら、うちが板場から包丁を持ち出し、その源七を刺し殺してやりますわ」

「お、お竹はん、そんな物騒なことをいわんと、そのうちわしらが旦那さまによう頼み、なんとかしていただくさかい。あんまり怒らんときなはれ」

宗助がいきり立つお竹をなだめた。

おまさは自分のことで辰巳屋の板場や仲居たちが、なにか相談しているのを薄々、知っていた。好意を執拗にみせ付ける源七についてに違いないと思っていた。

——辰巳屋になにか凶事が起ったら、うちはどうしたらええのやろ。

芦浦村にあるおまさの実家は貧しく、母親のお照は病み勝ちで、しかもまだ幼い弟や妹たちがいた。辰巳屋には前借があり、とても実家には逃げて帰れなかった。

昏い顔で歩く彼女の行く手に、辰巳屋の梲《うだつ》看板が見えてきた。

宗因が営む尾張屋は、縄暖簾《なわのれん》の小さな店だけに、さすがに目に映らなかった。

「辰巳屋のおまさはん、店でなにかあったら、わしの許に逃げてまいれ。匿《かくも》うたうえ、どんな相談にも乗ってつかわす。市中見廻りの同心と、そ奴から十手を預かる瀬戸物屋がからむとあれば、むしろ始末は付けやすかろう。わしもいまは居酒屋の親父だが、もとは武士。こちらからねじ込んでくれる」

表戸を閉めた店の前までくると、宗因は立ち止まり、おまさに笑いかけた。

「尾張屋の旦那さま、ありがとうございます。何事もなければようございますけど、そのときにはどうぞお力添えをお願いいたします」

「その手始めに、今日の仕入れでわしに出会い、源七の嫌がらせから逃れられたと、主の長兵衛や板場の者たちに、はっきり伝えておくのだな。そして当分の間、錦小路にはわしとともにまいるといたそう。殊更、厄介を荒立てて解決するまでもなかろう」

本当をいえば、宗因は辰巳屋の長兵衛や板場頭の宗助に、おまさを買い物に出かけさせるなといってやりたかった。

宗因が店の前に立ったままおまさを見送っていると、遥か向こうから娘のお鶴とその姑《しゅうとめ》の伊勢が、町医の明珠《みょうじゅ》となにか話しながらやってくるのが、小さく眺められた。

かつて医僧だった明珠は、いまは四条に近い西船頭町の長屋で診療所を開いている。

おそらくどこか往診の帰りに、お鶴たちと出会ったのだろう。

——そうだ。明珠どのはいま町医の看板を掲げているが、その建物にそれらしい名前を付けてやると、約束していたわい。

明珠の診療所の看板は、幕府御大工頭《おんだいくがしら》・中井家の組頭を務めていた隠居の重兵衛が、「いしゃ」とひらがなで彫ってくれていた。

――重兵衛どのもそれはよろしゅうおす、わしがまた彫らせてもらいまひょという ておられた。さればわかりやすく、いっそ明珠館とでも付けたらどうだろうな。あそこでは、町内の子どもたちにただで読み書きやそろばんを教えており、寺子屋の役目も兼ねているのでなあ。明珠館、たかが長屋の一軒だが、診療所の名としても悪くはないわい。

かれが古びた表戸を開ける背後から、高瀬船を曳《ひ》き上げる声がきこえてきた。

「えんやほい、えんやほい――」

川端に植えられた新緑の柳の枝を、燕《つばめ》がさっと掠《かす》めていった。

二

陽が暮れ、辺りが暗くなりかけていた。

先程、尾張屋の軒先に吊《つ》るされた提灯《ちょうちん》に、宗因が付け木の火で明かりを点《とも》した。

「明珠館、それははっきりしててようございますなあ」

早速、隠居の重兵衛が肘付《ひじつ》き台に向かったまま、にこやかな顔で宗因に賛同の言葉をのべた。

今日は昼すぎから、燕が高瀬川の水面すれすれに飛翔している。雨が近いせいで、湿気を帯びた小さな虫が低く飛ぶからである。

燕は高瀬船に出会うと、巧みに羽をひるがえし、天空に飛び上がった。

「重兵衛どのには、縦長の看板を彫っていただきたい。それを『いしゃ』と刻んだ看板の横に掲げるつもりでござる。明珠どのにそれを伝えたら、少し大袈裟《おおげさ》すぎて面映《おもはゆ》いというておられた。だがさように思われることはない。目立つのが肝心じゃ。いま諸国では、士風刷新や学問興隆の風潮の中で、藩校の設立がつづいている。尾張藩では明倫堂《めいりんどう》(幅下堀留《はばしたほりどめ》学問所)を創設し、同じく尾張の西尾藩では、子弟の教育や医者の養成のため、藩校修道館、済生館を設けたくらいだと話してやりましたら、やっと納得されましたわい」

この時期、諸藩では子弟の教育と財政を富ませるため、藩校の設立が盛んであった。

京都に近い綾部《あやべ》藩では藩校進徳館を開き、文治政策を行った。

惇明《じゅんめい》館を開校した福知山藩では、八代藩主の朽木昌綱《くつきまさつな》自ら前野良沢《まえのりょうたく》の門に入って蘭学を学び、蘭学大名と呼ばれた。

蘭学者との交流も多かった昌綱は、特に大槻玄沢《おおつきげんたく》と昵懇《じっこん》で、その著『蘭学階梯《かいてい》』に序を書いた。オランダ商館長チチングとも親交を持ち、『西洋銭譜《せんぷ》』『泰西輿地図説《たいせいよちずせつ》』などの著作を著し、蘭学の保護者としても有名であった。

隠居とはいえ重兵衛も、幕府といくらか関わりのある立場だっただけに、そうしたことの一端ぐらい知っていた。

「宗因さまがいわはるのは尤《もっと》もどす。明珠館とはあの若者の名前だけではなく、その性質をもずばりと言い当ててます。耳へのきこえもよく、なにやら新しい風みたいなものを感じますわ」

「そうであろう。わしもわれながらよい名だとよろこんでいる」

宗因は板場に立ち、今夜、客に出す鮒《ふな》寿司を薄切りにしながら、重兵衛の顔を見上げた。

「どうどす。一杯飲まはりますか――」

肘付き台でちびちびやりながら、宗因の包丁さばきを見ていた重兵衛が、かれに空の盃《さかずき》をさし出した。

「客がくるまでに、一杯飲んでおくといたすか。わしも近頃では、長くここに立っているのが億劫《おっくう》でなあ。酒でも飲まねばやっておられぬ気になるのじゃ。いっそ店を閉じようかと思う折もござる」

宗因は毎晩といっていいほど、尾張屋にくる重兵衛の銚子を受けながら愚痴《ぐち》った。

「そうどっしゃろなあ。一杯酒が入ると、誰でも元気になるもんどすわ。そやけどこの尾張屋が休みどしたら、近くのお店や船人足のお人たちががっかりしはりまっせ」

「重兵衛どののもでございますか」

「そら勿論で、ほかに飲みに行く店を探さなりまへん。そやけど、どこでもなんや居心地が悪おしてなあ。酒の肴《さかな》も、尾張屋ほど吟味されておりまへんわ」

「さようにいわれると、無理でも店を開けねばなりませぬなあ」

「立っているのが億劫やといわはりますけど、宗因さまのお元気の源《みなもと》は、店で大勢の客たちに囲まれ、忙しくしてはるさかいと違いますか。板場に立って手足を動かしてはるのが、お元気でおられる秘訣。このお仕事を辞めはったら、わしみたいにすぐただの老い耄《おぼ》れになってしまいまっせ」

「ただの老い耄れになあ」

宗因は小さくつぶやき、盃を一口で空け、それを重兵衛に戻した。

「それより宗因さまは、尾張屋を閉めてどこかに参られ、剣の道場でもお開きになるお考えなのではございまへんか――」

「わしが剣の道場でも開くと――」

「へえ、宗因さまを見ていると、まだまだそんな覇気《はき》が感じられます。まさか尾張藩に帰参されるおつもりではありまへんやろなあ」

重兵衛は疑わしげな顔でかれを見つめた。

「ばかばかしい。今のわしにさような気持などいささかもございませぬぞ。わしは世を捨てた気で、この居酒屋を始めましたのじゃ。こうして店を営んでいれば、普通なら見えぬものまで見えてきますのでなあ」

「それそれ、それがええのどすわ。高瀬船の船頭衆も、川筋の店屋で働くお店者やあれこれのお人たちも、宗因さまがここで商いをしてはるさかい、なにかと頼りにしてはりますがな」

「こんなわしを頼りになあ」

「それはほんまどっせ。これは酒飲みの老い耄れの、ええ加減なお世辞ではございまへん」

重兵衛の言葉をきき、宗因は辰巳屋のおまさのことを思い出した。

あれから五日ほど経っている。

約束通り三度、錦小路へ一緒に買い物に出かけた。

案の定、彼女が避けている源七にも出会い、しっかり睨《にら》み付けておいてやった。

だがそれだけで、源七がおまさからあっさり手を引くとは考えられなかった。

現実には自分はそんな問題も抱えている。

気儘《きまま》にはできない事実が、そこにはやはり存在していた。

「宗因さま、角倉会所の頭取の児玉吉右衛門《きちえもん》さまが、いまのお言葉をおききになられたら、どないにいわはりまっしゃろ。角倉会所の頭取さまは、宗因さまを高瀬川筋のお目付役のように考えてはりますさかい。川筋がずっと平穏でいられるのは、宗因さまがここで居酒屋をしてはるからとちゃいますか。そこをよう考えていただかなあきまへんなあ」

重兵衛はもう一本熱いのをと頼み、角倉会所の頭取の名を引き合いに出した。

児玉吉右衛門の数代前の先祖は、大坂夏の陣で豊臣家が徳川家に滅ぼされたとき、大坂城の攻撃に加わった徳川家の旗下であった。

「重兵衛どの、わしが吉右衛門どのから高瀬川筋のお目付役と思われているとは、甚《はなは》だ迷惑で厄介じゃ。万一の場合、扶持《ふち》もらっておらぬに身を挺さねばなりませぬのでなあ」

「そやけど、高瀬川筋に住む者なら誰でも、なんとなくそう思っているのどすさかい、仕方ありまへんがな」

「さればわしは諦《あきら》めるしかないのじゃな」

宗因はまたおまさの姿を、胸裏に浮かべてつぶやいた。

「宗因さま、まあ元気を出して頑張っておくれやす。人間、五十の坂を超えると、気弱になったり、働くのが億劫になったりするときがございますわ。それは六十を遥かにすぎたわしがいうのどすさかい、間違いありまへん」

重兵衛は妙に明るい声でいった。

「されば重兵衛どの、お年を見込んで正直に明かすが、つい五日ほど前、柏屋に嫁いでいる娘のお鶴と隠居されているお姑の伊勢どのが、店にまいられてなあ。二人してわしに押しつけがましくもうすのじゃ」

いくらか苦渋の色を浮かべ、宗因が告げた。

「お姑どのとお鶴はんがそろってきはり、なにをいわはったんどす」

「話は簡単。わしもまだ元気だとはもうせ、五十を超えたのだから、独り暮らしは止めたがよい。お時どのを店の手伝いとしてきてもらい、一緒に住んだらどうかともうすのじゃ。お時どのは柏屋の伊勢どのや、死んだお鶴の母親の志津と、かつてはともに角倉会所で女船頭として働いておられた。いまも女船頭頭《がしら》として、若い女船頭たちの指導に当っておられる。それゆえ、あらかじめ吉右衛門どのにも相談してきたが、是非ともそうしてもらいたいと、わしに強く勧めるのじゃ」

「そら、結構なお話ではございまへんか」

重兵衛はぱっと顔を輝かせた。

「お鶴の奴は膝を進め、強談判《こわだんぱん》でもうすのじゃ。死んだお母はんも男鰥《おとこやもめ》の暮らしを案じてはる。うちらの勧めを知ったら、よろこんでくれはるに違いありまへん。うちかてそないに望んでます。昔は父上さまを怨《うら》んでましたけど、いまではそんな気は少しもございまへん。父上さまがお時はんと新たに所帯を持ってくれはったら、うちかてどれだけ安心できますやら。大旦那の惣左衛門さまや夫の惣十郎さまも、同じように考えておられますと、きっぱりといいよった。あれには参ったわい」

「へえっ、お鶴はんがそんなふうにいわはったんどすか。そらええ話どっせ。わしかてそう願いますわ」

重兵衛は満面に笑みを広げた。

角倉会所の女船頭は、絣《かすり》のお仕着《しきせ》に紅襷《べにたすき》と赤い前掛け姿であった。

特別な身分の女性たちが伏見に下るときには、その世話に当るため、屋形船に仕立てられた高瀬船に乗り込んで傅《かしず》いた。

「京の三条の旅籠の娘、年は十六その名はおとせ。むかいえんやこら行くのはなによ、あれは角倉高瀬船。おとせようきけ明日の晩にゃ、嫁入りさせよか紅鉄漿《べにかね》つけて。いやじゃかかさま嫁入りはいやじゃ。いやというてもさせねばならぬ。わしにゃかかさま男がござる。男誰かと問いつめられて、おとせいうには炭屋の手代。親はまま母そこにはやらぬ。そこでおとせは窓から飛んで、死んでしまおか髪切りましょか。いっそ逃げよか手に手を取って、伏見に下る高瀬船――」

彼女たちは客に乞われると、微妙な節を付け、こんな女船歌を唄うのであった。

高瀬川筋を歩く老若男女は、この歌をきくと、いつも一斉に足を止めた。川筋の店で働くお店者や人足も、その歌声にきき惚れた。

「お母ちゃん、角倉会所の女船頭はんたちが、女船歌を唄うて、高瀬川を下ってはりまっせ。早うきてきかな、終わってしまいますえ」

店の表でこれをきき付けた子どもたちは、家の中にいる母親を、急いで表に呼び出すのが常であった。

美しい歌声が南へと遠ざかっていく。

三条や四条の船着場、また川沿いの茶店で煙草を吸っている男たちも、キセルを火筒に叩《たた》きつけ、音をひびかせるのを控える。

門付《かどづけ》をしていた明暗寺の虚無僧《こむそう》や、鉦《かね》を鳴らしながら経文を唱えて歩く鉦叩き坊主も、そのときだけは稼ぎの手を止めるのであった。

尾張屋の外では、どうやら風が出て、雨が激しく降り始めたようだった。

「重兵衛どの、わしにもう一杯注いでくだされ」

宗因が思い詰めた顔でかれに空の盃を突きつけた。

「ほいほい、今夜は雨降りで客がなさそうやさかい、わしの奢《おご》りで一晩中、飲み明かしまひょうな。長いお馴染、そないなことがあったかて、少しも変ではございまへんやろ」

重兵衛が手許に置いた銚子を宗因に再びさし出したとき、店の外でびしゃびしゃと水を蹴り上げる複数の足音がひびき、表戸ががらっと開かれた。

「尾張屋の親っさん、雨風がいきなり強うなってきおったわいな。こらたまらんわ」

船頭の弥助をはじめ角倉会所の曳き人足たちが、店にどっと雪崩《なだ》れ込んできた。

三

翌日、前夜の強い風と雨は一刻ほどで止み、朝から快晴に恵まれた。

高瀬川沿いの柳の枝が五月の陽光に映え、まぶしいほどであった。

居酒屋の尾張屋では、表の提灯の火を宗因が吹き消してから、深更まで人足たちがばか騒ぎをつづけていた。それだけに、昼がすぎても表戸は固く閉められたままだった。

しかし少し上になる小料理屋の辰巳屋では、暖簾が掲げられ、商いが始められている。

女中のおまさは、調理場で板場頭の宗助たちの指図に従い、小芋の皮剝《む》きなど忙しく働いていた。

今日の錦小路の買い物に、源七の姿は見えず、彼女はまとい付きから免れられていた。

——尾張屋の旦那さまはどうしはったんやろ。今日は仕入れもせんと、お店をお休みしはるつもりなんやろか。

閉まったままの尾張屋の前を通り、おまさは案じていた。あの翌日から錦小路での仕入れには、彼女が宗因に誘いの声をかけ、ともに出かけていたのである。

小芋の皮を剝いた後、それを水できれいに洗い、板場の者に渡した。

次には夏菜の洗いにかかる。

「おまさはん、旦那さまが呼んではりまっせ」

井戸端に屈《かが》むおまさに、板場の格子を通し、大きな声がかけられた。

「へえ、すぐにまいります」

彼女は大声で返事をし、井戸のかたわらから立ち上がった。

前掛けで手を拭《ぬぐ》い、紅襷を急いで解いた。

小走りで店の帳場に向かった。

そのときちらっと見たが、店の表に一挺の町駕籠《かご》が止められていた。

「旦那さま、なんでございまひょ」

彼女は土間に立ったまま腰を屈め、主長兵衛の顔色をうかがった。なにか落度があり、叱《しか》られるのではないかと案じたからである。

「おまさ、表に駕籠が止められてましたやろ——」

長兵衛がいきなりたずねた。

「へえ、そのようどすけど、それがなにか――」

「いまなあ、おまえの里方から、手紙を持った迎えがきたのや。お母はんの病が急に重うなり、今夜が山やという話どす。お母はんは一目でもおまえの顔を見て死にたいと、訴えてはるそうどす。そこで親父はんや村役一同がわしに、半日でええさかい、おまさに暇を与え、家に戻らせてもらえないかと、頼んできはったんどす。これこのように、わし宛ての嘆願書を、村役のお人たちが名前を書き連ねてなあ。それを託された駕籠が、迎えかたがたきたというわけどすわ。わしとしては、こないに頼まれ、奉公人に親の死に目にも会わせせんような無慈悲はできしまへん。そやさかい、そのままの恰好でええさかい、迎えの駕籠に乗り、すぐ実家に戻ってきなはれ。戻りは明日でも明後日でもかましまへん。それにこれはほんの少しやけど、わしからのお見舞いどす。縁起でもないことをいうようやけど、もしお母はんが亡《な》くならはったら、お弔いまできちんとすませてきなはれ。店の方は、みんなに承知してもらうさかい、心配せんかてよろし」

長兵衛は嘆願書の一札を示し、おまさに優しくいいかけると、一朱金を二つ納めた紙包みを彼女に差し出した。

「旦那さま――」

彼女は怯《ひる》んで首を横に振った。

「おまさ、遠慮することはありまへん。ありがたく頂戴し、急いで行ってきなはれ」

長兵衛の後ろにひかえていた番頭の伍助が、おまさを促した。

「ほな、旦那さまや番頭はんのお言葉に甘え、これをありがたく頂戴し、すぐ行かせていただきます」

彼女は長兵衛と伍助に深々と辞儀をした。

金包みを受け取り、表で待つ駕籠に走った。

「さあ急いで、急いで乗っておくれやすや。村まで二刻（四時間）ほどの速駆けで行きますさかいな」

あまり人相の良くない二人の駕籠舁《か》きが、息杖をかまえ、さっと駕籠の垂れをめくった。

琵琶湖に面した草津の湖辺の村に駕籠屋が営まれているのは、村から数町離れた場所に、近江の「正倉院」といわれる芦浦観音寺があるからであった。

同寺には、大津などの湖南や京都から参拝者が絶えず訪れる。その多くは大津から船に乗り、芦浦村に到着して同寺を目指す。船は一日一便、朝、芦浦湊に向かって出発する。

船で村に行くには明朝まで待たねばならぬため、駕籠での迎えとなったわけである。

おまさを乗せた駕籠は、木屋町筋をほいほいと北に急いだ。三条通りに出ると、三条大橋を東に渡り、大津街道に入った。

街道には、北陸や東海道筋から大津を経て京都に運ばれてくる米やさまざまな物資を載せた荷車や荷馬が行き交い、喧騒を極めていた。

狭い駕籠の中に身を縮め、おまさは駕籠綱を握ってただ震えつづけていた。

——お母はん、うちが家に戻るまで、どうぞ生きていておくれやす。うちの顔を見たら、安心して元気にならはるかもしれまへん。旦那さまからいただいたお金で薬を買い、それを飲んでもろうたら、少しは病がようならんでもありまへんやろ。

彼女はすでに包みの中身を改めたうえ、こうしきりに祈っていた。

今頃、芦浦の荒家《あばらや》では、漁を休んだ父親と幼い弟妹たちが、病み付いた母親が横たわる布団を囲み、暗い顔で坐っているに違いない。

母親のお照が大きく息を喘《あえ》がせるたび、みんながその顔を心配げにのぞきこんでいる。

弟の重松が、水をふくませた綿を箸《はし》ではさみ、母親の口許に運ぶ姿も想像された。

家から西には、青い湖の向こうに堅田や坂本の町並みが見え、比叡山が一望の許にのぞめる。延暦寺は青葉の中に埋もれ、大きな伽藍《がらん》を山のあちこちに見せている。

――どうぞ延暦寺の伝教大師さま、お母はんの命を助けておくれやす。お願いいたします。

おまさは駕籠綱を固く摑んだまま、伝教大師最澄にも祈った。

自分を乗せた駕籠が、いまどこを進んでいるかなど、おまさの念頭から全く失せていた。

先程、駕籠の垂れの小窓から外をのぞいたときには、粟田口の登り坂にさしかかったところだった。

駕籠舁きたちの息遣いが荒くなっている。

もう少しで東山を越え、山科に入る。

次は逢坂山。ここには伊勢国の鈴鹿関、美濃国の不破関とともに、三関《さんかん》の一つといわれる逢坂関が構えられている。

尤も逢坂関は弘仁元年（八一〇）九月十日、藤原薬子《くすこ》の乱に当り、越前の愛発《あらち》関に代わって三関の一つとされたもの。当時は大構えであったその関は、いまは京都町奉行所と大津町奉行所の関所役人が、交互に詰める小さなただの関所に変わっていた。

大津町奉行所は、京都町奉行所の支配下に置かれ、当時一般には、大津は京都の町の延長のように認識されていた。

関所役人たちも、特別なことがないかぎり、明らかに不審と思われる者にしか、通行手形の提示を求めなかった。

駕籠は東山の粟田口をいよいよ登り切ったようだった。

不思議なことにいつしか街道の喧騒が収まり、静かになっていた。

おまさはふと不審に思い、駕籠の垂れに付けられた小窓に手をかけ、外をのぞいた。

するとすぐ目の前に緑が迫っていた。

ここは大津街道ではない。駕籠は山道に担ぎ込まれている。

――これはどうしたことやろ。

急に不安を覚えたおまさは、駕籠屋はんと大きな声で呼ばった。

「駕籠屋はん、どないしたんどす。この道は間違うてますえ――」

「わしらは少しでも早う逢坂山を越えるため、近道をしてんのや」

駕籠舁きの口調が、いくらかぞんざいに変わっていた。

「粟田口と逢坂山の間には、近道をする方法も道もあらしまへん」

おまさは危険なものを感じて叫んだ。

「うるさい尼っこやなあ。そんなんあるはずないのは承知じゃい。わしらは人から金を貰って頼まれ、おまえを別の場所に運んでいるんじゃ。辰巳屋の親父も、わしらの芝居にまんまと騙《だま》されおってからに――」

芦浦村の村役の名前を連ねた嘆願書は、真っ赤な偽物だったのだ。

「な、なんどすと。そしたらお母はんの病が重いのも嘘――」

「ああ。そやさかい、おまえはもう網にかかった雀《すずめ》も同然なんじゃ。まあそないに喚《わめ》かんと、静かにしているこっちゃ」

「駕籠を止めて、止めておくれやす」

おまさは駕籠をゆすって絶叫した。

誰がこんな不埒《ふらち》を企んだのか。だが恐怖にかられた彼女は、すぐには誰の顔も思い浮かべられなかった。

「そんなん、できへんわい。生娘《きむすめ》であろうが、十七、八にもなってるのやさかい、もう覚悟をつけるこっちゃ。おとなしくしてたら命まで取られへんやろ。それをよう考えておくこっちゃ」

開き直ったのだろう。駕籠舁きたちの口調が、急にふてぶてしくなった。

「駕籠を止めてくれはらなんだら、飛び降りますさかい」

おまさも負けてはいなかった。

「なんだと――」

「おお、わかったわい。そしたら駕籠からおまえを引きずり出し、両手を縛って口に猿轡《さるぐつわ》をかませ、連れていくより仕方がないわ」

「誰か、助けてえ。助けてえ――」

おまさは彼らの言葉を聞き終わるやいなや、駕籠から転げ出て立ち上がり、激しく叫んだ。

辺りを素速く見回すと、ここはどうやら南禅寺に近い山道のようだった。

「この尼、逃げようとしたかて、そうはさせへんで」

横倒しになった駕籠を捨て、二人の駕籠舁きがおまさを追いにかかった。

彼女の足元には灌木が茂っている。下駄を預けた素足では、走るのも容易ではなかった。

「誰か、助けておくれやす――」

おまさはまた大声で叫んだ。

木の間から伽藍《がらん》や堂塔《どうとう》がのぞいている。

「待てえ、待ちやがれ」

「どうせ逃げられねえのじゃ」

脅《おど》しの声を口汚く浴びせ付けながら、二人の駕籠舁きがおまさを追ってきた。かれらにすれば、依頼主からすでに半金を貰った手前もあるのだろう。

「おまさ、おまえはもう袋の鼠《ねずみ》じゃわい」

このとき、彼女に向かい冷たい声が飛んできた。いつも執拗な源七の声だった。おまさの足がぴたっと止まった。

これはすべて源七の悪巧《わるだく》みだったのだ。

母親のお照が死にかけているのも嘘。村役たちの名を書き連ねた嘆願書を携え、辰巳屋まで迎えにきた村駕籠も偽物だったのである。

源七はおまさに執着し、こうまでして彼女をわが物にしたかったのだ。

「おまえは源七はん――」

「見ての通り、十手を預かる桝屋六右衛門さまの手先を務める源七やがな。わしがおまえを好いてるのは、おまえもよう承知しているやろ。それを近頃、邪険にしおってからに。そのうえここ数日、居酒屋の尾張屋の親父まで、わしを邪魔立てしおって。そうまでされ、わしはもう黙って引っ込んでおられへんのじゃ。ここでおまえを裸にむいて手籠《てご》めにしてでも、わしは思いを遂げてやるわい。もうええ加減腹を据《す》え、わしの物になるこっちゃ。そうせな、わしにも覚悟があるさかいなあ」

かれは顔を醜《みにく》くゆがめてせせら笑った。

おまさはそんな源七を睨み付け、後ろをそっと見回した。

背後には二人の駕籠舁きが息杖を構えてひかえ、おまさの動きを制していた。

これでは彼女にもう逃げようがなかった。

絶望がおまさの胸を冷たく襲った。

全身の力が抜けていく感じであった。

「さあおまさ、諦めてここでわしの物になるこっちゃ。そしたらわしも、おまえを悪いようにはせえへん。猫のようにかわいがったるで。芦浦村に住んでいる両親にも、少しぐらい仕送りをしてやるわい」

源七は舌なめずりせんばかりの顔でいい、一歩おまさに近づいた。

この窮地からどう逃げ出せばよかろう。

混乱した頭で、おまさは必死に思案をめぐらせた。

不思議に怯《おび》えは消え、冷静になっていた。

「逃げようたって、おまさ、もう逃げられへんのやで」

源七がまた一歩二歩と、彼女に歩み寄った。

「源七はん、それ以上うちに近づいたら、うちは舌を噛み切って死にまっせ。うちを甘う見はったらいけまへん。うちは好きな男はんどしたら、よろこんで抱かれますけど、おまえみたいなげじげじ虫には、決して身を委せしまへん。近江の女子はそない柔《やわ》やおへんえ」

おまさはきっとした顔で、源七を見据えて啖呵《たんか》を切った。自分でもこんな言葉が吐けるとは意外であった。

「な、なんだと――」

彼女の言いざまをきき、源七は戸惑った。

予想もしていなかった展開だからである。

「ちぇっ、自分で舌を噛み切るのやったら、そうしたらええわいさ。わしはもう引っ込みが付かへん。どうあっても、おまえをここでかわいがったるわい。死によってもやで」

腹を据えたのか、源七はずいとまた足を踏み出してきた。

いまの啖呵が利くと思っていたおまさは、狼狽した。

もうかれの手から逃れようがなかった。

このとき、二人に思いがけなく声がかけられた。

「助けてくれという女子《おなご》の声をきき、ここまできたが、これは間に合うてよかった。やいそこのならず者、源七ともうすらしいが、駕籠屋に金を摑ませ、女子を騙してこんな山中に連れ込ませるとは、浅ましい了簡《りょうけん》だとは思わぬか。そのうえ手籠めにしようとは情けない。わしとしては女子の悲鳴をききつけたからには、見逃すわけにはまいらぬわい」

見ると、伊賀袴をはいた若い武士が、松の木のそばに立っていた。

「なんだと――」

源七は憎々しげな顔で相手を睨みつけた。

「わしはつい先日、遠い国許から京詰めを仰《おお》せ付かり、上洛した男でなあ。暇を見ては話にきいていた名所旧蹟を訪ね歩いているのじゃ。それで今日は南禅寺まできた次第よ」

どこかのんびりした若侍だった。

思いがけぬ人物の出現に、二人の駕籠舁きは浮き足立ったように後ずさったが、源七は怯まなかった。

「この野郎、わしを誰やと思うているんじゃ」

凶悪な声を上げ、懐《ふところ》から匕首《あいくち》を抜き出し、身体ごと若侍にぶち当たっていった。

だが若侍はさっと身体をひらき、腰から刀を抜き放ち、源七の腹に一閃をくらわせた。

目に見えぬほどの速さであった。

「ぎゃあっ――」

源七が悲鳴を上げ、灌木の中に倒れ込んでいった。

いつの間にか、駕籠舁きたちは姿を消している。

若侍は辺りを見回し、声を張り上げた。

「おうい、駕籠舁きども、わしは加賀藩京屋敷詰めの神崎清十郎《かんざきせいじゅうろう》ともうす者じゃ。そなたたちがどこに隠れ、こちらをうかがっているのか、わかっているぞよ。こ奴の悪事に加担したことは、口を閉ざして黙っていてとらせる。その代わりこちらにきて、峰打ちをくらわせたこ奴を駕籠に乗せるのじゃ。京の町に伴ってくれる。さて、この源七を縛り上げねばなるまいな」

神崎清十郎は懐をさぐり、下着の紐《ひも》を解いてぐいと引きずり出した。

半町ほど離れた茂みの中から、二人の駕籠舁きがもぞもぞと立ち上がった。

四

「明珠さま、清十郎さまはほんまに大丈夫どっしゃろか」

おまさの手から薬籠《やくろう》を奪い取るようにした後、灰色の作務衣《さむえ》姿の明珠は、むっつりした顔で三条小橋に向かい歩き出した。

そんなかれに、おまさがたずねかけた。

加賀藩百二万二千七百石、前田中納言の京屋敷は、河原町二条下ル御池にある。表はがっしりとした棟門、東の裏には高瀬川が流れていた。

河原町二条から四条にかけては、長州や土佐、彦根、対馬など諸藩が、京屋敷の築《つい》地塀《じべい》をずらっと連ね、壮観であった。

京屋敷の表は武家の顔、裏は国産品の売買をなす商人の顔をそなえるといってもよく、どの藩邸でも船溜りを設けていた。

お留守居役や藩士たちが内々で他出するときには、船溜りから高瀬川に船を浮かべる。木屋町筋に長板を架《か》けて渡り、そこから町中に紛れ込むのであった。

各藩が京都に藩邸を設けたのは、平常から有力公家や社寺と関係を密にしておき、藩主の官位昇進に便宜を図ってもらうためと、当時、手工業生産では日本一の文化都市だった京都で、国産品の流通や売買を行う目的からだった。

藩主や藩家で用いられる衣服や調度品の数々は、当然、京都で賄《まかな》われ、江戸や国許に送られた。

だが幕末になると、これらの藩邸が国事に奔走する武士たちの拠点となるのである。

「おまさどの、あのお武家さまの命はあと五日とは保つまい。脚気《かっけ》、脚気なのじゃ」

「脚気どすと――」

おまさは小声でつぶやき、絶望的な表情を顔に浮かべた。

「脚気は江戸患《わずら》いとか大坂腫《は》れ、この京都では三日坊主ともうしてなあ。寝付いて三日もすれば、坊主（僧侶）の必要が生じるゆえ、さように呼ぶのじゃ。これに罹《かか》ると、まず手足の指がしびれる。次には下肢にむくみが表れ、物につまずきやすくなる。さらに腿と脚が腫れぼったくなり、やがてしびれは全身に及ぶのじゃ。こうなると歩行は困難、寝付く事態となる。そして腫れが顔から腹部にまで広がり、心の臓の機能が低下して死にますのじゃ。これを多発神経炎、浮腫《むくみ》、脚気衝心《しょうしん》などと呼び、薬は全くなく、あのお武家さまも助かる見込みはございませぬ」

明珠は突き放すように告げた。

「ひえっ――」

かれの答えをきき、おまさは小さな悲鳴を上げた。両手で顔を覆い、三条小橋の欄干のそばに蹲《うずくま》ってしまった。

「えんやほい、えんやほい――」

三条小橋の船溜りには、荷船を通すため客船が待機しており、荷船を曳き上げる声が辺りに高くひびいていた。

脚気で死亡した歴史上有名な人物には、豊臣秀吉のほか、桜町天皇や徳川家茂《いえもち》の正室・和宮などがいる。

歴代将軍の中では、徳川家定や家茂が挙げられ、諸藩の藩主たちともなれば、数え切れないほどの人数に及ぶはずである。

江戸時代から昭和初期まで、脚気は結核とならび二大国民病といわれていた。大正末年には、年間約二万五千人が命を落としていた。

江戸時代も脚気は、特に大都市に多い病として、江戸詰め・京詰めの武士たちに恐れられていたが、これを病んだ者が国許に帰ると、不思議とぴたっと病が癒《い》えるのであった。

「おまさどの、厳しいことをもうしたが、さように嘆かれずともよいぞ。わたしが必ず、あの清十郎どのの命をお救いいたす」

その声でおまさは、はっとした顔付きで、かれを見上げて立ち上がった。

「明珠さま、そんな死病をどないして治さはるんどす」

「わたしはかねてから、この病は贅沢病《ぜいたく》ではないかと考えていた」

「贅沢病――」

「ああ、さようじゃ。侍たちは国許では、麦を多く入れた粗末な飯のほか、総菜としてあれこれの品を食べておる。食べ物は生きる糧《かて》で、ただ腹をふくらせるだけの物ではない。一つひとつの物に、人が健康に生きるための薬分がふくまれているはずじゃ」

明珠はおまさを労《いたわ》る目で眺めてつづけた。

「だが国許から江戸や大坂、またこの京に出てきたばかりの武士たちは、旨《うま》いからといい、精米された真っ白な米ばかりを、漬物だけで食べているそうな。なるほど、白い飯と漬物。それだけあれば、正直、総菜などなにも要りますまい。しかも男一人の京詰めでは、食事も雑になりましょう。このためやがてなにかの養分が欠け、脚気になるのではあるまいか。わたしはさように考えておりもうす。それで加賀藩のお留守居役さまに、神崎清十郎どのを明珠館に預かりたいと、いまお頼みしてきました。おそらく十日余りで病を完治させられるのではないかと、付け加えてなあ。さればどうせ死ぬ奴、厄介がこれで片付くと思われてか、お留守居役さまは勝手にせいとお許しくだされました」

明珠は明るい顔でおまさに告げた。

「みょ、明珠さま、さようどしたか。それはありがとうございます。是非ともお頼みもうします」

おまさはかれに向かい、深々と頭を下げた。

「これから急いで長屋に戻り、清十郎どのを運ぶ支度をいたさねばなりませぬ。尾張屋の宗因さまにも、お手伝いを頼むつもりでございます」

「戸板に横たえて運ばはりますのやな」

「さよう、そうなりましょう」

明珠の胸裏には、隠居の重兵衛や長屋の女たちの顔が浮かんでいた。

南禅寺に近い山中で、おまさが源七に手籠めにされかけたのは、昨日だった。

手足を固く縛られ、猿轡をかまされた源七は、自分が悪巧みに誘い込んだ駕籠舁きの駕籠に乗せられ、辰巳屋に運ばれてきた。

「駕籠の垂れは両側とも上げておくのじゃ。猿轡は息苦しかろうで解いてつかわす」

駕籠が大津街道に出ると、猿轡を解かれたため、源七の顔はそのまま街道を往来する人々の目に、はっきりと晒《さら》された。

「手足を縛られ、駕籠に乗せられたあの男はなんじゃいな」

「おそらく掏摸《すり》が、あのお侍さまの懐《ふところ》を狙《ねら》ってしくじったんやろ」

「いや、きっと女衒《ぜげん》やわ。うまいこというて、そばにいるあの若い娘を、大津の遊廓にでも売り飛ばそうとしたんやろ。そやけどほんまのことがわかってしまい、あのお侍さまに捕えられたんとちゃうか」

駕籠の中の源七の姿を眺め、街道を行き交う人々が口々に評していた。

「やい、そないにじろじろ見るんじゃねえ。てめえたち、あとで吠え面をかくなよ」

源七がかれらにわめいた。

「あの男、あんな恰好にされ、なにをほたえているんやろ。吠え面をかいているのは、自分やのになあ」

往来の人々が嘲笑《わら》った。

「やい源七とやら、大人しく駕籠に乗っているのじゃ。これから一言でも、道行く人々に雑言を吐きかけたら、わしが耳を片方ずつ削いでくれる。それでも足らねば鼻を、次には両手の指を一本一本切り取ってしまうぞよ」

清十郎が目を怒らせ、かれを恫喝《どうかつ》した。

本当にそうしかねない顔付きだった。

この一喝で源七はしゅんとし、三条大橋を衆目を集めながら渡り、木屋町の辰巳屋まで運ばれてきた。

「おまさ、こ、これはどういうこっちゃ」

驚いて辰巳屋から表に飛び出してきた長兵衛や番頭の伍助たちが、おまさに一斉にたずねかけた。

両手足を縛られ、達磨《だるま》のように転がされているのが、町奉行所の杉坂卯之助から十手を預かる桝屋六右衛門の手下だったからである。

神崎清十郎はここに着くまでに、だいたいの事情をおまさからきいていた。

「そなたたち、わしは加賀藩京屋敷に詰める神崎清十郎ともうす者じゃ。このありさまは、こ奴の悪巧みのいたらしめるところ。要するにこ奴は、そなたたちやそこにいるおまさを巧みに欺《あざむ》いた。惚れたおまさを駕籠舁きに南禅寺の山中へ連れ出させ、手籠めにしようといたしたのじゃ。心根の確かな町廻り同心にきてもらい、町奉行所に引き渡すがよかろう。わしが捕えた悪党ゆえ、なんなら加賀屋敷の目付に渡してもかまわぬぞよ。ただ京の司直の面目を考え、運んできたにすぎぬからのう」

かれはここまで力強くいったが、なぜかいきなり膝をがくっと折り、路上にくずおれた。

顔面は蒼白、息も苦しげであった。

「お侍の旦那さま――」

「こ、これはあかんがな」

清十郎を後ろから両手であわてて抱え、おまさと伍助が立ち上がらせようとしたが、その足にはまるで力がなく、無理であった。

「駕籠舁きはんたち、このお侍さまを駕籠に乗せ、急いで御池の加賀屋敷に運んでおくれやす。わたしとおまさがお供しますわ。うちの座敷で横になっていただいてもようございますけど、重い病どしたら、後が案じられますさかいなあ。伍助は町廻り同心をお呼びし、この源七の始末をしっかりお願いしとくれやす。少しの粗相もなりまへんえ」

長兵衛は二人の駕籠舁きをせき立て、ぐったりした清十郎を急いで加賀藩京屋敷に運び入れた。

この一件はたちまち木屋町筋に知れ渡った。

「宗因さまに重兵衛どの、わたくしはその話をきき、若いお侍は脚気に罹《かか》っておられるのではないかと思うておりますす。国許から出てこられたばかりだとうかがいますれば――」

「脚気、脚気だと。あの不治と恐れられている病にか――」

尾張屋の肘付き台に向かった明珠が、隣に腰を下ろす隠居大工の重兵衛と、調理場に立つ宗因の顔を交互に見て告げた。

かれは先程、新たに「明珠館」と看板を彫ってくれた重兵衛に、重ねがさねの礼をいったところだった。

「明珠どの、さればおまさを助けたその加賀藩の若侍は、もう死ぬよりほかないのか」

宗因がかれに摑みかからんばかりの勢いでたずねた。

「いや、そうでもございませぬ。わたくしはいささか治療する処方を考えております。もしわたくしにお委せくだされば、大丈夫かもしれませぬ。されど加賀藩の京屋敷に出入りする小普請《こぶしん》医師や、目見《めみえ》医師ごときでは無理。いや番医師でも奥医師でもおそらく治せますまい」

医者の世界に医官制ができたのは、江戸時代中期であった。

朝廷や幕府、各藩が抱える医者の職制は、最高位が典薬頭《てんやくのかみ》、次に奥医師、番医師、寄合《よりあい》医師、小普請医師、最下位が目見医師だった。

典薬頭の位は世襲制で朝廷から与えられ、奥医師以下は幕府によって決められていた。

だが医者として出世しても、従五位までであった。

一方、僧侶が法眼《ほうげん》より高位の法印の位を得れば、典薬頭より立場は上になる。医者が剃髪して僧衣をまとっているのは、名誉欲の強い医者が、より高い立場に立とうと、僧籍を手に入れた姿であった。

「小普請医師でも、番医師どころか奥医師でも治せぬ病を、そなたはどういたすつもりじゃ」

「さしてむつかしいことではございませぬ。そばや麦飯、またさまざま雑多な総菜を、十分に食べていただくだけでございます」

明珠はこともなげに答えた。

脚気はビタミンB_1の欠乏症の一つである。

麦を始めとして副食を十分に摂《と》れば、造作なく治る病気であった。

当時、これは漢方医学でも、経験的に一部の医者には知られていたが、その知識が一般化することはなかったのである。

明治の文豪・森鷗外（林太郎）はヨーロッパにも留学し、日本陸軍の軍医総監であった。

かれはその当時、陸軍や海軍に蔓延《まんえん》していた脚気の原因を、細菌によるものだと堅く信じていた。これに対し海軍の医官は、病因は食物の偏《かたよ》りだと実験によって証明した。

だが鷗外は、医官の主張を長年にわたって排しつづけ、結果、多くの兵卒の命を失わせている。

恐ろしいのは、高い立場につく人物の専門的な無知と傲慢。鷗外が書いた名作『高瀬舟』は、島送りになる貧しい職人を哀れむ短編だが、描かれた作品とそれを書いた人物の人柄とは、全く別物なのである。

「明珠どの、ならば明日にでも加賀藩にまいり、神崎清十郎どのに治療を試みると伝え、明珠館に引き取ってはどうかな。一人で臆するのであれば、わしが付いていってやってもよいぞよ」

宗因がかれに力んで勧めた。

「いやいや、それには及びませぬ。わたくしは町医だともうし、おまさどのを立て、清十郎どのを引き取りにまいります。宗因さまに同道を願えば、侍同士で相手が面目を慮《おもんぱか》り、かえって面倒になる恐れもございます。それを考え、ここはわたくしどもにお委せくださりませ」

かれは理詰めで宗因を説き伏せた。

そして翌朝、おまさとともに加賀藩京屋敷へ出かけ、お留守居役に神崎清十郎を引き取る話をつけてきたのであった。

さらにその午後、隠居大工の重兵衛が、加賀屋敷に向かう先頭に立った。

板戸を抱えた数人の長屋の女房たちとは別に、明珠とおまさが重兵衛の後につづいた。

清十郎を横たえる板戸は、重兵衛が用立てた物だけに、頑丈にできていた。

長屋の女房たちがそれを縦にして運び、河原町通りを北に進んだ。

「あ、あれはなんやいな」

「後ろの一団は女ばかりやけど、なんや物々しいなあ。どこに行くつもりなんやろ。運んでいる板戸は、なにに使うんかいな」

「灰色の作務衣を着た町医らしい男が、先頭近くを歩いていくがな。それから考え、どこかへ病人を引き取りに行くのとちゃうか」

「貧しい所帯をやりくりしている長屋の女たちが、あないに揃い、黙って歩いているのを見ると、なんや恐ろしいわ」

「おまえなにか後ろ暗い覚えでもあるのんか――」

「ばかをいうたらあかんがな。わしみたいな小心者に、お嬶《かか》に叱られることなんかできへんわい」

河原町通りの商家の奉公人たちが、一行を見てささやき合っていた。

「あれっあの女房たち、加賀さまのお屋敷の前で止まったぞ。見たことのある年寄りと若い男女が、二人の門番に掛け合うてるわい」

「加賀藩の侍たちが表に走り出てきた。なにか物騒なことが起るんやないやろなあ」

「いやいや、侍の一人が一行を丁重に屋敷内に招き入れよったがな」

「加賀屋敷の棟門の戸が閉められたぞ。これはきっと何かあるわい」

奉公人たちは首をのばし、加賀屋敷を注視していた。

西に大きな伽藍を構える本能寺から、読経の声がひびいていた。

加賀屋敷の北は長州藩、南は対馬藩の京屋敷になる。賑《にぎ》やかな三条大橋界隈がすぐ近くだが、この辺りは最も閑静な場所であった。

「わたくしは明珠ともうす町医でございます。当藩のお留守居役さまとは、すでに話を付けておりまする。そなたさまの病を癒やすため、是非ともわたくしのところにおいでいただきたい」

屋敷内の小さな長屋の一つに案内され、明珠は清十郎の枕許で膝をつき、柔らかい言葉でいいかけた。

「お侍さま、きのうはうちを助けてくださり、ありがとうございました。いまはこの明珠さまのいわはる通りにしていただけしまへんやろか。お願いいたします」

おまさが両手をついて清十郎に頼んだ。

「ああ、きのうはそうだったな」

清十郎は力のない声でつぶやいた。

頭をめぐらせ辺りを眺めると、上洛してからやっと名前を覚えたばかりの加賀藩の朋輩《ほうばい》たちが、堅い表情でひかえていた。

片膝をついただけの者も、中腰で立ったままの者もいた。みんなどこか殺気立ち、一触即発の気配が清十郎には濃厚に感じられた。

誰かが不穏な言葉を吐けば、この場は一瞬にして凄まじい修羅場と化しそうだった。

「ありがたい。さればさようにお願いするといたすか。手足がしびれ、足腰が立たなくなると、こうまで無残になってしまうのじゃな。国許から京に出てきて間もないともうすに、三日坊主とはなあ」

三日坊主とは一般には、何をしても長続きしないこと、またそういう人物を嘲《あざけ》っていう言葉。だが寺社の多い京都では、脚気はころっと死んでしまい、すぐに坊主が必要となるため、三日坊主、三日坊とも呼んだのである。

「ではわたくしの許に運ばせていただきます。御免――」

明珠が清十郎にきせかけられていた布団をめくった。

「うちも手伝わせていただきます」

おまさが急いで反対側に回り、明珠とともに清十郎の脇の下に手を入れ、立ち上がらせようとした。

「お長屋の表に、手伝いのお人たちがひかえております。されば、われらをご覧召されている方々におたずねもうす。清十郎さまの布団を、表の戸板に移させていただいてもようございますか」

明珠が周りの武士の誰にともなく断わりを入れた。

「おお、よいぞよ。遠慮なくいたせ」

かれらの一人が即座にうなずいた。

「重兵衛どの、重兵衛どの、こちらに入ってくだされ。布団を戸板にととのえたいのでございます」

明珠はおまさとともに清十郎を抱え上げながら、長屋の表に向かって叫んだ。

「明珠はん、承知いたしました」

野太い声とともに、重兵衛が土間を抜け、奥の部屋にずいっと入ってきた。

かれの気迫がそうさせるのか、数人の侍が思わず刀の柄《つか》に手をかけた。

「ゆるり、ゆるりと歩いてくだされ」

「そっとでございますよ」

明珠とおまさが清十郎にいいきかせるかたわらで、重兵衛が荒々しい動きで清十郎の布団を丸め、外に運んでいった。

清十郎を抱えた明珠たちとともに、加賀藩の武士たちも、長屋の表にと移っていった。

「厄介を避けたいとはいえ、ご用人さまも心ない処置をいたされる」

「取り立ててご多忙でもないはず。ここに参られ、あの町医にお願いもうすと、一声いわれればよかろうに——」

加賀藩士のそんなささやきが、明珠や重兵衛たちの耳にも届いてきた。

「さあ、そこの戸板に敷いた布団に、横たわってくださりませ」

明珠が清十郎に指示を与えた。

「うちらが付いておりますゝ気後《きおく》れすることはございまへんえ」

おまさもかれの耳許でささやいた。

「そのまま布団に堂々と横になってはったらよろしいわ」

長屋の女房の一人が、明け透けにかれにいった。彼女たちも、面倒な病人を外に放り出すに似た加賀藩の仕打ちに、腹を立てているようだった。

「それではみんな、一斉に戸板を持ち上げておくれやす」

重兵衛の合図に従い、女房たちがさっと戸板に手をかけた。

「よろしくお願いもうす」

一行を取り囲んだ加賀藩士の一人が、ぽつりと明珠とおまさに小声でいった。

二人は無言でうなずいた。

胸のつかえがいくらか取れた気がした。

重い戸板を四方から支えた一行が、加賀屋敷の表門にゆっくり近づくと、上土門《あげつちもん》の扉が門番の手で再び開かれた。

「おい、門からなにか出てきおったぞ」

「どうやら人が寝ているみたいやなあ」

「病人をどこかに運んでいくようやわ」

「そやけど、肝心の加賀藩のお侍が、誰も付き添ってえへんのが変やないか」

「そんなん、わしが知るかいな。でも確かにけったいなこっちゃ」

河原町通りを南に下る一行を見送り、通り沿いのお店の奉公人たちが口々にいっていた。

「清十郎さま、外がまぶしゅうございますれば、布団を上げさせていただきます」

「おお、そうしてもらいたい。白い布でも顔にかけ、死人に見せかけてもよいぞよ」

「さような冗談がいえるからには、本復もおそらく早うございましょう」

明珠と清十郎の間で、こんな会話が交わされていた。

四条通りをすぎ、明珠館と看板を掲げた西船頭町の長屋の一軒に運び込まれると、清十郎は日当りのいい一室にすぐ横たえられた。

「一息おつきなされたようす。早速、これを飲んでいただきます」

長屋の女房たちは引き上げ、後にはおまさと重兵衛だけが残っていた。

小料理屋の辰巳屋長兵衛はおまさに、助けておくれやしたお武家さまの看病をするのが、おまえの一番の恩返しといい、彼女に十分な暇を与えていた。

神崎清十郎に捕えられた源七は、旦那筋に当らない町廻り同心の手に渡され、吟味のため牢に閉じ込められている。

瀬戸物屋の桝屋六右衛門は、預かっていた十手をすでに杉坂卯之助に返上していた。

清十郎は布団に半身を起こし、唐津やきの大振りな筒茶碗を受け取り、中をのぞいた。

中には灰色に濁った飲み物が入っていた。

「明珠どの、これはなんでござる」

「脚気を早く治す妙薬。ありのままをもうせば、少し濃くしたそば湯でございます。わたくしの見立てでは、こんな物を飲んでいただいていれば、三日坊主もそれこそ三日ほどで退散いたすはずでございます」

かれは明るい顔で告げた。

台所ではおまさが昆布を煮ていた。

数日後、宗因と重兵衛が連れ立って明珠館を訪れた。

「およそ加賀藩だけにかぎらず、江戸・大坂や京の留守居役、用人など出世をする奴らは、目下の者を軽く扱い、代わりはどれだけでもいると考える高慢な冷血漢ばかりでござるわい。上に諂《へつら》うそんな奴でなければ、出世などかなわぬのじゃ」

かつて尾張藩京都留守居役によって、苦い経験をさせられた宗因は、ここまでの途中、重兵衛にこんな言葉をつぶやいていた。

「清十郎さまの親父どのが急いで上洛し、柏屋に長逗留されるとききました。おまさの借金を辰巳屋に返し、近江の芦浦村に帰ってもらってもよいと、いうてはるそうどす。芦浦村の岸辺には、これから蓮の花がわんさと咲きますわ。それをきいた清十郎さまが、加賀藩を致仕（辞職）し、そこに住み付いてもよいと、いわれているそうどっせ」

清十郎の病はほとんど癒えていた。

「上役に賂《まいない》を使い、強《し》いて藩士として登用された次男であれば、いっそそれが思案かもしれぬなあ。清十郎どのも今回の一件で己への対応を知り、武士でいることに肝が冷えたのであろう」

梅雨が近づいている。

ぽつりぽつりと雨が、二人の肩を濡《ぬ》らしかけていた。

高瀬川の水の匂いが二人の鼻に清々《すがすが》しく漂った。

兄《あん》ちゃんと呼べ

一

梅雨《つゆ》がすっかり明け、夜にも夏の蒸し暑さがつづいていた。

「お姉ちゃん、今夜もまた遅うなるのかいな」

市松はまだ幼さを残した十二歳の声で、姉のおふさにたずねかけた。

かれの声音には、不審の気配がはっきりうかがわれた。

「さあ、そうなるかもしれまへん。けどもし戻りが遅うなったかて、あんまり心配せんと、おまえは先に寝てたらええのえ。お姉ちゃんのことを案じ、この長屋までいつも送ってくれはるお人がいてはりますさかい――」

おふさは少し後ろめたさを匂わせる声で、弟の市松にいいきかせた。

おふさは十八歳。この三月《みつき》余りの間に化粧を仕始めたせいか、随分美しくなった。きものの着付けも垢《あか》抜け、どこかなまめいた感じさえ醸《かも》し出していた。

「長屋まで送ってくれるお人がいてはったかて、そのお人をほんまに信用しててええのんか」

市松はおふさの顔を見上げ、おずおずとまたたずねた。

「おまえは信二郎はんのことを、そないに疑ってますのか」

おふさの頰が幾分、強張《こわば》った。

「送《おく》り狼《おおかみ》ということもあるさかいなあ」

「送り狼やて。おまえは気の利《き》いた言葉を知ってるのやなあ。誰か長屋のお人がいうてたんやな」

彼女の声には、明らかに憤《いきどお》りがこめられていた。

送り狼とは、表面は好意的に人を送り届けながら、途中で相手に乱暴をはたらく危険な人物を指していう言葉である。

「お姉ちゃんは気付いてへんかもしれんけど、長屋のお人たちはそう噂してるわい」

「おまえはそない失礼なことをいわれても、ただぼんやりきいてるだけで、なにも文句を付けへんのか」

「わしに文句を付ける筋合いなんかあらへん。わしかて同じに思うているのやさかい」

「市松、なんやて。おまえはお姉ちゃんの気持も知らんと——」

おふさが怒声を奔《はし》らせ、ばしっと市松の頰を掌《てのひら》で叩《たた》いた。

「あっ痛あ、お姉ちゃん、わしになにをするねん」

市松がここは一歩も退《ひ》かぬとばかりに、おふさに迫った。

「叩いたんやさかい、そら痛いやろ。その痛みを感じ、よう考えてみよし。信二郎はんはお店《たな》のお客はんにすぎまへん。お姉ちゃんの戻りに、なにかあったら大変やとして、送ってくれはるだけどす。なんの下心も持ってはらへんのは、お姉ちゃんにはようわかってます。いままで何遍送ってきてくれはったかしれまへんけど、手一つ握らはらしまへんどしたえ。それをおまえまでが送り狼やないかとは、酷《ひど》いのとちゃうの。少しは分別を働かせて欲しいわ。お姉ちゃんは十八、少しぐらい世間のことを知ってるつもりどす」

「そやからといい、わしをいきなり叩かんでもええやろ。ほんまに痛いがな——」

「世間はどないにでも、いいたいようにいうてくれます。そやけど、いざとなったらそっぽを向き、なにもしてくれしまへん。世間の噂に、ふわふわと惑わされたらあきまへん。うちはそこのところをはっきりさせるつもりで、いまおまえを思い切り叩いたんどす」

「お姉ちゃん、それ屁理屈とちゃうか。都合の悪いことをいわれてかっとなり、わしに思わず手を上げたのやろな。わしかて十二になるのやさかい、それくらいわかるわい」


市松にいい募られ、おふさはうっと押し黙った。

反抗する市松をじっと睨《にら》み付けた。

それは市松も同じで、かれも負けてはいなかった。

ここ二ヵ月ほど、二人の間にはこんな小さな諍《いさか》いがつづいていた。

姉弟が諍う声は、重兵衛の家までしばしば届いてきた。

かれは幕府御大工頭《おんだいくがしら》・中井家の組頭を務めていたが、いまは高瀬川に近い米屋町の長屋で隠居暮らしをしている。

入り組んだ路地に、六軒の長屋がひっそり建っているだけに、おふさも市松もできるだけ声をひそめているつもりだろう。

だが二人のいい合う声は、長屋のほとんどの人々の耳にきこえているはずだった。

「世間はいざとなったらそっぽを向き、なにもしてくれしまへんか。そうでもあり、そうでもないいんやけどなあ。この米屋町の長屋に限っては、互いに助け合うて真面目に暮らしているがな。おふさはんのいう世間は、どこの世間を指しているのかわからへん。そやけど、いくら市松の奴と口喧嘩のうちに、ふと口を衝《つ》いて出た言葉としても、あれはちょっといいすぎやで――」

重兵衛は、猫のひたいほどの広さの庭に咲く朝顔の花が、この暑さで潮垂《しおた》れているのを眺めながら、そばで縫い物をしている老妻のお茂に愚痴《ぐち》った。

お茂はせっせと誰かにやる守り胴着を縫っていた。

小さな庭には夜になると、二棟ほど隔てた高瀬川から、ときどき螢が飛んでくる。古馴染《なじ》みの宗因《そういん》が営む居酒屋の「尾張屋」に出かけない夜、かれはその螢を数匹捕えたりしていた。蚊帳《かや》の中に入れ、寝転んで団扇《うちわ》を使いながら、それが飛び交うのを見て、楽しんでいるのであった。

「おまえさま、えらい愚痴ってはりますけど、おふさはんがこの長屋の人たちを指して、世間というてるはずがおまへんわ。きっともっと広い世の中をいうてはるんどっしゃろ。そう気にかけんでもええのと違いますか――」

お茂は洗い張りをすませた花模様の布を縫いながら、重兵衛をなだめた。

「それならええのやけど、近頃、ちょいちょいいい争いをしてるのが、わしには気にかかるのやわ」

「そんなん、どこの家でも似たようなもんどすがな。子どもの時分には仲が良うても、大きくなれば、自分の意見を持ちますさかい、ときどきは衝突しても当然どっせ」

「それより、先程おふさはんの口から出た信二郎という男は、どないな奴ちゃな。おまえは見たことがあるのんか――」

「その男はんが、おふさはんを送ってくるのはいつも夜遅うて、うちは一度も見たことがありまへん。けど長屋のお人たちによれば、なんでも身形《みなり》がようて、苦み走った若い男前やといいますわ。上京の油問屋の次男坊か三男坊やときいてます」

「苦み走った男前で、油問屋の息子やったら、もし送り狼でも、女房に迎えてもらったらええのやさかい、先が見込めるがな。それはそれでかまへんのとちゃうか」

重兵衛はお茂の針箱に手をのばし、小抽斗《こひきだし》に入った爪切り鋏《ばさみ》を取り出した。

それで足の爪を切りにかかった。

「そやけど考えてみると、その送り狼がほんまの送り狼になって、おふさはんの身体をちょっと遊んでぽいと見離してしもうたら、市松のいう通り、そらかなわんわなあ」

「うちもそんな心配をしてます。家が油問屋をしてたら、暖簾《のれん》分けは無理でも、親から油の棒手振《ぼてふ》りぐらいさせてもらえます。そうして稼ぎ、やがては小さくても一軒構えるぐらいの気概を持ってたら、おふさはんも安心。その信二郎という男はんに、なびいてもよろしゅうおすけどなあ」

「市松は子どもでも男だけに、相手の男にそんな気構えが感じられへんさかい、おふさはんにあれこれ不安をこぼしてるのと違うかいな。いま思い出してみると、そないな意味の口喧嘩を、前にきいた覚えがあるわい。男がこの女子《おなご》と所帯を持ちたいと思うたら、それくらいの気構えで、相手の女子を口説かなあかん。それを毎晩毎晩、店へ酒を飲みにきて、ただ家に送ってくれるだけでは、市松がおふさはんに苦情をいう気持も、わからんでもないなあ」

「その若い男はん、おふさはんに自分の気持を、すでに打ち明けているのと違いますやろか」

「それはどうか、当人に確かめてみなわからへん」

「そしたら、死なはった宗助はんの代わりにたずねるのやとでもいい、おまえさまがおふさはんにそれを直接、きかはったらどないどす」

お茂は縫っていた布から目を上げ、重兵衛にずばっといった。

「わしがかいな——」

かれの顔に困惑の色がはっきり浮んだ。

おふさと市松の父親宗助は、野菜の引き売り屋をしていた。

毎朝早く起き、「京の台所」といわれる錦小路《にしきこうじ》の青物問屋で仕入れを果たした後、大八車を曳《ひ》いて町売りに出かけた。

宗助は市松が二つのときに女房を流行病《はやりやまい》で死なせていた。

「おふさちゃんはまだ八つ。市松は赤ん坊と同じやがな。どっかから後妻を迎えて二人の面倒を見てもらい、おまえは商いに精を出さなならんとちゃうか。なあ、そうせいや」

親しい人たちが幼子を抱えた男所帯を見るにみかね、しきりに勧めたが、宗助はこうした言葉には従わなかった。

「心根のやさしい女子やったらええのやけど、後妻とはだいたい継子虐《ままこいじ》めをするもんや。世間に継子虐めの話は、どれだけでもあるやろ。血のつながらん子どもは、なんというたかて、可愛くないらしいさかいなあ。もし自分が子どもでも産んだら、一層それがひどうなるわいな。八つのおふさが市松を背負い、わしが曳く大八車の後に付いてきて、商いの手伝いをしてくれてる。それを見て、みんなが気の毒に思うてくれはるのは、わしにもようわかってる。そやけど、後妻は貰う気にならへんわ。どんなに無残で哀れに思われてもかまへん。おふさにも苦労をかけるけど、父子三人でなんとかやっていきます。そのうち市松も育ち、手が掛からんようになりますさかい」

誰に勧められても、宗助の答えは同じだった。かれはおふさが新しい母親を望んでいないのを、よく知っていたのである。

「お父ちゃん、うちはっきり断っときます。お父ちゃんがもし新しいお母ちゃんを家にこさせはったら、うちはどっかへ子守り奉公に出させてもらいますさかい。いまうちは、市松に重湯《おもゆ》を飲ませ背負うたりして、きちんと育てているつもりどす。新しいお母ちゃんなんか欲しいとは、これっぽっちも思うていいしまへん。それにもう一ついうときますけど、市松をどっかへ貰い子に出したりしたら、うちは承知しまへんさかいなあ」

そのとき彼女は眦《まなじり》を吊《つ》り上げ、宗助にいった。八つの子どもながら、宗助をたじろがせるほど断固とした口調であった。

父親と市松の世話、食事の支度などの一切の家事を、おふさは幼いながら健気《けなげ》に切り回し、そのうえ曳き売りをする宗助の手伝いまで果たしていた。

「見てみいな。あんな小さな子どもが赤ん坊を背負い、父親の商いを手伝っているがな」

「あの年頃なら、手鞠《てまり》をついたりお手玉をしたり、遊びたい盛りどすのになあ」

父子三人で商いをする姿を見た夫婦連れが、そんなささやきを交わしていた。

「そしたらおまえ、大根の一本でも二本でも買うたりいな」

「おまえさんがいわはるんどしたら、大根どころか、藷《いも》でもなんでも手に持てるだけ、買うてあげますわ。そやけど、後で文句を付けはらしまへんやろなあ」

「ああ、わしは文句なんか付けへん。手に持つのが難儀やったら、大八車ごと店にきて貰い、売れ残っている野菜を全部、買うたってもかまへんで。うちで食べ切れなんだら、近所のお人たちに分けてあげたらええのやさかい——」

「ほな、うちはそうさせていただきますわ」

職人らしい夫婦連れが、こんな会話を交わした後、女房がつかつかと宗助と市松を背負ったおふさに近づいてきた。

「ふんあいつ、なに意気込《こ》んでるんやな。そやけど、あいつはわしにはすぎた女房やわ」

向こうで女房がなにか説明している。

宗助が幾度も頭を下げ、娘はあっけに取られた顔で、女房を眺めていた。

この後、宗助父子は夫婦連れの後ろに従い、近くの町内まで大八車を曳いていった。

「桶富」の看板をかかげた店先に車を止め、大八車に載せた籠《かご》の中身をすべて降ろした。

近所の人たちが、呆れ顔でそのようすを見ていた。

以来、その町内は宗助のいいお得意先の一つとなった。

こうしてそれなりに平穏に暮らしていたおふさたちに異変が生じたのは、彼女が十七歳の年の春であった。

突然、宗助が胸の痛みを訴えて血を吐き、寝付いてしまったのである。

弟の市松は十一だった。

これでは青物問屋での仕入れも、町へ曳き売りに出ることもできなかった。

野菜は季節物だけに、仕入れにはこつが要った。大根や里芋などの根菜類ならまだ容易だが、菜っ葉類は日持ちがせず、仕入れる量の判断が難しかった。

あげく売れ残れば、すぐに損が生じた。

それを売り切ろうと無理をすれば、客に嫌われる。贔屓《ひいき》筋の客でも、そのうち失ってしまうに決っていた。

「おばちゃん、どうしたらええのやろ」

長屋に一番古くから住むおろくが、おふさから相談を受けた。夫と話し合った結果、団扇張りの内職ならおふさや市松にもできるのではないかと思いつき、それを勧めた。

「おふさはん、少しぐらい蓄えはあるというてたなあ」

「はい、半年ほどしたら、かつかつに暮らしていけます」

「そやけどそのお金、暮らしに使うたらあきまへんえ。お父はんの病を癒《いや》すための薬料が、要りますさかいなあ。すぐにでも内職を始めなはれ」

「西船頭町の長屋に、明珠《みょうじゅ》さまといわはるお医者さまがいてはるさかい、お父はんの病気の工合を早速、看《み》てもらいやす」

そして明珠が薬籠《やくろう》を提《さ》げてやってきたが、診断後の顔は、決して明るくはなかった。

「胸の病がかなり進んでおり、油断はできませぬ。お父上どのは前々から咳をしたり、食が進まぬと仰《おお》せではございませなんだか」

かれにたずねられ、おふさははっと気付いた。

明珠に問われた二つについて、明確に記憶していたからだ。だがたびたびの咳は、風邪《かぜ》でも引いたかも知れへんと誤魔化され、食が進まぬのは年のせいやといわれ、なんとなく納得していたのであった。

宗助はそれまでに二度、血を吐いていたが、おふさや市松を心配させまいと、隠していたのである。

その日から姉弟の必死の看病が始まった。

明珠はおふさにまず朝鮮人参を与えた。

「これは朝鮮人参、胸の病を癒《い》す妙薬といわれておりますが、これが病を癒《や》すわけではなく、栄養を補い、体力をつけるための強壮薬。病を治すには、当人に体力を付けていただかねばなりませぬのでなあ。普段から鯉《こい》の生き血を飲んでもらったり、卵や鰻《うなぎ》、鶏《にわとり》や猪《いのしし》の肉などを、どんどん食べていただきなされ。肉を食べるのを薬食《くすりぐ》いともうし、決して咎《とが》められることではございませぬ」

この結果、おふさが半年ほどかつかつに暮らしていけるといっていた蓄えは、すべて宗助の食べ物を買うために費やされた。

「わたくしの薬料は患者が丈夫になり、再び稼げるようになってから、ぼつぼつ払っていただけばようございますわい」

明珠は明朗にいい、おふさから薬料を受け取らなかった。

「わしが住んでる長屋に、ときどきこられているようどすさかい、たまにはわしの家にも立ち寄ってくんなはれ。お茶でも飲んでいかはったらどうどす」

明珠は重兵衛に勧められてから数度、その言葉に従ったが、宗助の容態をきかれると、昏《くら》い顔で首を横に振った。

この頃から重兵衛は、毎晩必ず宗因が営む尾張屋へ出かけた。

尾張屋で少しでも手伝いを果たし、滋養になりそうな残り物を、折りに詰めて長屋に持ち帰り、おふさの許に届けるためだった。

こうして半年余りがすぎたが、宗助は容態が改善しないまま、ついに不帰の人となった。

そして数ヵ月後、誰に勧められたのか、おふさは突然、三条小橋に近い小料理屋の「松菱」に働きに出たのである。

最初は調理場で下働きをさせられていたが、一月もすると、身形を改めさせられ、客の前に姿を見せた。

彼女がそうなってから、松菱に通う客が増えたのではないかといわれていた。

そんな噂は、尾張屋の肘付《ひじつ》き台に向かい、ちびちび酒を飲んでいる重兵衛の耳にも届いていた。

——信二郎という男は、ほんまのところなにを考えているのやろ。

——上京の油問屋の息子というのは、確かなんやろか。

あれこれ考えていると、酒が少しも旨《うま》くなかった。

二

重兵衛の後ろで一組三人の客が、雑談しながら酒を飲んでいた。

日暮れに雨が降り出したせいか、いつもとは違い、店は暇だった。

「重兵衛の親っさん、陰気な顔でなにを考えておられますのじゃ」

飯台を拭《ふ》いて調理場に戻ってきた宗因が、重兵衛のため泥鰌《どじょう》の蒲焼《かばや》きを用意しながら、かれに問いかけた。

自分も酒を相伴《しょうばん》するつもりであった。

「陰気な顔でなにを考えているかと問われたら、やっぱり宗因さまには話さなりまへんわなあ」

「ああ、それをきこうではござらぬか。大方、おふさのことであろうが――」

「その通りどすわい。おふさと市松姉弟の口喧嘩、近頃、日増しに激しくなってきており、きくに耐えんくらいどす。市松は姉を毎晩、長屋まで送ってくる男を、送り狼やないかと悪口を並べ立て、おふさが怒って市松の頬を叩くほどどすわ」

「なるほど、それほどになあ。重兵衛の親っさん、さればわしも信二郎ともうす男について話さねばなりませぬが、信二郎は本気でおふさに惚れており、送り狼ではなさそうでございますぞ。当初はわしも邪《よこしま》な奴ではないかと案じていたが、信二郎を知っている客からきいたところによれば、まこと千本下立売《せんぼんしもだちうり》の油問屋『龍田屋』の次男坊で二十三歳。わけがあっていまは店から出され、寺町の行願寺（革堂）に近い龍田屋の持ち長屋の一軒に、老僕と二人で住んでいるそうな。これらを確かめてみれば、送り狼を見る目も変わってまいろう」

「宗因さま、そらほんまどすか。そやけどどうしてその信二郎はんは、下立売の家から外に出されたんどす」

重兵衛は声色を改め、肘付き台から身を乗り出した。

心の中ではいまはおとなしい送り狼も、いずれその正体を現わすだろうと疑っていただけに、重兵衛は自分の不信がすっきり拭《ぬぐ》われた思いだった。

「それについては、どうやら深い仔細があるようじゃ。おおまかにもうせば、信二郎は数年前に死んだ龍田屋の主《あるじ》佐左衛門《さざえもん》が、店に奉公していた女子《おなご》衆に産ませた子。母子二人で暮らしていたが、母親に死なれたため、十歳で店に引き取られた。されどやがて父親も亡《な》くなると、店を継いだ兄の信太郎や弟の信三郎とうまくやっていけず、持ち長屋の一軒に出されたというのじゃ」

「千本下立売の油問屋・龍田屋といえば、世間でも同業者仲間でも相当、名の知られた店。それにはきっと欲がからんでるんどっしゃろなあ」

声をひそめ、重兵衛は宗因の顔を見つめた。

「信二郎に従っている老僕は、生前、佐左衛門が女子を外に囲うていたときから、女子に仕えていた男だというわい」

「ともかくその問題は、ちょっとやそっとでは片付かしまへんなあ」

重兵衛は肩を落としてつぶやいた。

竹串に刺された泥鰌が炭火で焼かれ、香ばしい匂いを放ち始めていた。

「重兵衛どの、わしはおふさと市松を見かけるたび、いずれ角倉会所《すみのくらかいしょ》・頭取の児玉吉右衛門《きちえもん》どのにでも、相談をかけねばならぬと思うていた。おふさを高瀬船の女船頭に、市松を会所の丁稚《でっち》にでも雇ってもらえないかともうしてなあ。それゆえ父親の死後、おふさがあっさり小料理屋の松菱へ仲居奉公に出てしまったときには、びっくりしたわい。あの姉弟について、もっと早くから口出ししておいたらよかったと、後悔している次第じゃ」

「宗因さまは、そんなことまで考えていてくれはったんどすか。同じ長屋に住む者として、お礼をいわななりまへん。そやけど、送り狼の身許やあれこれをきかせていただき、わしはひとまず安心しました。それでもこれからどうなるやらと思うと、やっぱり心配どすわ」

重兵衛は焼き上がったばかりの泥鰌の串から、一匹を箸《はし》で抜き取っていった。

宗因は熱燗《あつかん》にした銚子二本のうち一本を、かれの手許に差し出し、残りの一本を筒茶碗にとくとくと空けた。

「さまざま心配事ばかりじゃが、重兵衛どの、取りあえず一番の心配は、おふさにあれこれ反抗している市松でござる」

重兵衛には思いもしない言葉だった。

「宗因さま、なにをいわれます――」

「驚かれたごようすだが、まあ考えてみなさるがよい。母親に死なれた後、市松はおふさの背に負われ、育てられましたわなあ。市松の身になれば、姉のおふさは実の母親も同然。その姉をよその男に奪われたように、いま思うているのではあるまいか。龍田屋の信二郎を送り狼ではないかなどと悪し様《あざま》にもうすのは、姉の気持を自分の側に取り戻したいからだと、わしは見ておりますわい。あの姉弟が父親の宗助とともに、身を寄せ合って暮らしてきた歳月や苦労に思いをいたせば、さように考えても少しも訝《いぶか》しくはないはず――」

宗因は筒茶碗の熱燗をぐっと飲み干した。

「好きな姉、いや母親がよその男に心を移し、わが許から次第に離れていく。まだ十二歳の子どもにすれば、己の中にどんな感情が湧いているのか、じっくり顧《かえり》みる思慮など、あろうはずがござるまい。おふさとて市松が、さような気持の中で揺れにゆれているとは、思うてもおりますまい。日常の不快感や口喧嘩が、やがては大きく昂じてひん曲がり、ちょっとしたはずみで、刃傷沙汰《にんじょうざた》にでも発展せねばよいがと、わしは案じておりもうす」

宗因はさすがに多くの人々を眺め、さまざまな経験を積んできた人物だけに、重兵衛が考えもしなかった人の心の秘奥を、わかりやすく説いてくれた。

「そ、宗因さま、わしはいままでそんなややこしい子どもの気持など、考えてもみませんどしたわ。いま話をきかされ、びっくりした次第どす。そやけどようよう考えてみれば、実に尤《もっと》もで、すんなり腑《ふ》に落ちますわ。小さな子どもにしたところで、そんな複雑な大人みたいな悋気《りんき》を抱くんどすなあ」

筒茶碗にまた燗酒を注ぐ宗因を見ながら、重兵衛は呆れた顔でつぶやいた。

「わしとて子どものことは、さして知っているわけではない。いま二条木屋町の旅籠『柏屋』で、女主《おんなあるじ》をしている娘のお鶴が生れたとき、わしはその母親のそばにおらなんだ。尾張藩の京都留守居役から、埒《らち》もない罪をきせられて逐電《ちくでん》しており、赤子のお鶴を抱いてやってもおらぬ。されど世間や大人の諍いをわかるはずのないやや児でも、その柔らかい肌で何事かを感じ取っているものだと、明珠どのがいわれていた。四、五歳にもなれば、およそのことがわかり、十一、二歳なら、もう大人も同然。物事をはっきり感じられ、理解できるものじゃ」

宗因は往時のことを思い出してか、いくらか険《けわ》しい顔でいった。

重兵衛は尾張屋の宗因が、もと尾張藩士で京詰めの武士だったことは知っていた。留守居役からきせられた濡《ぬ》れ衣を晴らすため、脱藩したうえ、ついにはその冤罪を雪《そそ》いだこと。その後、帰参をうながされたが、それを断わり、市井で自由に生きたいとして、この場所で居酒屋を営み始めた経緯《いきさつ》は、人からなんとなくきいていた。

それだけに、市松がおふさに抱く気持を説く宗因の言葉には、全面的にうなずけた。

「親っさん、勘定してくんなはれ――」

三人組の客が、調理場に立つ宗因に濁声《だみごえ》でいい、勘定をすませて出て行った。

それから外の雨脚は、一層強くなってきた。

「宗因さま、話はさておき、雨がひどうなってきましたなあ。今夜はそのせいか、尾張屋には珍しくいつもの客が現れず、閑古鳥《かんこどり》が鳴いてますわ」

「いつもの客たちは、わしの店で酒を飲みすぎ、懐《ふところ》が干上がっているのであろう」

「そないにご自分の商いを、悪ういうこともありまへんがな」

「今夜はもう軒提灯《のきちょうちん》を取り込み、二人でゆっくり飲むといたそうぞよ」

「二人でゆっくり。それもよろしゅうございますなあ」

重兵衛の言葉をきき、宗因は調理場から店の土間に廻り込むと、油紙の貼られた表戸を開いた。そこに吊るされた軒提灯に手をのばした。

だが前方から相合い傘をさし、身体を寄せ合ってくる男女の二人連れを見て、その手をふと止めた。

つい先程まで噂していたおふさと、送り狼と悪口をいわれている信二郎らしい男だったからだ。

「こ、これは尾張屋の宗因さま——」

おふさが宗因の姿に気付いて立ち止った。

彼女は死んだ父親のため、宗因が滋養になる食べ物を、たびたび長屋の重兵衛に持たせてくれた行為に、深く感謝していた。

「この雨のため客足がさっぱりゆえ、今夜は早仕舞いいたすのじゃ。おふさはん、よければそこにおいでのお連れさまと一緒に、店に立ち寄っていかれたらいかがじゃ」

かれはおふさの連れが、なんら臆した気配もなく自分に一揖《いちゆう》したのに軽く応え、二人を誘った。

「丁度、長屋の重兵衛どのが、店においでになっている。二人でゆっくり酒を酌《く》もうとしていたところなのじゃ。さあ、お連れさまもお入りなされい」

宗因は優しい声で信二郎にも呼びかけた。

「どないしまひょ」

おふさがかれに小声でたずねた。

「折角のお招き、そないしたらどうどす」

信二郎はなんの躊躇《ためらい》もなく、即座にうなずいた。

このため軒提灯はそのままとなった。

「重兵衛どの、珍しい客人のご入来じゃ。酒も旨くなりますぞ」

宗因に告げられるまでもなく、重兵衛は珍しい客というのが、おふさと送り狼と評されている男だと、すでに気付いていた。

宗因に呼び込まれた二人は、傘の雨の滴《しずく》を切り、店に入ってきた。

「これは長屋の重兵衛はん、いつもお世話になっててすんまへん」

「わたくしは信二郎ともうします」

かれは肘付き台から自分たちに身体を向け、戸惑い顔でいる重兵衛に慇懃《いんぎん》に名乗った。

「おまえさまが、おふさはんをいつも長屋に送ってくれはるお人どすかいな」

「そうどすが、それがどうかいたしましたか——」

「いやいや、なんでもあらしまへん。わしはおふさはんと同じ長屋に住む重兵衛いいますのやけど、毎晩、ご苦労さまでございます」

重兵衛はどぎまぎしながら答えた。

「わたくしは長屋で、送り狼の異名をいただいているそうどすなあ。その送り狼の信二郎でございます。どうぞお見知りおきのほどをお願いいたします」

かれは堂々とまた名乗り、重兵衛の横に腰を下ろした。

微笑をふくんだその顔はさわやかで、明るい口調にもなんの嫌味も感じられなかった。

「送り狼、そうどすわ。送り狼はいつ送る相手に嚙み付くかわからしまへん。そやけど信二郎はんはおふさはんに、一向に嚙み付く気配がありまへんなあ」

重兵衛は、平明そうなかれの人柄に好意を抱いたのか、軽口を利いた。

「同じ送り狼でも、度胸のある奴とない奴がいるのではありまへんやろか。わたくしにはきっとそんな肝っ玉がないのどすわ」

　宗因は二人のやり取りをききながら、調理場で酒の燗を付け始めていた。

　手早く襷《たすき》に前掛けを締めたおふさが、手伝いに入ってきてくれた。

「棟梁の重兵衛さまと尾張屋の宗因さま、お初にお目にかかります。お二人には、おふさはんの死んだ親父はんが、いろいろお心遣いをいただき、僭越《せんえつ》ながらわたくしからもお礼をもうし上げます」

「そなた、なかなかの曲者《くせもの》じゃなあ。すでに言葉で、わしたちに甘く噛み付いているではないか。やはり立派な送り狼だわい。ともかくおふさはん、酒の支度もととのうたゆえ、送り狼どのの隣にでも腰を下ろされよ」

　宗因は苦笑していい、彼女を調理場から追い出した。

「送り狼どの、実をもうせばつい先程まで、わしたちはそなたとおふさはんについて、あれこれ案じていたところなのじゃ。それでそなたはいつおふさはんに目を付け、狙《ねら》うようになられたのじゃ」

　肘付き台越しに銚子を差し向け、かれの猪口《ちょこ》（盃《さかずき》）に酒を勧めながら、宗因はずけっときいた。

「いつからとたずねられたら、きちんとお答えせなりまへんなあ。おふさはんが小料理屋の松菱へ、通い奉公に出られてからではございまへん。八年も九年も前から、ずっと目を付けておりました」

「なにっ、八年も九年も前からじゃと――」

宗因が驚いた表情でかれを見詰めた。

「へえ、おふさはんがまだ赤ん坊にひとしい弟の市松ちゃんを、背中に負っていた頃。父親の宗助はんの曳く大八車の後を押し、町を廻っている姿を見て、目を付けたのでございます。当時、わたくしは千本下立売に店を構える油問屋龍田屋の次男として、父親の温かい懐《ふところ》の中で暮らしておりました。そやけど、引き取って育ててくれた義理の母親や兄の目に、子どもながらなにやら嫌な冷たいものを感じていたんどす。おふさはん一家の懸命な姿を見るたび、しみじみ羨《うらや》ましかったのを、いまでもよく覚えております。そのおふさはんを不意に見かけなくなり、再び出会うたのは、義理の母親と父親がつづいて死んだ後。老僕の喜八とともに、寺町の革堂に近い龍田屋の持ち長屋に住み始めてからでございます。何年振りかで町中で出会ったおふさはんは、わたくしをしっかり覚えていてくれはりました」

「そんなん、あたり前どすわ。身形のええ十四、五歳のぼんが、いきなり大根を七本も買うてくれはった。それを道端にどさっと置き、どないしたらええのやろというような困った顔で、離れていく大八車を見送ってはったんどすさかい。少しぐらい月日が経ったかて、そんな顔忘れられしまへん。うちには油問屋のぼんやとすぐにわかりましたえ」

おふさが二人の久し振りの邂逅《かいこう》を、手短に語った。

「送り狼どのとおふさはんには、深い因縁がすでにあったのじゃな。どうやら悪い因縁ではなさそうで、わしは安堵いたしたわい。さればわしは、信二郎どのを送り狼どのと呼ぶのを、これを最後といたさねばなるまい」

宗因が自嘲してかれに断わった。

「それはわしかて同じどす。長屋の連中にも、ようういうといたらなあきまへん」

重兵衛が宗因の言葉につづけた。

そのとき表戸ががらっと開き、足許をずぶ濡れにさせたならず者めいた男が三人、店に入ってきた。

一人の視線が、信二郎の姿に一瞬きらっと注がれたのを、宗因は見逃さなかった。

「親父、熱いのを二、三本付けてくれへんか――」

飯台の長床几《ながしょうぎ》に腰を下ろし、一人が壁に背中をもたれかからせて注文した。

「熱いのを二、三本だと。店の軒提灯をいま取り込もうとしていたところじゃ。それは別にしても、そなたたちに売る酒など、この店には一滴もないわい」

「なんだと――」

酒を注文した男が、宗因の言葉にすぐさま反応した。

かれらの足の濡れ具合から推察するに、三人はかなり長い間、雨の中にいたものと思われる。尾張屋に呼び込まれた信二郎とおふさの跡を付けてきて、二人が店から出てくるのを、近くの軒下で雨に打たれながらじっと待っていたに違いなかった。

「そなた、わしになんだとは、それこそなんじゃ。そなたたちはわしをただの居酒屋の主だとでも思っているのか」

宗因が険しい声でいい、かれの手がなにかを摑んでさっとひと振りされた。

出刃包丁が男の頰すれすれに飛び、かっと音を立て柱に突き立った。

宗因には、かれの顔面を二つに割るのも容易だった。

「今夜はおとなしく引き上げるがよかろう。そして明日、こんな居酒屋の主に脅されたが、あれはいったい何者なのだと、木屋町筋に店を構える誰にでもきいてみるのじゃ。命のありがたさがつくづくとわかろうぞ。それでそなたたち、わしらの前に再び姿を見せたら、そのときには命がないものと心得ておくのじゃ」

急に勢いを失った三人が、身体を縮めるようにして、あわただしく店から出ていった。

「宗因さま、お見事でございますなあ。手許をちょっと狂わせたら、あの男の面にこれが突き刺さっていたはずどすわ」

肘付き台から立ち上がった重兵衛が、出刃包丁の突き立った柱に近づき、それをぐいと引き抜いた。刃こぼれのないのを確かめながら、もとの場所に戻ってきた。

外では雨脚がますます強まっている。

「うぬ、このままではなるまい。ことは切迫しているやも知れぬ。重兵衛どのに信二郎どの、わしはすぐに戻るゆえ、ここで用心して待っておられるのじゃ」

三人に一声叫ぶと、宗因は脱兎の速さで雨の降りしきる外に飛び出していった。

「宗因さまはなんのおつもりなんやろ」

重兵衛が開け放たれた表《おもて》障子戸《しょうじど》の間から、豪雨を眺めてつぶやいた。

通りに人の姿は皆無であった。

三

外の雨が、開け放たれたままの表戸の中にまで降り込んでいた。

「いったい宗因さまは、なにをお考えなんどっしゃろ」

「表戸の突っかい棒を、さっと摑んでいかはりましたな」

信二郎の言葉で、重兵衛が普段は表障子戸の横に立てかけられている突っかい棒を見ると、その一本が確かになくなっていた。

「重兵衛の小父さん、宗因さまはあの三人を追っていかはりましたのやろ。なんでどっしゃろ」

おふさが堅い表情になりたずねた。

「あの三人になんか用がおありなんどすわ。宗因さまやったら、刀なんかのうても、突っかい棒一本で、妙なあの男たちを突き殺さはりますやろ」

それに決っているとばかりに、重兵衛は独りうなずいた。

「宗因さまはそれほど腕の立つお人なんどすか」

「それがどれくらいのもんか、わしにはわからへんけど、人からきくと、相当なものらしいわ。先《さっ》宗《き》因さまが、出刃包丁を飛ばさはるのを、見はりましたやろ」

「深い曰《いわ》くがあって、尾張藩から致仕されたお人やとおふさからきいてます。それにしても、それほどのお人でございましたのか——」

「ならず者たちが出て行った後、急に宗因さまはなにかを考えられ、その跡を追わはりましたのやろ。それよりおふさはん、雨が降り込むさかい、表戸を閉めときなはれ」

　重兵衛にいわれたおふさがはいと答え、表障子戸に近づいたとき、大きな黒いものがぬっと彼女の前に立ち塞がった。

　ずぶ濡れになった宗因が、全身をだらりとさせた男を右肩に担ぎ、帰ってきたのである。

「これは宗因さま、どないしはったんどす」

「あの三人の跡を追い、最後を小走りに急いでいた男に当て身をくらわせ、かどわかしてきたのじゃ。幸い雨が激しかったゆえ、先を行った二人には、全く気付かれなんだわい」

　かれは重兵衛にいい、左手に持っていた突っかい棒を、土間にからっと投げ捨てた。

　次に肩に担いできた若い男を、飯台の上へ静かに横たえた。

「宗因さま、どないされるおつもりどす」

「こ奴を拷問にかけ、信二郎どのをなにゆえ付けてきたかをきき出すのじゃ。尤もおおよそは察せられるが――」

「おおよそといわれますと――」

「奴らは何者かから金で雇われ、信二郎どのを殺そうとしていたのだわ」

「信二郎はんを殺そうと――」

それをきき、おふさが怯《おび》え声を上げた。

「重兵衛どの、ことは急を要するかもしれませぬ。そこでお願いでござる。おふさはんと信二郎どのを伴い、西船頭町の明珠どのの許に、ただちにまいってくださらぬか。ひと晩だけ匿《かくま》ってくれるよう、わしが頼んでいたと伝えて欲しいのじゃ。その後、長屋に戻り、ご苦労だが、再び市松を明珠どののところへ連れていってくだされ」

宗因の声は厳しかった。

「それはなんのためにどす――」

信二郎が不審そうにたずねた。

「いま四の五のというている場合ではないわい。急を要するかもしれぬともうしたであろうが。万一を考えての処置じゃ。さあ、さっさとわしの思案通りに動くのじゃ。命が惜しくはないのか」

宗因はかれら三人に有無をいわせなかった。

「宗因さま、仰せのようにさせていただきます」

重兵衛も厳しい表情になり、かれの指図にうなずいた。

「傘を差しかけ、のんびり歩いていてはなりませぬぞ。濡《ぬ》れ鼠《ねずみ》になっても、急いで明珠どのの許に駆け込まれませい。さらに重兵衛どのにお願いじゃが――」

かれは重兵衛の肩を抱き、信二郎とおふさから少し離れると、その耳許でぼそぼそとささやいた。

市松とか兄《あん》ちゃんという言葉が、おふさの耳にかすかに届いたが、それがなにを意味しているのか、気の動転しているおふさにはまるで解せなかった。

どこから取り出したのか、宗因はすでに腰に刀を帯びている。重兵衛から離れ、飯台の上に横たえた男をじっと見下ろしていた。

男に活を入れて蘇生させ、今夜の行為の裏に隠されている事情をすべて、きき出そうとしているのは明らかであった。

重兵衛たち三人は、一旦、閉めた表の障子戸を開け、豪雨が降りしきる外に飛び出していった。

軒提灯の明かりは激しい雨滴を浴び、すでに消えていた。

高瀬川が水嵩《みずかさ》をぐっと増している。

「やれやれ、これでわしの大役もすんだわい」

おふさと信二郎を明珠のところに預けた重兵衛は、一旦長屋に戻り、市松を再び、明珠が町医の看板を掲げる長屋に連れて行った。

そしてずぶ濡れになったきものを、ようやく家に帰って着替えた。

「こんなに濡れ鼠にならはって、なにがあったんどす」

老妻のお茂が眉《まゆ》を曇らせてたずねた。

「そんなん、わしにもわからへんわい。わしは尾張屋の宗因さまのもうし付けに、従うただけのこっちゃさかい」

こうして重兵衛が落ち着き、お茂に熱燗を一本付けさせたとき、長屋の前を音をしのばせた足音が、幾つも通りすぎていった。

どうやらおふさと市松が住む家をうかがっているようだった。

――宗因さまが万一の処置やといわはったのは、これかいな。なにもかも片付けた後でよかったわい。それにつけても、宗因さまはどないにされてるんやろ。

重兵衛は胸裏でつぶやいた。

その頃、宗因は二手に分かれたならず者たちの一団に店を襲われ、家探しをされていた。

「どこに消えてしまったのやな。あの野郎も安助の姿も、見当たらへんわい」

「ほんまにけったいな居酒屋の主やわ。もとは武家のようやけど、あれは化物《ばけもの》やで。

わしらの知らんうちに、安助の奴をかっさらっていったのやさかいなあ。ふと気付いたときには、安助がいいへんかったがな」

「居酒屋の主にさらわれたのやのうて、安助の奴が怖気付《おじけ》き、どっか逃げ出したんとちゃうか。あのあかんたれ、近江《おうみ》の草津に戻り、肥担桶《こえたご》でも担いでたらええのやわい」

尾張屋に押し入ってきた五人が、店や調理場のほか厠《かわや》の中や、宗因が寝起きする小部屋の天井裏までのぞき回っていた。

「ちぇっ、あの野郎、どこにもいいへんわい」

「わしらが襲うかもしれんと考え、さっと身を隠したのやな。油断のできへん奴ちゃ」

男たちが低声《こごえ》でいい合うのを、宗因はいつの間にか小降りになった雨に叩かれながら、尾張屋の屋根に伏せってきいていた。

安助には猿轡《さるぐつわ》をかませてあった。

その安助からきき出したところによれば、今夜のならず者は、千本下立売に近い北野新地を仕切る北野の孫兵衛一家の男たち。油問屋龍田屋から、持ち長屋に住まわせている次男信二郎の殺害を、五百両で請け負ったとのことだった。

「龍田屋は洛中で五本の指に数えられる油問屋。資産も相当なもので、死んだ先代は、いまの主の信太郎や主な親戚一同に、弟二人にそこそこの暖簾分けをするように、遺言していたんどすわ。けど龍田屋の旦那《だんな》は、末の弟はともかく、腹違いの弟にそれをするのはご免やと考え、まず信二郎は道楽ばっかりしている遊蕩者との噂を、親戚内に流しました。それから持ち長屋へ追い出したそうどすわ」

宗因が安助を脅したりすかしたりして、きき出した話であった。

「世の中には邪《よこしま》な人間が、どこにでもいるものじゃ。そなたについて、仲間の連中が悪口をいうていたであろうが。あのあかんたれ、近江の草津に戻り肥担桶でも担いでたらええのだとなあ。邪な人間として北野新地で大きな顔で暮らすより、まこと真面目に肥担桶を担いで生きたほうが、どれだけましかわからぬぞ。それが嫌ならこれをそなたにつかわすゆえ、街道で小さな茶店を開き、旅人に姥ヶ餅でも売って生業《なりわい》とするがよかろう。いずれにしたところで、やくざ者の末路は哀れなものじゃ。どんな事情があって、北野の孫兵衛の身内になったかまではきかぬが、人殺しを請け負い、かような仕業をなしたからには、孫兵衛ももはやお咎《とが》めをまぬがれまい。そなたはこのままひっそり草津に戻り、静かに暮らすがよい」

おおよそを安助からきき出すと、宗因は重ねがさね説諭したうえ、三両の金を取り出し、それをかれの手に握らせた。

ならず者たちは、口々に宗因と安助を罵《ののし》りながら、間もなく尾張屋を後にした。

雨は夜半すぎに上がり、用心深く店に戻った宗因は、夜明け前、安助を三条大橋近くまで見送った。

安助は宗因に幾度も礼をいい、暁闇の中、三条大橋を東に渡っていった。

店を出るとき、宗因は表に本日休業——の木札をぶら下げていた。

その後、かれは角倉会所に向かった。

頭取の児玉吉右衛門に会うためだった。

信二郎が北野新地の孫兵衛一家に発見されれば、殺害される恐れがある。信二郎とおふさ市松姉弟を、会所に匿ってもらう考えであった。

「これは尾張屋の宗因さまではございませぬか。お久し振りでございます」

会所の奥から出てきて宗因を迎えたのは、かつて高瀬川の鯉を捕え、その生き血を胸を病んだ遊女に飲ませていた平太であった。

遊女屋で働いていたかれも、いまでは角倉会所の手代見習いになっていた。

「早朝から迷惑なのは承知の上じゃが、頭取の吉右衛門どのにお会いしたいのじゃ。取り次いでもらえまいか」

「頭取さまにでございますか。はい、早速に――」

平太はまずはこちらにおひかえくださりませと、宗因を待ち部屋に案内した。慇懃に両手をついて低頭し、奥に去っていった。

かれは間もなくまた現われ、特別な座敷に宗因を誘《いざな》った。

その部屋の床には、尾形光琳の描いた「鵜飼図」が掛けられ、白磁の大壺に青水色の紫陽花《あじさい》が活《い》けられていた。

この花は解熱剤、葉は瘧《おこり》の治療に役立つと、明珠から説明されたことがあった。

「宗因どの、朝早くからなんのご用どっしゃろ」

児玉吉右衛門はすぐに姿を見せた。

外ではまた雨がしとしとと降り始めていた。

「是非とも吉右衛門どのに相談いたしたい仕儀ができ、急いでやってまいりました」

「そなたさまはまだ朝食をすませておられますまい」

吉右衛門は宗因のようすをうかがい、ずばりとたずねた。

「いかにも、まだでございまする」

「それでは身体に毒。なにか作らせますゆえ、それをゆるりと食べながら、お話をおききいたしましょう。昨夜、なにやら騒動でもございましたのか」

「あれこれあり、閉口のうえ、ご相談にまいった次第にございます」

「それにお疲れのごようす」

「それも的を射ておりますわい」

「宗因どのが閉口されている事情、まずはうけたまわりましょう」

お茶を運んできた小女に、吉右衛門は朝餉《あさげ》を支度してここに運んでくるよう命じてから、宗因をうながした。

「実は吉右衛門どの、若い男と姉弟二人を角倉会所に匿っていただきたいのでございます」

「角倉会所に匿って欲しいとは、容易な話ではございませぬな。そなたさまもすでにご承知の通り、この会所には宗因どののほどではございませぬが、そこそこ腕の立つ侍が、十人ほど仕えておりまする。少々の敵なら造作もなく討ち果たしましょう」

吉右衛門は自信あり気な口調でいった。

角倉家は安土桃山・江戸期に栄えた京都の豪商。近江国・愛知《えち》郡吉田の出で、本姓は吉田。室町中期に京都へ出て医術を本業とし、了以《りょうい》の父・宗桂が中国に渡って医名を上げた。

ついで宗忠・宗桂の活躍によって、京都で吉田一族の名声を不動のものとしたが、宗忠が嵯峨・大覚寺の門前で始めた土倉が「角倉《すみのくら》」と呼ばれたため、了以の代から姓を角倉と改めた。

了以とその子素庵《そあん》は、角倉船を仕立てて南方との朱印船貿易に従事し、国内では河川の掘削による通商路を開いた。

江戸期に二条・嵯峨の二家に分かれ、幕府の京都代官職を世襲したため、武士の扶持が許されていたのである。

「吉右衛門どのは腕の立つ侍と仰せられましたが、お召し抱えの侍衆の腕が、必要なほどのことではございませぬ。三人をただ数日、匿っていただければ、それがしが必ず問題を解決いたしまする。諍いは資産をめぐってのもの。家督を継いだ兄が、暖簾分けを惜しみ、やくざを雇って異腹弟を殺させようとしているにすぎませぬ。昨夜も尾張屋で、小さなひと荒れがございました」

宗因が微笑して告げた。

「尾張屋でひと荒れとは、きき捨てにできませぬな。角倉家は京都代官職を拝命しております。町政をはじめ、家督をめぐる諍いがあれば、町奉行所や京都所司代にも相談し、調停をせねばならぬ案件。命が狙われている、身柄を預かってもらいたいと頼まれるからには、仔細をきかせていただかねばなりませぬ」

「さよう仰せくださり、まことに忝《かたじけ》のうござるが、京都代官職の角倉家のお手をわずらわせるまでもございませぬ。この宗因独りで片付けられまする。されども昨夜のひと悶着と、ご当家に匿っていただく三人については、一通りご説明させていただきまする」

宗因は二人の小女が運んできた二つの膳を眺めながら、吉右衛門に笑いかけた。

「実はわたくしも朝の膳に向かいかけたところどした。宗因どの、朝飯を食べながら、仔細をおききいたしましょう」

そなたたちは下がってよいと小女に命じ、吉右衛門は自分の箸を取り上げた。

「船が出ますぞよ。さあみなさま、急いでおくれやす」

会所の船乗り場から、高瀬川を伏見に向かう船頭たちの声が小さく届いてきた。

雨はもう間もなく上がりそうであった。

四

「大槻《おおつき》伝蔵、ただいま戻りましてございます」

角倉会所の広い役部屋で、頭取・児玉吉右衛門が、多くの書類に目を通していた。

歩廊から足音がひびいてくると、若い武士が一枚だけ開かれた襖《ふすま》の向こうに片膝をつき、低頭して伝えた。

「おお、伝蔵はんか。四人ともご無事にお連れしたんどすな」

「いかにも、大工の重兵衛どのと信二郎どの、ならびにおふさどのと弟の市松どのの四人、何事もなく高瀬船に乗っていただき、お連れもうし上げました」

「それはよかった。それで護衛はどのようにしたのじゃ」

「高瀬船の舳先《へさき》に二人、艫《とも》に二人の武士をひかえさせ、別に二人に川筋を歩かせました」

「それならいざとなったとて、どんな対処もできますやろ。その間、それらしい男たちは見掛けまへんどしたか」

「はい、怪しい奴らは全く目にしませなんだ。ただ明珠ともうす町医が、念のため供をしたいといわれましたゆえ、川沿いを警護して歩く二人の後ろに、それとなく付いてきていただきました」

「なんと、明珠はんまで心配してくれはったんどすか」

「頭取どのはあの坊主のごとき町医を、ご存知でございましたか——」

「あの明珠はんはついこの間まで、さる大寺にいはった医僧はんどす」

「さようでございましたか。お連れした四人とその明珠どのは、雁の間にひかえていただいております」

「それは結構じゃが、宗因どのはきのうから一睡もされておられぬゆえ、まだ寝ておられようなあ」

「帳場の平太にたずねましたところ、ぐっすりお眠りのようでございます」

「そうか。それならわしがお起こししよう。四条の西船頭町の船乗り場から二条のこまで、さしたる距離ではないものの、そなたたちも疲れたであろう。酒でも飲んで休んでくんなはれ」

「お言葉、忝のうございます」

大槻伝蔵と名乗った角倉会所お抱えの武士は、吉右衛門に目礼して立ち上がり、役部屋から辞していった。

かれが重兵衛や信二郎たちをひかえさせた雁の間は、部屋の四方に四季それぞれの雁図が描かれているため、同家の誰からともなくこう呼ばれる二十畳余りの部屋だった。

ここに着くまでの間、市松は片手を信二郎に握られているか、ときには逆に、かれの手をぐっと握り返していた。

「後でおまえにはじっくりいいきかせてやるけど、人から送り狼やないかと悪口を叩かれてるあのお人は、信二郎はんというて、決して変な男ではないわいな。あのお人はこれからもおふさはんを、なにかに付けてしっかり守ってくれはる。おまえの姉ちゃんを守ってくれはるということは、即ちおまえも守ってくれはるいうこっちゃ。そやさかい兄《あん》ちゃんと呼んで、なんでも相談したらええのや。おふさの姉ちゃんのほかに、信二郎という兄ちゃんがでけたのを、おまえはよろこばなあかん。ほんまにそうやで――」

昨夜、篠突く雨とともに、姉の帰りを待つ市松の家にいきなり重兵衛が現われ、これから西船頭町の明珠はんの許に、匿ってもらいにいくのやと告げた。

そしてかれに油合羽を手早く着せかけながら、懇々といいきかせたのである。

いま自分の身辺は、なにか大変な事態になりかけている。それは自分と姉だけではなく、毎夜、おふさを長屋まで送り届けてくれるあの男も、深く関わることらしい。

重兵衛の緊張した気配から、市松はそれをはっきり感じた。

――兄《あん》ちゃん、あの男を兄ちゃんと呼べというのんか。

市松は胸の中で一度兄ちゃんと呼び、ちょっとくすぐったい思いを抱いた。だがもう一度、兄ちゃんとつぶやいてみると、一転してさして悪い気持ではなく、なにか温かいものを覚えた。

角倉家の雁の間でも、重兵衛から兄ちゃんと呼べといわれた男は、両脇に姉のおふさと自分を、抱えるようにして坐っている。

握り締められたままの手をぎゅっと摑むと、信二郎はそれに応え、手に力を込めた。

重兵衛が機嫌のいい顔でこちらを見ている。

明珠はもと止住していた寺の塔頭《たっちゅう》の一室にでもいる気分なのか、かしこまった表情であった。

「さあみなさま、食べやすいようにお結び（握り飯）を拵《こしら》えてきました。十分に召し上がってくんなはれ」

ときどき尾張屋に姿をのぞかせる女船頭のお時が、手甲脚絆《てっこうきゃはん》姿のまま、握り飯を盛り上げた伊万里の大皿を運んできた。

つづいて二人の小女が、小皿に箸、それにこれに包んで食べたらいいというのだろう、わさっと重なった黒光りする海苔《のり》を、根来《ねごろ》の折敷《おしき》にのせて持ってきた。

「お時はん、すんまへんなあ」

「重兵衛の小父さん、ここではお酒を出すわけにはいきまへんさかい、それだけは堪《かん》忍《にん》しとくれやす」

「旨そうな握り飯やなあ。わたしは昨晩《ゆうべ》からろくに食事をしてへんさかい、遠慮なくいただきますわ。市松、おまえもご馳走になりなはれ」

信二郎は隣に坐る市松に声をかけ、握り飯を取り上げた。それを海苔で包み、市松にひょいと手渡そうとした。

「あ、兄《あん》ちゃん、そ、それくらい自分でしますさかい、先に食べてくんなはれ」

市松の口から驚くほど滑《なめ》らかに、兄ちゃんという言葉が出た。

かれ自身はっと驚いたほどだった。

「市松、兄ちゃんが折角海苔で巻いてくれはったんやさかい、素直に貰うたらどうえ」

左からおふさの声が飛んできた。

「うん、ほなそうするわ。兄ちゃん、おおきに——」

市松は緊張した気色もなくいい、信二郎の手から海苔に包まれた握り飯を受け取った。

「急がんと、よう嚙んで食べるこっちゃ。握り飯はどこにも逃げていかへんさかいなあ」

信二郎は小声でいい、自分も握り飯に食らいついた。

重兵衛とおふさがこんな二人を見て、頰笑んでいた。

お時と小女たちが、四人の前に置いた湯呑みにお茶をついで廻り、開けられたままの襖の向こうに、よく手入れされた庭が見えた。

雨に洗われた緑が鮮やかで、市松の目には別世界の美しさに映った。

南の船溜りのほうから、活気のある声が絶えずひびいてくる。

角倉屋敷は木屋町二条下ル町、河原町三条下ル町、富小路二条下ル町の三ヵ所に構えられていたが、高瀬川に近い屋敷が最も広壮であった。南北三十一間、東西は南で五十六間、北で四十九間余。庭には鴨川の水をひいて池が造られ、噴水まで設けられていたという。

角倉会所は高瀬川を目前にする南に位置し、その西には大きな船溜りがあった。

この場所が最も庶民的で人の出入りも多く、同家の総門は、敷地の北と河原町に面した二つに構えられていた。

重兵衛や明珠たちも握り飯を旨そうに頰張った。

それを三つほど食べ終え、ひと息ついた頃、長廊の北から頭取の児玉吉右衛門と宗因の二人が姿を現わした。

「あれこれ考え、すべてに備えて手を打ったつもりじゃが、ともあれ、何事もなくて名家でなら、いわば城代家老になる。

角倉家が幕府から京都代官を仰せ付けられていることを考えると、頭取のかれは大
吉右衛門がかれに柔らかな声をかけた。

「明珠はんもおいでになっているときき、驚きましたぞ」

よかったわい」


信二郎がまず切り出した。

「このたびはまことにお世話になり、ありがたく存じております」

かれと宗因は、姿勢を改めた信二郎の前に坐った。

般には一口に、町裏と呼んでいたからであった。

吉右衛門が〈町裏のお人たち〉といったのは、高瀬川筋の二条から五条までを、一
明珠は自分の医療行為が感謝されていると気付き、厳粛な顔で頭を下げた。

「頭取さまがなにを仰せられますやら」

町裏のお人たちが、なにかとご厄介になり、改めてお礼をもうし上げます」

「同じ町筋に住みながら、一別以来ともうしてもようございますなあ。高瀬川に沿う
「頭取さまにはお久し振りでございます」

だが町向きの代官職だけに、吉右衛門は誰に対しても気さくであった。

「つづいて何事も起らずに良かったものの、先方はそなたがどこに消えたのやらと、いま必死に行方を探し回っているはず。昨夜、宗因どのが捕えたならず者が、おおその経緯を吐いたそうじゃ。そなたの兄・信太郎から頼まれ、そなたを殺《あや》めようとしたのは、北野新地を仕切る孫兵衛ともうす渡世人の元締。宗因どのはそなたが住む長屋に身を潜め、襲うてきたら、五人でも十人でも斬り捨ててくれると、意気込んでおられる。そなたが抱える龍田屋の問題を、血をもって解決しようとされているのじゃ。されど京都代官として、角倉与一さまはさような乱暴を決してお許しにはならぬ。それゆえわたしは、ことを穏やかにすませたいと考えております わい」

「そこで頭取さまは、わしとそなたの三人で龍田屋に出かけ、穏便に話をつけてはどうかと提案され、わしもそれを承知したのじゃ。五人十人斬るのは造作もないが、あとが面倒で、それでは龍田屋も立ち行かぬ事態となるのでのう。人間は身の丈に合った生きようをいたすのがなにより。そなたの兄と弟が、亡き親父どのがそなたに斟《しん》酌《しゃく》しておいてくれた分まで、取り込もうとするのは強欲にすぎる。そこで吉右衛門どのは、京都代官の名代としてこの問題を裁くため、すでに兄の信太郎、弟の信三郎、ならびに親戚一同や町役、業者仲間（組合）に招集をかけられた。正午すぎ、龍田屋にお出かけになるおつもりじゃ。それを承知しておくがよいぞよ」

宗因が信二郎に段取りをきかせた。

「宗因さま、それで北野新地の孫兵衛はどないしはるんどす」

「勿論、ならず者の孫兵衛にも出頭を命じておる。そこでこちらのいい分が穏やかに通されねば、吉右衛門どのは信二郎どのの代人となり、町奉行所に公事《くじ》として訴えられるお考えじゃ」

「角倉家の頭取さまが、わたくしの代人となってくださいますと——」

「それくらいの脅しをかけねば、引っ込む奴らではなかろう。町奉行所が目を光らせれば、奴らとておとなしくなるに違いない。吉右衛門どのは町裏のお人たちのことを、いざとなれば、それほどに考えていてくださるのじゃ」

宗因の一声でみんなが粛然とした。

千本下立売の油問屋龍田屋は間口七間、奥行十三間ほどの大店《おおだな》であった。

正午すぎには油売り人たちも仕入れを終えており、店先は静まっていた。

児玉吉右衛門は駕籠《かご》に乗り、角倉家に仕える武士たちが六人、それに従っていた。

大槻伝蔵が一同を宰領し、駕籠は龍田屋に横付けされた。

「京都代官・角倉家の頭取さまのお越しじゃ」

宗因が伝蔵に代わり、店先で声を張り上げた。

広い帳場で、裃《かみしも》を着た十数人が一斉に平伏し、吉右衛門たちを出迎えた。

土間に太々《ふてぶて》しい顔の男が土下座していた。

「そなたが北野新地の孫兵衛じゃな」

「へえ、さようでございます」

「わしは木屋町で尾張屋という居酒屋を営む宗因ともうす。昨夜はそなたの手下たちが、店を乱暴に荒らしてくれたわい。あまり理不尽なことをいたすと、ろくな目には遭《あ》わぬぞ。幕府も町奉行所も、そなたたちのありようを必要悪と黙認しているだけで、度を過ごせばかような次第となるのじゃ。そこをよく心得ておくがよい」

宗因はかがみ込み、かれに小声でいいきかせた。次いで信二郎をうながし、手代らしい身形の男に奥座敷へ案内されていった。

大床を背に吉右衛門が坐っている。

左右に大槻伝蔵たちが、厳しい顔でひかえていた。

宗因と信二郎が座敷に入ると、かれらのうち二人が立ち上がり、自分たちの席を譲った。

これで宗因と吉右衛門、それに信二郎の三人は、相手たちと対峙する格好になった。

「みなさま、おそろいでございまするな。わたくしが角倉会所頭取の児玉吉右衛門。

正面においでになるのは龍田屋の主信太郎はん、横にいはるのが弟の信三郎はんどすな」

「もうし遅れましたが、さようでございます」

狡猾《こうかつ》そうな面構えをした四十すぎの男が、両手をつき、主の信太郎でございますと名乗った。

次にその横の男が信三郎でございますといい、親戚、同業者仲間、町役たちがそれぞれ順番に名乗った。

「わたくしの傍らにおいでの信二郎はんは、先代はんが外で拵えはったお人。先代はんは死ぬ前に、弟はん二人に暖簾分けをするように遺言されたそうで、その場には親戚や同業者仲間のお人たちも、いはったんどすわなあ」

吉右衛門の物言いは穏やかであった。

これに対し、かれらは黙り込んでいた。

「文書にしてなかったとはいえ、これは大事な約束ごとのはずどす。わたくしの目の前にいはる関係者のお人たちは、信太郎はんにでも金で籠絡《ろうらく》され、信二郎はんを埒外《らちがい》のお人やと無視しはるんどすか――」

吉右衛門は手をつかえたままのかれらを見廻してたずねた。

それでもかれらは黙ったままで、誰も声を発しなかった。

「やい、そなたたちはばかな奴じゃ。角倉会所の頭取さまが、公事として町奉行所に訴えられずとも、そなたたちの財産を闕所《けっしょ》として、取り上げてしまうこともできるのじゃぞ。みんなが立つように、こうしてお忙しい中をわざわざお出ましくださったご配慮が察せられぬのか」

苛立《いらだ》った宗因が立ち上がり、かれらを怒鳴り付けた。

「て、てまえは信太郎兄弟の叔父で、西陣で織物問屋をいたしている佐野屋忠兵衛ともうします。家業の忙しさにまぎれ、つい目を離していた隙に、かような次第となり、まことにお恥ずかしい限り。深く悔いておりまする」

「わたくしは同業者仲間の三年役（三年間の町役）をつとめる銭屋七右衛門ともうします。龍田屋の兄弟に、暖簾分けのことで諍いがあるらしいとは存じておりました。しかし他人が迂闊《うかつ》に口を出すことではないと、引っ込んでいたのが間違いどした。これは町役についても同じでございます」

「されば要《かなめ》の信太郎はどうなのじゃ」

「ここにお集まりのみなさまがたに、自分の欲から多大なご迷惑をおかけし、もうしわけなく思うております。こうなれば、死んだ父親の遺言通りに、すべてを計らわせていただきます」

宗因の口から闕所の言葉をきいたときから、かれの顔から苦々しさが消えていた。

このとき、それまで懐かしそうに部屋を見廻していた信二郎が、異腹兄の信太郎とやはり異腹弟の信三郎に目を向けた。

「兄《あに》さん、わたしは暖簾分けなんか望んでいいしまへん。高瀬川筋の長屋を一軒借り、そこで油売りから身を起こし、やがては小さな油屋でも始められたらと考えてます。それでそれくらいの金どしたら、いまでも持ってますさかい、わたくしのために金の仕度などせんといておくれやす。ついでにもう一つ付け加えておきます。わたしは子どもの頃から知ってたおふさはんという女子はんと、所帯を持つつもりでおり、わたしを兄ちゃんと呼んでくれる弟まで、すでにいてます。そやさかい、わたしが北野の孫兵衛はんの目が光る遊廓や賭場で、遊んでばかりいるという変な噂を、もう立てんといておくれやす。あんな妙な噂を流し、龍田屋の持ち長屋に押し込めるのはあんまりどすわ。それだけは必ず止めておくんなはれ」

信二郎が険しい声で信太郎にいった。

「そなたが町辻を歩いて油売りをいたすのだと――」

宗因が驚いてかれを見詰めた。

「信二郎、金なんか要らんというのは、それはいけまへん。丁度、千本釈迦堂の築地《ついじ》が総崩れとなり、もと通り直すには三百両ほど要るそうどす。この際、信太郎と信三郎の罪滅《つみほろ》ぼしのため、それを出してもらいなはれ」

こういい出したのは、叔父の佐野屋忠兵衛だった。

「宗因さま、それが一番よいかも知れませぬ。千本釈迦堂の築地塀についても妙案どすわ」

吉右衛門が宗因と信二郎に笑いかけた。

手をつかえたままの一同に、ほっとした空気が流れた。

宗因の眼裏に、黒い筒袴に黒の股引《ももひ》きと足袋《たび》をはき、油の量り売りをして歩く信二郎の姿が彷彿《ほうふつ》と浮かんできた。

「兄ちゃんと呼んでくれる弟――」

誰からともなくそんなつぶやきがきこえた。

あんでらすの鐘

一

「『尾張屋』の宗因《そういん》さま、お出かけでございますか——」

宗因が油紙を貼った表の腰板障子戸を閉めたとき、高瀬川筋の下から急ぎ足でやってきた明珠《みょうじゅ》が、かれに大きな声をかけてきた。

明珠は手に薬籠《やくろう》を提《さ》げていた。

「おお明珠どのか。これから錦小路《にしきこうじ》へ仕入れにまいろうと思うてなあ」

かれはなんの考えもなく、笑顔で答えた。

「笠もかぶらずにでございますか」

「笠もかぶらずにとは、いかような意味じゃ」

「はい、すぐ近くの錦小路までとはもうせ、この激しい日照りの中だからでございます。笠がなければ、番傘でもさして行かれたらようございましょう。お元気とはもうせ、暍病《えつびょう》でいきなり倒れられたらいかがいたされます」

明珠は宗因に厳しい顔でいった。

暍病とは霍乱《かくらん》ともいい、現在の言葉では熱射病、熱中症を指していた。

「わしが暍病になるのだと――」

「いかにも、雨にそなえた番傘が、店の隅の甕《かめ》に立ててありましたなあ。それをさしてまいられませ」

一気にそういうなり、明珠は勝手に表戸をがらっと開け、宗因をうながした。いつも控え目なかれには、珍しい態度だった。

「ならば、そなたのもうす通りにいたすか」

宗因が明珠の開けた店の中に入りかけると、またもやかれの声が後ろから飛んできた。

「菅笠《すげがさ》ではのうて、番傘にいたされませ」

「なんで番傘を勧めるのじゃ」

「菅笠で日射しを遮《さえぎ》られるのは一人。されど番傘なれば、ほかのお人にも入っていただけまする」

かれの言葉は尤《もっと》もであった。

「なるほど、ではさようにいたすとしよう」

番傘をさしての買い物では、両手に物が持ちにくい。だが工夫次第では、できないこともなかった。

明珠はこれまでずっとその名を明かさないできたが、京都十刹《じっさつ》の一つに数えられる大寺の妙法寺にかつて医僧として仕えていたと、ある折にもらしていた。

ところが三綱の一人の都維那《ついな》の地位につく八十歳すぎの高僧に死なれてしまい、役立たずとして寺から追われたのである。

生れたのは、薬草の宝庫といわれる近江《おうみ》の伊吹山に近い小泉村。家は貧しい小作農で、口減らしのため寺の小僧にされた。かれは才気煥発で薬草の知識では誰にも劣らないことから、やがて京の本山に仕えるまでになったのだ。

僧侶は奈良・平安の昔から、中国との交流によって多くの知識をそなえ、さまざまな分野で時代の最先端の技能者であった。

建仁寺の学問面《づら》、妙心寺のそろばん面などといわれるように、各大寺はそれぞれ特色を持ち、京都にかぎらず、奈良をはじめ全国にある何宗の大寺でも、だいたい医僧がいるのが普通だった。

鎌倉・室町時代、比叡山延暦寺は、京の町に下級僧たちを住まわせて土蔵《どそう》（質屋・

金貸し）や酒屋を営ませ、金を稼がせていた。こうした中からやがて「土蔵栄相」など特異な画僧を輩出させたのである。

僧侶の金銭面での聡《さと》さは他を圧していた。市中で戦《いくさ》となっても、室町時代はともかく、軍勢はよほどのことがないかぎり、大きな寺は遠慮して襲わない。ここには広い講堂や回廊があることから、大寺では有力な商人たちから貴重な商品を預かり、貢銭（倉庫料）を稼いでいたのだ。

明珠は角倉会所《すみのくらかいしょ》の頭取児玉吉右衛門《こだまきちえもん》や旅籠柏屋《はたごかしわ》の惣左衛門《そうざえもん》、また元尾張藩士の宗因（奈倉宗十郎）などと、奇縁を得ていた。その関わりから、いまは角倉会所が高瀬船の曳《ひ》き人足《にんそく》たちのため、四条小橋近くの西に建てた長屋の一軒に住まわされている。

そのためこの界隈《かいわい》は、いつの間にやら西船頭町と呼ばれ始めていた。

かれは居酒屋尾張屋に出入りする隠居大工の重兵衛とも親しくなり、重兵衛が「明珠館」と彫ってくれた看板を、長屋の表にかけるまでになっていた。

重兵衛がそうまでしたのは、明珠が長屋をはじめ高瀬川筋に住む貧しい人々の病気の治療にあれこれ尽くし、また子どもたちに読み書きやそろばんを、教えてくれていたからだった。

「明珠どの、これでよいのじゃな」

宗因は番傘をばりばりと開き、かれに笑いかけた。

「はい、結構でございます」

「それにしてもそなたは、わしに笠をかぶれだの番傘をさせだのといいながら、自分は一向に日射しを避けておらぬではないか」

「見てくだされ。わたしはこれを携《たずさ》えております」

かれが宗因に差し出したのは、鈍色《にびいろ》の布だった。この布を頭からかぶれば、厳しい日射しもいくらか防げる。

「明珠どのは笠を持っておられぬのか」

「以前は法衣を着ておりましたゆえ、笠は必要でございましたが、いまでは所持しておりませぬ」

「そんなはずはなかろう。わしはそなたが菅笠をかぶっている姿を、見た覚えがあるぞよ」

宗因は憮然《ぶぜん》とした表情でいい返した。

「あの古びた破《や》れ笠、しばらく前、長屋の土間の柱に引っかけておいたところ、何者かに盗まれてしまいました。盗まれたとはいいすぎ。菅笠すら持たぬお人が、無断で借りていかれたのでしょう。いずれは返してくるはずと思うております」

「明珠どのは思いがけなく甘いことをいわれるのじゃな。土間にまで踏み込んで盗んだものを、おいそれと返してくる道理がないわい。おそらく、長屋の前を通りかかった男が目を付け、そっと持ち去ったのであろう」

宗因は眉《まゆ》を翳《かげ》らせ、苦々《にがにが》しげにいった。

「宗因さま、それでもよいではございませぬか。一人の男がこの強い日射しを避けるためなら、破れ笠ぐらいあっさり諦《あきら》められます」

明珠は口許に笑みを浮べた。

「わしに番傘を携えさせたのじゃ。そなたはわしの菅笠をかぶっていかれよ。いまそなたは、ここで要らざる無駄口を利《き》いている場合ではあるまい」

軒先の連なる日陰で立ち話をしていた宗因は、開いた番傘を明珠に預けると、再び店の中に入り、自分の菅笠を持ち出してきた。

強い日射しが、目前の高瀬川を照らし付けていた。

「ありがたいことでございます」

「薬籠を提げておられ、そなたは呼ばれた患者の許に、急がねばならぬのであろう。また霍乱で人が倒れたのか」

「さようでございます。連日、かように厳しい日照りつづき、霍乱で倒れるお人も多うございます。ではわたしはこれにて。気を付けて買い物にまいられませ」

明珠は宗因に一声かけると、北にと急いだ。

「そなたもだぞ。夜、身体が空いたら、酒を飲み旨《うま》い物を食いに店に寄るのじゃ」

高瀬川筋を急ぎ足で上にと去るかれの背に、宗因は大声で叫んだ。

――医僧でございますれば、薬石は漢方。しかし三綱衆に隠れ、こっそり蘭方《らんぽう》も試みておりました。

宗因の胸に、初めて明珠と会ったとき、かれがいった言葉が甦《よみがえ》っていた。

蘭方では霍乱をどのようにして治すのだろう。小さな疑問がふとわいてきた。

今年の梅雨は大雨の日が長くつづいた。

鴨川もいまにもあふれんばかりに増水し、濁水が先斗町《ぽんとちょう》や川東の家並みに流れ出たこともあった。三条大橋が凶暴な濁流に辛うじて耐え、流失をまぬがれていた。

それは京だけではなく、きくところによれば諸国でも同様で、河川の氾濫や山崩れが各地で起っているそうだった。

「この雨、いつになったら止むのじゃ」

「今年の米のできは悪うなりそうやなあ」

「それより、悪い疫病が流行《はや》らねばよいが――」

半月余り降りつづいた雨は、各地に甚大な被害をもたらし、そしていきなりぴたりと止んだ。

「おお、やっと晴れよったがな」

「これ以上降りつづいたら、なにもかも湿気《しけ》って腐り、商いに支障が出るとこやったけど、やっとのことで安堵したわい」

「そやけど、美濃《みの》では長良川も揖斐川《いびがわ》も土手が崩れて大洪水、あちこちの村が孤立し、どないにもならんそうや。近江でも似たようなありさまらしいわ」

「あれだけ大雨の日がつづいたさかいなあ」

「わしは疫病を案じてたけど、それはどうやらなさそうでよかったわい」

だが豪雨が去った後には、一転、じりじりとした日射しの猛暑の日がつづき、涼しい夜は一度もない夏となった。

戸外で働いていた人が、突然、暑気に当って倒れたり、日陰で休んでいた人が嘔吐したりして、町医の許に運び込まれていた。

さらにはその症状が、家内《いえうち》にいる人にまで及んできた。

「鬼の霍乱いう諺《ことわざ》があるけど、これはどういうこっちゃな」

「諺は平生、頑健な人が珍しく病気に罹《かか》ることをいうのやけど、霍乱は暑気当りのことやわ」

この霍乱には、風寒による湿霍乱と、熱気がもたらす乾霍乱の二つがあった。

湿霍乱は別にして、暑気に当っての霍乱の日射病（熱中症）は、まず筋肉が弛緩《しかん》し、激しい痙攣《けいれん》を起したりする。

暑い時期、いきなり激しく吐瀉《としゃ》する疾患、即ちいまの急性腸炎のような症状も霍乱といわれた。

こちらは近郊の農村部で頻発していた。

折から夏のこの頃は、田の草（雑草）取りの時期に当った。

農家の人たちは四つ這《ば》いになって田植えをしたり、田の草取りをする。

笠をかぶっていても後頭部が日に晒《さら》され、霍乱を起しやすいのだ。

このため突然、田圃《たんぼ》や農道で倒れ、発見や手当てが遅れれば、死んでしまう。

それは京の市中でも同じだった。

霍乱の発生の要因は、まず気温や湿度が高い。また輻射熱《ふくしゃねつ》の上昇。急な動きによる体内での熱生産のほか、加齢からくる身体の放熱機能の低下などが挙げられる。

この予防は暑さを避け、屋外では日陰の涼しい場所ですごす。衣服は吸水性と通気性のよいものを選ぶ。小まめに水分と塩分を補給する。発熱している人や下痢、脱水症の人、また心肺機能の衰えている人は、特に注意が必要であった。

宗因は明珠と別れた後、番傘をさして錦小路へ買い物に向かった。

――今夜はなににいたそう。この暑さ、やはり生物《なまもの》や鯖鮨《さばずし》などは避け、泥鰌《どじょう》の蒲焼《かばや》きなど、身体の滋養になるものがよかろうな。

胸でつぶやき、番傘の中から青い空を仰いだ。

「尾張屋の旦那《だんな》、日射しを避けるため、番傘をさしてお買い物どすか。よう考えはったもんどすなあ。そのお姿、えらい粋どっせ」

四条小橋を渡ったところで、顔見知りの男が声をかけてきた。

宗因は多くの場合、町人の知る辺《べ》にはなるべく町言葉を用いていた。

「そうどすか。おまえさまはこれを粋といわはりますのやな」

「はいな。菅笠だけではこの日射し、やっぱり身体に浴びてしまいます。それにくらべ大きな番傘は、しっかり遮ってくれますさかい」

四条通りを西に見渡すと、日傘をさして歩く女の姿は、いくらか見かけられたが、番傘をさしている男は皆無であった。

「ほんまにその通りどすなあ」

「毎日、こう暑い日射しに照り付けられてると、もう見栄《みえ》も外聞もあらしまへん。尾張屋の旦那が、男たちは番傘をさして歩いたらええというてはったと、うちは人にきかせてやりますわ」

「これこれ、番傘を勧めはったのは、わしではのうて、西船頭町の長屋に住む町医明珠館の明珠さまどすわ」

「へえっ、あの明珠さま。どっかのお寺の医僧やったお人どすなあ」

「はい、そうどす」

「それなら町医の明珠さまがそういうてはったと、みんなに伝えておいてやります」

かれと別れると、すぐまた中年の男が、宗因に近付いてきた。

「旦那はん、その番傘の中に、ちょっと頭だけでも入れさせとくれやすか。四条通りはかんかん照り。日陰もなく暑うて、まともに歩いてられしまへん。何卒《なにとぞ》、お願いいたしますわ」

「ああ、入っておくんなはれ。今年はほんまに天候がおかしおすなあ。涼しい身形《みなり》をし、涼しい場所を選んですごさなあきまへん。水をたっぷり飲み、汗をかきますさかい、塩も舐《な》める必要があります。それに滋養のある物を食べ、ゆっくり休むのが大切やといいますわいな」

「霍乱で倒れへんためには、そないするのがええときいてますけど、わしら貧乏人には、なかなかそう思うようにできしまへん」

「おまえさまはどこまで行かはりますのや」

「急用で京にきましたけど、壬生村《みぶ》まで急いでまた帰らなならんのどす」

「壬生村までどすか。こないな日照りの中、それは大変どすなあ。ほな、この番傘を持っていきなはれ。途中で倒れでもしたら、厄介どすさかい。壬生村はこのほどつづいた大雨で、堀川や紙屋川の水があふれ、田圃も家もひどい被害を受けたときいてます。その後片付けがさぞかし大変どっしゃろ。疫病は発生しなんだようどすけど、ともかくどうぞ、お身体を大切にいたされませ」

宗因は錦小路に向かうため四条の御幸町《ごこまち》までくると、番傘を中年の男にあっさり手渡した。

「どこも破れてへんこんなええ傘を、わしみたいな見も知らん者に、気前ようくれはってからに。あなたさまはどこのどなたさまどす。後でお返しに上がりますさかい、いうとくれやす」

よほど律義な男とみえ、宗因に取り縋《すが》るようにたずねた。

「わしはどこの誰でもあらしまへん。その番傘、いくらかでもおまえさまの役に立ったらなによりどす。どうぞ、貰うておいてくんなはれ。返しにきていただくには及びまへんわ」

宗因はかれに突き放すようにいった。

かれと別れた四条御幸町から、京の台所といわれる錦小路の賑《にぎ》わいが見えていた。

「尾張屋の旦那はん、暑おすなあ。これから暑うなるいうのに、お買い物どすか」

かれが近頃、よく買い物をする川魚屋「魚定」の男衆の四方吉《よもきち》が、首筋に流れ落ちる汗を拭《ぬぐ》いながらいいかけてきた。

店の奥で鰻《うなぎ》を盛んに焼いており、それを手伝っていたらしかった。

「なにをいうてはるんどす。これからもっと暑うなるはず。その前に店の買い物をすませておこうときたんどっせ。それが迷惑どしたら、ほかの店に行かせてもらいます」

宗因は皮肉混じりにいい返した。

「尾張屋の旦那はん、ちょっと待っておくんなはれ。うちが暑うなるのに買い物をというたのは、ほんの愛想のつもりどした。うちの店にまっすぐきてくれはり、今夜、お店の肴《さかな》は泥鰌の蒲焼きにしよと、思うてはるんどっしゃろ。ほかの店に行かれたら困ります。どうぞ、うちで買うとくれやすな。朝のうちに裂いておいた泥鰌が仰山《ぎょうさん》おますさかい、店に入り、少しだけ待っておくんなはれ」

四方吉は早口にいい、急いで地下蔵に下りていった。

錦小路の魚屋や川魚屋は、商品の鮮度を保つため、どこの店も石で囲まれた地下蔵を設けていた。

そこは猛暑の中でもひんやり涼しかった。

しばらくすると、四方吉が竹編みの平籠を持って上がってきた。

「この泥鰌、今朝暗いうちに、近江の瀬田から届いたもんどすわ。こないに暑おすさかい、お客はんに喜ばれるやろと思い、裂いて用意しておいたんどす」

「おまえさまはいつも商売熱心どすなあ。人の気持をほかにそらさはらしまへん。将来、自分の店を持ったら、きっとええ商人にならはりまっしゃろ。いうてはなんどすけど、店の奉公人は奉公人にすぎまへん。人の金儲けをいつまで手伝っていても、仕方ありまへんさかいなあ」

「尾張屋の旦那はんは、いつもええことをいうてくれはりますのやなあ」

「そしたらその泥鰌を、五十匹ほどいただかせてもらいますわ」

宗因が注文すると、四方吉はぱっと顔を輝かした。

五十匹は多すぎるかもしれないが、蒲焼きにしておけば、今夜すべてさばけなくても、明日にでも客に出せる。

魚定で買い物をすませた宗因は、次に八百屋に寄り、大根と人参を求めた。その二つで〈柿なます〉を作るつもりだった。

両手でそれらを持ち、寺町通りから四条通りに出ると、目前に大雲院の大きな伽藍《がらん》が迫っていた。

洛北岩倉の大雲寺では、江戸時代、精神に障害のある人々を保護し、治療に専念させていた。

大雲院と寺名の似ている同寺は、天元三年（九八〇）、円融《えんゆう》天皇によって御願寺とされた天台宗寺院だが、織田信長の焼き討ちで焼失し、江戸時代に再興された。

平安時代中期、後三条天皇の皇女が気の病を患《わずら》われ、祈願された同寺の井戸の水を飲んだところ、快癒されたとの伝承がある。

そのため江戸時代には、病気平癒を願う人々が続々と訪れた。

同寺に近い茶屋や民家は、そうした人々を預かり、井戸水を飲ませたり、お堂に籠もり念仏を唱えさせ、さらには滝に打たせるなどして、療養に尽くしていた。

茶屋や民家はこうした療養人から冥加金《みょうがきん》を受け取り、一部を大雲寺に納めていたのだ。

尤《もっと》も善良な茶屋や民家ばかりではなかった。

近くに同寺を支配していた実相院があり、そこに残される近世文書によれば、思いがけない記録も見られる。

付き添う介護人の中には、療養人に暴力を振るったり、食事を与えないばかりか、介護にも当らず遊び歩いて博奕《ばくち》をしたり、女性に乱暴を働く者もあったというのである。

——霍乱で倒れる者が大勢いるいまの世、それに似たよい施設でもあれば、人々が助かるのだがなあ。

宗因は大雲院の伽藍を見て、ふとそんなことを考えた。

そのとき、霍乱によく効くという暑気払いの煎じ薬「延命散」を売る是斎《ぜさい》売りの声が、四条河原町のほうからきこえてきた。

「暑気当りに効く延命散、暑気当りに効く延命散、どうぞ買うときやす。これを飲んだら命拾いになりまっせ」

是斎売りの声が大きくひびいた。

江戸でも同じ商いの漢方薬店があり、こちらは「定斎屋《じょうさいや》」と呼ばれていた。

抽出《ひきだ》しの付いた細長い箱に薬の小袋を入れ、天秤棒で担ぎ、京と同じように売り歩いていたのであった。

京の延命散の本舗は、烏丸二条の「奈良屋」とされていた。
同店では道行く人に見本として、この煎じ薬を振舞い、大きな利益を上げていると
の噂であった。
「ああ、是斎売りか——」
延命散を買うため是斎売りに群がる人々を、宗因はなんとなく眺めた。
明珠は霍乱で倒れた人々のためにあのようにじたばたと動き回り、かれ自身の身体
は大丈夫なのだろうか。
危惧《きぐ》がふとかれの胸をよぎった。

二

「ここの飯台が空いてるさかい、早うこっちにきて坐れや。泥鰌の蒲焼きを一串食う
て、冷酒をぐっと飲んだら、疲れも暑さも一遍に吹き飛んでしまうわいな」

居酒屋尾張屋の暖簾《のれん》をくぐってきた積荷人足たちに、馴染《なじ》み客が声をかけていた。

「この煙、わしは火事やないかと思うたわい」

「泥鰌を焼く煙となったら、これはまた別物やわなあ」

小さな店の席がほぼ八分通り埋まり、喧騒が高まっている。

「今日もまたかんかん照りで暑かったなあ」

「こう毎日毎日、暑い日がつづくと、わしらかて日乾しになってしまうわい」

「ほんまにそうや。駕籠《かご》舁きの連中が、この暑さではどうにもならんというて、次々と息杖《いきづえ》を替えたそうや」

「駕籠舁きの連中が息杖を替えたんやと――」

「ああ、切った先の長いものにやわ」

「わしらかて、そら塩を舐めたりしな仕事ができへん。それでもときどきは日陰に入り、少しぐらい涼めるわ。その点、駕籠舁きは人を乗せたが最後、客の行き先まで休めへんさかいなあ」

かれらが駕籠舁きの息杖について語っているのは、やはり塩に関してだった。

駕籠舁きが駕籠を担ぐとき、手に携える竹でできた息杖の先は、節《ふし》から一寸ほど上で切られている。その空洞には塩が詰められ、藁を筒状にして固く巻き締めた栓で塞がれていた。その栓を抜いて塩を舐め、身体から汗とともに流れ出る塩分を補給するのである。

そうしなければ、常でも身体が保てなかった。

炎天の許ではなおさらで、倍ほどの塩分が必要となるため、空洞の先の長い息杖に替え、そこに多くの塩を入れておくのであった。

それは生活が生んだ知恵、まさに一つの生活文化だった。

「今日も霍乱で倒れたお人が何人もいたというわい」

「この暑さやさかいなあ」

「この日照り、いったいいつまでつづくのやろ。罰《ばち》が当るかもしれへんけど、お天道さまが恨めしゅうなってくるがな」

「そない愚痴《ぐち》ったかて、これだけはどないにもならへん」

かれらの声をききながら、宗因は泥鰡を焼き、そばをゆがいていた。

表に暖簾を下げた夕刻に早速、常連客の隠居大工の重兵衛がやってきた。

肘《ひじ》付《つ》き台で泥鰡の蒲焼きを肴《さかな》に、ぼつぼつ酒を飲んでいたが、そのうち襷《たすき》と前掛け姿で調理場に入り、そばの出し汁を拵《こしら》えてくれた。

泥鰡の蒲焼きが売り切れてしまったら、冷たいそばを肴に、酒を飲んでもらうつもりだった。

町医の明珠によれば、そばは驚くほど栄養価が高く、酒の肴にも打って付けだという。

「宗因さま、そばは比叡山で荒行に取り組む修行僧や、千日回峰をいたされる行者たちには欠かせぬ食べ物。決して貧しい人たちが食べるだけの物ではございませぬ。いずれはその秘密が明かされましょうが、わたしは弥助どのの許においでになるお常のお婆さまに、日に一度はそばを食べていただいております。そのせいか、お婆さまはかように暑い中でもお元気。弥助どのも朝からそばを食べ、角倉会所へお出かけになっておられます」

明珠は老婆のお常にも、いつも日陰で風通しのいい場所にいて、何杯でも水を飲むようにしきりに勧めていた。

「洗い晒しでも汗を吸うものを着て、常に風通しのよいところにいてくだされ。霍乱で倒れぬためには、そうしているのが一番でございます。江戸に唐衣橘洲《からごろもきっしゅう》ともうす狂歌師がおり、『涼しさはあたらし畳　青簾《あおすだれ》　妻子の留守にひとり見る月』と詠んでおります。涼しげに咲く朝顔、団扇《うちわ》や風鈴、そんな物も霍乱と無縁ではございませぬ。怪談とて人をぞっと寒くさせますれば、それなりに役立っていると、わたしは思うております」

「明珠はん、その狂歌は可笑《おか》しゅうて、わしは皺腹《しわばら》がよじれてしまいますわ。妻子とは男には、気詰まりで暑苦しいもんどすさかいなあ。朝からそばを食べるのも、もうすっかり厭《いと》わんようになりましたえ」

お常はそういっていた。

唐衣橘洲は幕臣。本姓は小島、号を酔竹園といい、狂歌中興の祖と評された。四方《よもの》赤良《あから》、朱楽菅江《あけらかんこう》とともに天明調の先駆者と称され、作風は穏雅、軽快。『狂歌若葉集』などがある。

日本文化は四季の変化を巧みに取り入れ、家具、調度品をはじめ、万事にわたって工夫されている。

涼――を取るについても、狂歌にまでされていた。

明珠はいずれ明らかにされるといったが、そばは豆類を別にした穀物の中で蛋白含量が多く、必須アミノ酸も豊かで、食物繊維にも恵まれていた。ビタミンBや、出血性疾病の予防に役立つルチンも含まれ、修行僧の隠れ食といわれるのは事実だった。

明珠の長屋の隣に住む高瀬船の船頭の弥助は、身寄りのない老婆のお常の面倒をみている。

お常は何年か前まで、高瀬川筋の宗対馬守《そうつしまのかみ》の京屋敷に近い裏店に住んでいた。ところが火事で裏店が全焼し、焼け跡がきれいに片付けられた後、疎開先の三条寺町の天性寺から更地にされたそこに戻り、いつもちょこんと坐っていた。

誰になにをいわれても、梃子《てこ》でも動かずに居坐った。町番屋の利助たちが両脇をかかえ、跡地から連れ出そうとすると、大声でわめき、両足を激しくばたつかせる始末だった。

そのたびに大勢の人々が物見高く集まった。

「年寄りにあんまり可哀想なことをせんとかんかいな」

「土地の持ち主の扇屋から、袖の下でも貰うてるんやろ」

利助たちに野次が浴びせられつづけた。

お常がその歳になるまでどう生きてきたのか、長屋の誰も知らなかったが、料理屋や旅籠《はたご》で小働きをしていたのが、そのうちにわかってきた。

彼女が焼け跡のここにきて居坐っていたのは、実は小銭ばかりで七十両ほどの金を、甕《かめ》に入れ土中に隠していたからだった。

理由がわかって掘り出された甕は、角倉会所の頭取児玉吉右衛門に預けられ、彼女は気のいい弥助に引き取られたのであった。

お常は自分の健康に気を配ってくれる明珠の言葉なら、なんでもはいはいときいていた。

朝からそばを食べるのもその一つだった。

重兵衛が新たにゆがき上がったそばを、井戸水でざばざばと洗っており、かれも宗因も汗だくであった。

「宗因さま、今夜は客が大入りどすなあ」

このとき、船頭であり、ときどき曳《ひ》き人足もしている弥助が、曳き人足の伊八とともに店にやってきた。

「おお弥助はん――」

宗因はかれを見て声をかけた。

そして表口に桶《おけ》が置いてあり、その中の茶色の煎じ薬を柄杓《ひしゃく》で一杯飲み、それから酒にしてほしいとうながした。これはどの客にも勧めていることだといい添えた。

「宗因さま、これは薬屋で売っている延命散と同じで、霍乱に効果があるはずでございます。面倒でも煎じ、お客さまたちに酒の前に飲んでもろうてくだされ」

明珠が麻袋に入れた粉薬らしきものを、しばらく前に持ってきたのである。

薬研《やげん》で砕かれたその薬草は、粉薬というには雑《ざつ》で、桂皮などは樹皮の原形を留めていた。

「弥助はん、それを飲んだら取りあえず、どこか空いた席に腰かけていてくんなはれ」

そばの水を切りながら、重兵衛がいった。

肘付き台はみんな塞がっていた。

「これは重兵衛はん、今夜は宗因さまのお手伝いどすか——」

「はいな。つい先程まで飲ませて貰うてましたけど、忙しゅうしてはる宗因さまを見てたら、のんびりしてられんようになりましたんやわ」

「そら、ご苦労さまどすなあ」

「おまえさまこそ暑い中を一日の働き、ご苦労さまどした」

「そしたら重兵衛はんに頼みますけど、枡酒でかまへんさかい、一杯飲ませてくれはりますか。それにええ匂いをさせてる泥鰌の蒲焼きを、二皿くんなはれ」

弥助と伊八はそれぞれ少し離れた場所に腰を下ろし、調理場に注文の声をかけた。

「弥助どの、もうしわけないが、泥鰌の蒲焼きはこれでもうおしまいなのじゃ」

宗因が焼き終えた蒲焼きの皿を肘付き台に向かう客に出し、弥助にすまなさそうに断った。

「弥助はん、代りにそばでどうどす。いまゆがいたばかりのそばがありますさかい。それを酒の肴にしはったらよろし」

「仕方がないなあ。そしたらそれを鰊《にしん》そばにして、冷たいまま出しておくれやすか」

店の中は騒がしいままだった。

「鰊そばができるんやったら、こっちにも二杯出してんか」

店の隅から声がかけられた。

「おや、おまえは炭問屋の熊三やないか」

「なんや、船頭の弥助かいな。尾張屋ではいつも行き違い。こうして顔を合わせるのは久しぶりやなあ。それにしても元気にしてるか。毎日こないに暑く、知ってる奴が霍乱になって倒れたとか死んだとかようきくけど、おまえは大丈夫そうやな」

「なんやいな、そのいいかた。わしんとこは子沢山やさかい、これくらいの暑さに負けてられへん。わしが倒れたり死んだりしたら、嬶《かかあ》の奴が苦労しよるさかい、まだ気楽に死なれへんわい」

弥助は熊三に大声で力んでみせた。

「そらそうやわなあ。負けず嫌いのおまえのこっちゃ。それくらいの意気込みでいてもらわなかなわんわ」

熊三も弥助に怒鳴り返した。

「やい熊三、わしが住んでる角倉長屋にはなあ、明珠さまといわはる町医が、わけがあって住んではる。先頃まで京の有名な大寺にいてはったありがたい医僧さまや。長屋の連中や近くのお人たちの病気、今度の霍乱についても、明珠さまはあれこれ注意し、面倒を見てくれてはる。いまおまえが注文した鰊そばも、そのお人が宗因さまに、酒の肴にと強う勧められたものや。暑い夏を乗り切るのに、そばは打って付けやといわはるのやわ。わしらの長屋や尾張屋は勿論、角倉会所には、お抱え医者が付いているのも同じなんや。それを承知しといてんか――」

「お抱え医者が付いているのやと――」

「ああ、そうやわいさ。明珠さまは角倉会所の頭取の吉右衛門さまに、進言してくれはった。二条と伏見《ふしみ》の船着場との往復は、夏の間は朝と涼しくなった夕方から夜にかぎり、かぶる笠の後ろには裾布を付け、日射しを防ぐがいい。曳き人足たちが霍乱で倒れて死んだりしたら、角倉会所の恥となりまするとなあ。頭取さまはそれをきき届け、そないしてくれはったのや。お陰でわしらは、こうしてぴんぴんしておられるのやわ。どうや、わかったやろ」

そのとき、伏見から二条の角倉会所に向かう夜船の曳き人足たちの声が、表からひびいてきた。

「えんやほい、えんやほい――」

その掛け声は、夜の蒸し暑さを吹き飛ばすように力強かった。

この暑さは現在の温度でいえば、連日、三十八度から四十度にまで達していた。

これだけの猛暑は、高瀬川筋に生きる百歳近い年寄りでも、経験したことがないとこぼすほどだった。

つづいてまた力強い掛け声をひびかせ、一艘《そう》の高瀬船が曳き上げられてきた。

それでも明日もまた暑そうだった。

三

「えんやほい、えんやほい――」

二艘目の船が曳き上げられ、曳き人足たちの掛け声が遠ざかってから、尾張屋の店内はますます賑やかになってきた。

誰かが酔いに委せ、「高瀬川女船歌」を唄い始め、ともに唄う者や手拍子まで加わったのだ。

「京の三条の旅籠の娘、年は十六その名はおとせ。むかいえんやこら行くのはなによ、あれは角倉高瀬船。おとせようきけ明日の晩にゃ、嫁入りさせよか紅鉄漿《かね》つけて。いやじゃかかさま嫁入りはいやじゃ、いやというてもさせねばならぬ。わしにゃかかさま男がござる。男誰かと問いつめられて、おとせいうには炭屋の手代。親はまま母そこにはやらぬ。そこでおとせは窓から飛んで、死んでしまおか髪切りましょか。いっそ逃げよか手に手を取って、伏見に下る高瀬船――」

手拍子の中で数人が唄うと、狭い店だけに、宗因には耳を聾《ろう》するばかりだった。

弥助は席が空いたため、銚子を持って近付いてきた炭問屋の熊三と、鰊そばを肴に酒を飲み始めていた。

「おまえが住んでる長屋やこの尾張屋、角倉会所にお抱え医者がいてくれるのは、ありがたいことやがな。それで高瀬船は昼間は休むとして、今年は蓮見《はすみ》船も出えへんのやてなあ」

「お、おまえ、それを誰にきいたんや」

弥助はいささか狼狽《ろうばい》してかれに問い返した。

「そんなん、誰からともなくとしかいわれへんわい。高瀬川筋の主な店の旦那はんたちは、みんなもう知ってはるのとちゃうか」

熊三は弥助にあっさり答え、猪口《ちょこ》の酒を一気にぐっとあおった。

「畜生、ほんまにそうなんやがな。この日照りつづきに、角倉家が蓮見船をしつらえ、もし霍乱で死人でも出したらあかんさかい、今年だけは中止するというわけや。いまの高瀬川女船歌も、女船頭たちがきれいな声で唄うのをきかれへんのやわ。蓮見船は角倉家にとっても、一年のほんの短い夏の時期だけに運航される華やかなもの。川を下っていく蓮見船を見るのを、楽しみにしてるお人たちもいてはるのになあ」

角倉家のお船衆は、ほとんど男で占められていた。

だがその中に女船衆といわれる若い女船頭たちがわずかにいるのには、理由があった。

宮家や宮門跡、五摂家など身分の高い女性や、市中の大店《おおだな》の女《おんなあるじ》主たちを船客としたとき、男のお船衆ではなにかと手が回りかねるからであった。

こうした女性たちはこの時期、伏見の南に広がる巨椋池《おぐらのいけ》の蓮見物を好んだ。

巨椋池は周囲約四里、高瀬川や淀川にも通じる湖水だった。

橘《たちばな》 南谿《なんけい》の『北窓瑣談《ほくそうさだん》』巻之一には「六月の頃は紅白の花池面にみちて、色香また類《たぐ》ひなし。暁天に小舟に棹さして、花間に漕ぎめぐるいと涼し。かく蓮花多き処は、他国にてはいまだ見及ばず」と記されている。

ここからも推察できるが、蓮見船の運航には、女船頭にしか果せない用も多かった。

彼女たちは船棹《ふなざお》を操って見せもすれば、高瀬川女船歌を唄ってきかせもした。

「ええ歌を美しい声できかせてくれはりましたなあ。そのお返しいうたらなんどすけど、わしが一つ唄わせてもらいますわ」

粋な老爺の客が、蓮の花の間でその喉を披露した。

「京都三条、糸屋の娘、姉は十八、妹は十五。諸国大名は弓矢で殺す。糸屋の娘は目で殺す」

この糸屋とは桃山時代、三条に店を構えていた糸屋十右衛門のことで、打它《うだ》氏の呼称であった。

打它氏は光悦、宗達、仁清、乾山などとの交流の跡が、多くの文書に残されている。現在、国宝に指定される俵屋宗達筆の「風神雷神図」（建仁寺蔵）は、この豪商の打它氏が、かつて宇多野の妙光寺に寄進したものだった。幕末、建仁寺の所有に帰しており、打它氏を研究することで、謎の画家といわれる宗達の姿が、いくらかでも明らかにされるだろう。

角倉家によるこの蓮見船の欠航は、この年の夏がいかに厳しいかを、如実に示す証左であった。

「おまえにそれをいわれると、わし辛いねん」

弥助はしょんぼりした表情になった。

「わしはおまえを責めていうたんではあらへん。そないに気落ちせんでもええやない

「そやけど巨椋池に出す蓮見船は、角倉家の華《はな》やさかいなあ」

弥助が熊三にこういったとき、開けたままの尾張屋の戸口から、明珠が大きな麻袋を抱えて入ってきた。

「おや、店はまだ大忙しでございますのじゃな」

かれは宗因に挨拶《あいさつ》代りにいった。

「いや、客たちはもうそろそろ腰を上げるはずじゃ。明日の仕事があるのでなあ」

「明珠さま、夜のいま時分、なにを持ってきはったんどす」

角倉長屋の隣に住む気安さから、弥助が立ち上がってたずねかけた。

「霍乱に効く煎じ薬。尾張屋の表口に置かれている桶の中身でございます」

「それはありがとうおすなあ」

「いや、そうでもない。これは高瀬川筋で町医として暮らすわたしの役目の一つと考えております」

「それにしても、明珠さまはようしはりますなあ。ほかの町医は銭を取るだけで、患者のことなんかほとんど考えてくれしまへん。その点、明珠さまは一生懸命。わしんとこで預かっているお常のお婆さまなど、なにかといえばすぐ明珠さまどす。うちの餓鬼たちにも、明珠さまのようにならなあきまへんえと、いつも説教してますわ」

酔いが回ったのか、弥助はべらべらとよく喋《しゃべ》った。

これを潮時に、数組の客が飯台から立ち上がり、後にまた何組かがつづいた。

麻袋を抱えた明珠は、それを空いた飯台の上にどかっと置き、床几《しょうぎ》に腰を下ろした。

「重兵衛どの、今夜も店のお手伝いでございますか」

「腰を下ろしてゆっくり飲んでおられしまへんさかい、宗因さまの仕事を手伝いながら、盗み酒をしてますわ」

かれは明るい声を明珠に返した。

「ならば店の暖簾を取り込んだ後、わたしが延命散を煎じさせていただきます」

「すると明珠さま、そこの桶の中身は延命散の煎じ薬どすか」

「はい、いまきて桶をのぞいたところ、お客のみなさまは、柄杓できちんと飲んでくれているようでございますなあ」

かれはひと仕事を終え、ぼっと立っている宗因を見ていった。

「明珠どの、勧めても飲まぬ客には、わしはそんな奴には酒を売らぬともうしてやりますのじゃ。そうすると、客たちは霍乱に効くのであればと、嫌々飲んでおりますが、その苦《にが》さにみんな顔をしかめておりますわい。されどお陰で尾張屋の客の中で、霍乱で倒れた者は一人もおりませぬ」

こうして話をしているうちに夜も更け、店から客の姿はすっかり消えていた。

明珠が薬を煎じるときき、弥助は手伝うといってきかなかったが、宗因にそなたは明日仕事だろうがと諭され、渋々、西船頭町の長屋に帰っていった。

「宗因さまと重兵衛どのはお疲れでございましょう。延命散はわたしが一人で煎じますほどに、お二人は坐って酒でもお上がりになっていてくださりませ」

明珠は調理場から二人を追い出すと、大鍋で延命散を黙々と煎じ始めた。

半刻（一時間）余り後、それが終わった。

「宗因さま、大鍋をこのままにしておき、明朝、漉《こ》し網で中のものを漉し取り、表の桶にお移しくださりませ」

かれが宗因にいい、重兵衛と連れ立ち、店を後にしていったのは、四つ半（午後十一時）を回った時刻だった。

外にはまだむっとした暑さが残っていた。

明日もまた死人が出るほどの猛暑になるに違いなかった。

——さて、わしも片付け物をして寝るといたすか。明珠どのがよく眠らねば身体に悪いと、いわれていたからなあ。

宗因が長床几から立ち上がりかけたとき、突如、表で騒がしい声が起った。

「明珠という坊主はおまえやな」

濁《にご》った凶悪な声がすぐきこえてきた。

「わしらはおまえに恨みがあって、殺しにきたんやない。大金を出されて頼まれたさかい、やむをえぬ仕儀というやっちゃ。悪う思わんといて欲しいわ」

届いてくる声や気配から察するに、重兵衛は逃げ出して遠くから明珠を気遣い、明珠自身は高瀬川沿いの柳の木にでも背中をくっつけ、数人の相手と睨《にら》み合っているようすだった。

何者かに明珠の殺害を依頼されたならず者に相違なかった。

——どうして明珠どのが人に恨まれ、殺されねばならぬのだ。

激しい怒りが宗因を奮い立たせた。

かれは表戸の樫《かし》の突《つ》っ支《か》い棒を素速く摑み、外に飛び出した。

薄い月光の許、半町ほど下《しも》に離れた場所で、三人の男が明珠を追い詰めているのが見て取れた。

脱兎の速さで宗因はそこまで走った。

「なんや、てめえは——」

「下手に手を出すと、怪我をすることになるのやぞ」

「おまえはそこの居酒屋の親父やないか。素人は黙って引っ込んでいるのが、身のためとちゃうか。突っ支い棒なんか持ち出してきてからに。怪我だけですめばまだええけど、この医者坊主とともに、お陀仏になりかねへんねんで」

一人の男がきものの上前《うわまえ》をめくり上げて凄《すご》んだ。

「そなた、ぺらぺらとよく喋る奴じゃなあ。わしは確かにそこの居酒屋の親父。だが明珠どののためには、引っ込んでおられぬわけがあるのじゃ。突っ支い棒を持ち出してきてともうしおったが、そなたたちにはこれがふさわしく、またこれで十分。わしは決して怪我などいたさぬわい。お陀仏になるのは、そなたたちではあるまいか。大金を出されて頼まれたそうだが、どこの誰にこの凶事を頼まれたのじゃ。またなにゆえ明珠どのが殺されねばならぬのじゃ。それをきかせてもらおうではないか——」

「おやっ、この親父、にわかに侍言葉になりおってからに。偽侍《にせざむらい》なんかに、わしらは騙《だま》されへんでえ」

「わしが偽侍か。さよう見えるのなら、まあそれもよかろう。さればその偽侍が明珠どのを守るため、そなたたちを突っ支い棒で思い切り叩《たた》いてつかわす。わしが手心を加えずに叩けば、腕の骨ぐらいすぐに折れ、叩かれどころが悪ければ、即死いたすのじゃぞ」

かれは三人を見もせず、柳の木に背中を寄せる明珠を眺め、にやりと笑った。

自分は久しぶりに突っ支い棒を握っている。

これが刀ならどれだけ爽快であろう。

この三人ならたちどころに斬れ、造作もなかった。

「明珠どの、この三人のうち誰か一人でも、見覚えがございまするか」

「いいえ、全くございませぬ」

「ならば、思いのまま叩き伏せてもよいのじゃな」

「しかし宗因さま、あまり手ひどく懲《こ》らしめるのは、控えていただきとうございます。怪我の手当てが大変。もし死人が出たら大事《おおごと》でございますれば――」

「そなたはどこまで人が好《よ》いのじゃ。こ奴らは、何者かに金を貰い、そなたを殺そうと待ち構えていたのじゃぞ。わしがそなたを助けるため、三人を殺したとて、どこからも文句は出ぬわい」

宗因は三人に視線を戻して険《けわ》しい顔になり、口汚い言葉を吐き捨てた。

「宗因さま、明珠はんを殺そうとしたそんな奴らに、慈悲なんかかける必要はあらしまへん。殺すのはなんどすさかい、片腕が利かんようになるほど、しっかりぶっ叩いてやっておくれやす。こんなならず者、甘やかしておいたら、今後、碌《ろく》なことになりまへん」

かれらの後方から重兵衛の声が飛んできた。

「それより重兵衛どの、こ奴らの一人を引っ捕らえ、誰から明珠どの殺害を頼まれたのか、吐かせるべきではござらぬか。当て身を食らわせ、三人とも捕らえてもようございまするぞ」

宗因の迫力は、すでに三人をその場に釘付けにさせていた。

かれが偽侍どころか、容易でない人物だというぐらい、かれらにも察せられてきたようだった。

「宗因さまがいわはる通りどすわ。明珠はんを殺して欲しいと頼んだのがどないな奴か、わしらも知っとかなあきまへん。そしたら、そのどっちかにしていただきまひょか」

宗因たち三人のやり取りをきき、ならず者たちは怯《おび》え始めていた。

自分たちは伝法な口を利いたが、そんな虚仮《こけ》脅《おど》しの通用する相手ではないとわかってきたのである。

偽侍と悪口をいったが、まさに本物の侍であった。

「畜生、わしらをおちょくり（嬲《なぶ》り）よってからに——」

一人が匕首《あいくち》を抜いて突っかかってきたのに対し、宗因はすぐさま突っ支い棒で、その鳩尾《みぞおち》にぐっと突きを入れた。

男は奇妙な声を発し、その場に崩れ落ちていった。

あとの二人は逃げようとしたが、宗因は突っ支い棒をひらめかせて軽く叩き、気絶させた。

「重兵衛どの、どこかで縄を調達してきてくださるまいか。こ奴らを後ろ手に縛り、店に連れてまいりまする。明珠どのもお手伝いくだされ」

かれは崩れ落ちたならず者の顔を足で上げさせ、その悪相をじっと眺め下ろした。

高瀬川の水音が妙に清々《すがすが》しくきこえた。

四

「えんやほい、えんやほい——」

弥助たちの曳く高瀬船が四条小橋をすぎ、やがて尾張屋の近くにさしかかった。

船には菰荷《こもに》が積まれていた。

空はまっ青に晴れ上がり、正午まではまだ間があるというのに、日射しは早くも炒《い》り付けるように厳しかった。

「おかしいなあ——」

今日は曳き人足をしている弥助が、後ろ綱を曳く伊八にきこえよがしの声でつぶやいた。

「弥助、なにがおかしいねん」

「宗因さまんとこの尾張屋が、表の板戸をぴしゃっと閉めたままなんやがな。いつもこの時刻やったら、宗因さまは店の買い物をすまされ、表に打ち水をしてはるはずなのになあ」

「いわれたらそうやなあ。あれっ、見てみ弥助。表戸に木札が下げられているわ」

伊八が前綱を曳く弥助をうながした。

かれにいわれ、弥助が板戸に目をやると、確かに「本日休業」の木札が見えた。

「昨夜、店は大忙しやったさかい、さすがの宗因さまもお疲れになり、今夜は店を休まはるんやろか。もしかしたら、霍乱で倒れはったんやないやろなあ。霍乱は日射しに当っている者だけやなしに、家の中にいたかて、場合によったら罹《かか》ると、明珠さまがいうてはったさかい——」

かれが心配そうに伊八にいったとき、いきなり尾張屋の表戸が、がたっと音をひびかせて開いた。

そこから宗因が出てきて、弥助が曳く高瀬船に走り寄ってきた。

「これは宗因さま——」

「弥助、そなたが通るのを待っていたのじゃ。この手紙を角倉会所の頭取児玉吉右衛門どのに、直《じか》に渡してくれまいか。しっかり頼んだぞよ」

宗因は一通の手紙を手早く弥助に渡すと、身体をひるがえし、また店の中に駆け戻っていった。

長年、尾張屋の店で船を曳く掛け声をきいていると、その声だけでそれが誰のものか、宗因にはわかるのである。

「なんや、妙なこっちゃなあ」

「ああ、いつもの宗因さまらしゅうないわい」

弥助と伊八は、またぴしゃっと表戸を閉ざした尾張屋を振り返り、互いにいい合った。

その尾張屋は、裏から明かりが射し込むだけで、店の中は薄暗かった。

「宗因さま、工合ようういきましたかいな」

「ああ、吉右衛門どのへの手紙は、弥助の奴が受け取ってくれた。今度のことは、吉右衛門どのにでも相談いたさねば、わしの手には余るわい」

かれはたずねた重兵衛に答えた。

「わたしのことで、なにかとご面倒をおかけし、もうしわけございませぬ」

宗因に詫《わ》びたのは明珠であった。

「そなたが謝るには及ばぬぞ。そなたはなに一つ悪いことをしておらず、反対にこの高瀬川筋に住む多くの人々に、深く感謝されているわい。にも拘《かか》わらず、そなたを邪魔者扱いする輩《やから》がいるとは不審じゃ。昨夜はこ奴らぐらいでよかったが、これだけですむとは考えられぬのでなあ」

尾張屋の店内では飯台が寄せられ、またその脚が逆さにされているものもあった。

そのため土間が大きく広がり、その中央に両手を後ろで縛られた三人のならず者が、ひと塊《かたまり》に坐らされていた。

なにも乗せられていない飯台の一つに、宗因が寝起きする部屋から持ち出してきた黒鞘の刀が、禍々《まがまが》しく横たえられている。

昨夜、一瞬のうちに気絶させられた三人のならず者は、宗因と重兵衛の手で尾張屋に引きずり込まれた。

かれらに殺されかけた当の明珠は、怯えて二人に手を貸そうとはしなかった。

「明珠どのも重兵衛どのも、今夜はここにいてくだされ。明珠どのが長屋に戻られたら、そこにいかなる輩が待ち受けているか知れぬからじゃ。重兵衛どのには、これから手伝っていただかねばならぬことがございまする」

「宗因さま、わしかてそのつもりでおりますわい。味方は一人でも多いほうが、ええに決ってますさかい」

重兵衛は力強く承知した。

その後、宗因に活を入れられ、三人のならず者は意識を取り戻したのである。

「そなたたちのこのざま、当初、わしに凄んでいたほどでもなかったわけじゃ。わしはただの居酒屋の親父ではない。元は尾張藩士。相手が手練《てだれ》にしたところで、いままでも四、五人なら討ち果せるはずじゃ。そんな男に手向かうてくるとは、己たちの威勢がいかに無謀なものか、よくわかっただろうよ。人は見掛けではないぞよ。思いがけない人物が、意外なことを考え、金に飽かしてとんでもないことを、依頼する場合とてあるものじゃ。今度の一件はおそらくそれだろうと、わしは読んでおる」

三人は飯台に置かれた黒鞘の刀を怯えた目で見ながら、宗因の話をうなだれきいていた。

「そなたたちが殺そうとした町医の明珠どのは、もと京都十刹の一つ妙法寺で、医僧をされていたご仁。いまは縁あってこの近くに住んでおられる。貧しい人たちには優しく、みんなから頼りにされている立派なお人じゃ。さような人物を殺して誰が得をするか。それを考えれば、そなたたちに殺しを頼んだ人物の見当ぐらい、だいたい付けられるわい。今年は例年にない猛暑の日がつづき、連日、霍乱で人がばたばたと倒れ、死ぬ者さえ出るありさまじゃ。明珠どのはその霍乱から逃れる術《すべ》を医者として人に教え、延命散まで調じ、あちこちに無料で配っておられる。さようにありがたいお人を、そなたたちに殺《あや》めさせるのは、この猛暑を好機としてひと儲けを企む是斎売りの本舗か、あるいはどこかの町医であろう。尤もそれとは別に、明珠どのの活躍を耳目にし、快く思わぬ者たちもいないではない」

「明珠さまのご活躍を快く思わない者たちがいるとは、宗因さま、それは驚きどすなあ。それになんぞ心当りがあって、いわれてますのやな」

重兵衛がびっくりした顔でたずねた。

「ああ、こ奴らにきかぬでも、わしには心当りがあるわい」

「それはどんな奴らどす」

宗因は重兵衛の問いにすぐ答えず、明珠に目を向けた。

「明珠どの、そなたに心当りはございませぬか。近頃、延命散を調じるに際し、なにか変ったことはございませなんだか」

「変ったことといえば、日頃から薬草を買い付けている夷川《えびすがわ》新町界隈の薬種問屋や小売屋が、妙によそよそしゅうございます。また以前より高値でしか、売ってくれぬようになりました。なんとも腑《ふ》に落ちかねております」

「なるほどそうか。これでわしの推察が、当ったも同然といえるわい」

宗因は三人のならず者ににやっと笑いかけた。

かれは話をしながら、ならず者たちの表情の変化を、ひそかに観察していた。

延命散は山椒《さんしょう》、防風、百朮《びゃくじゅつ》、桔梗《ききょう》、蜜柑《みかん》皮、肉桂《にっけい》などの薬種を、薬研《やげん》で押し砕いて作る。

場合によれば、粉末状にまでし、原形を留めるほどの大きさのものは、煎じて飲むのである。

この延命散は、正式には「屠蘇《とそ》延命散」という。古代中国、魏の華佗《かだ》の調合と伝えられている。

日本で屠蘇は、正月元旦、祝儀または一年の邪気を払うのと、延命長寿を願って飲まれるようになった。この古名は「屠蘇散」と呼ばれ、十種近い薬草を日本酒や味醂《みりん》に浸して作られた。

「宗因さま、ご自分の推察が当ったも同然とは、いかなる意味でございます」

明珠が昏《くら》い顔でたずねた。

「そなたは漢方だけではなく、蘭方も学びたいともうし、さように賢くありながら、どこか浅慮な奴じゃなあ。自分が元はどこにいたかを考えれば、自ずとわかるだろうが。京都十刹の一つ妙法寺の医僧だったのを、忘れてはおるまい。そなたに意趣を抱くとしても、夷川新町界隈の薬種問屋や小売屋が行うのは、薬種を割高に売るぐらいじゃ。だがそれは、そなたを快く思っていない妙法寺の誰かが、それらの店に手を回した結果に違いない。もし妙法寺のしかるべき立場の高僧が、その僻事《ひがごと》をなしているといたせば、さすがのわしでもどうにもできぬ。されば万一を考え、角倉会所の頭取どのに相談をかけ、解決の途《みち》を探らねばなるまい。妙法寺の高僧を相手にそれをするとなれば、容易なことではないのじゃぞ。そなたは自分が、高齢の高僧の治療をなし得ぬため、寺から放逐されたのを、忘れたわけではなかろう」

「はい、いまでもはっきり覚えておりまする」

「自分たちが寺から放逐した医僧が、こたびの霍乱騒ぎの中、町医として諸衆のために善行をしている。これまでの経緯《いきさつ》を考えれば、そなたの評判が上がるにつけ、奴らには苦々しい事態と映ろう。ならず者に頼んで亡《な》き者にしようとするのも、無理からぬわい」

　明珠は宗因の言葉を、呆然とした顔できいていた。

「わしの経験からもうせば、政治《まつりごと》を行う者だけではなく、商人や僧侶にしたところで、およそ上に立つ奴らは、名利（名誉と利益）を追ってそれにしがみつき、力のない者を弊履《へいり》のごとく扱うものじゃ。角倉会所の頭取どのは別としてなあ」

　宗因が自分の言葉に激しているのが、重兵衛にはわかっていた。

「宗因さまのお言葉がもしまことなら、由々《ゆゆ》しき問題どすなあ」

「ああ、とんでもないことじゃわい。ならず者のこ奴らを拷問にかけ、一件の依頼者を問いただせば、吐くだろうが、わしはそうした方法は好まぬ。こ奴らは性根が腐っているため、まことの善悪の判断ができぬのじゃ。思いもかけぬ立場の輩に非道を頼まれ、金欲しさから承知しただけだでなあ」

　宗因のこの言葉をきき、ならず者たちはほっとした表情になった。

「そなたたち、いまのわしの言葉で安堵したであろうが、わしは拷問をせぬともうしたわけではないぞよ。真相がわからぬとなれば、生き証人はそなたたちだけ。そのときにはわしは鬼畜となって、その耳を削ぎ鼻を落としても、依頼者の名を吐かしてくれると、心得ておくがよい。そこでまずたずねるが、今度の仕事でそなたたちは、どれだけの金を貰ったのじゃ」

宗因が刀に手をのばしながら、鋭い目付きでたずねた。

ほっとした表情だったならず者たちの顔が、急に引き締まった。

尾張屋の土間に緊張した気配が漂った。

「少しぐらい明かさねば、わしとて鬼畜となるぞよ」

それまでとは打って変わり、宗因の全身から殺気が匂い立った。

ならず者たちはかれの激変ぶりを見て恐れ戦《おのの》いた。重い沈黙が土間に流れた。

「さあ、いわねばならぬぞ」

刀を摑んだ宗因が大声でかれらを恫喝《どうかつ》した。

「い、いいます。い、いいます」

年嵩《としかさ》の兄貴分らしい男がまずいった。

「それでいくら貰ったのじゃ」

「ひ、一人三両、合わせて九両でございます」

「なにっ、一人三両だと。たったそれだけか。嘘ではあるまいな」

「へえ、嘘ではございまへん。それでもし相手をうまく殺したら、祝いの酒を飲むため、別に一両くれはることになってました」

若いならず者がこういった。

「明珠どの、いまの言葉をおきき召されましたな。そなたの命は、たったの十両で売り買いされたのでございます。百両でも千両でも替え難い命を十両とは、相手も吝《しわ》い奴でござるなあ。そなたたちはこの明珠どのの命を、なんと心得ているのじゃ。わしは百両だの千両だのともうしたが、明珠どのの命は、一万両にも十万両にも替え難いのじゃぞ。そなたたちとて明珠どのの評判を、少しは耳にしておろう。それはどうなのじゃ」

「へえ、いささかきいております」

「されば、不埒《ふらち》な頼みをどうして断らぬのじゃ。ところで、わしがそなたたちに百両くれてやるゆえ、明珠どのの命を奪ってくれと頼んだ相手を殺してきて欲しいといったら、そなたたちはいかがいたす」

宗因はとんでもないことをいい出した。

「ひ、百両――」

それまで黙っていた髭面《ひげづら》の男が、素っ頓狂な声で叫んだ。

「ああ、百両でじゃ。明珠どのに味方するお人が百両出すゆえ、三人合わせた九両を返し、そなたさまを殺させてもらうと、もうしたらどうじゃ。これを即ち寝返りというのだな」

「そ、宗因さま、無茶はお止めくださりませ。わたしは自分に恨みを抱く者とて、さように殺すのはいまは嫌。それより殺されたほうがましでございます」

明珠が往時の一件を思い出し、明らかに狼狽して口走った。

「明珠どの、これはわしの思い付いた冗談。こ奴らを嬲っているだけじゃ」

それをきき、明珠も重兵衛もほっと安堵の息をついた。

三人のならず者も同じだった。

この後、宗因は奥の部屋から矢立と巻紙を持ち出し、昨夜からの一切を短く手紙にしたため、弥助に託したのであった。

宗因からの手紙を受け取った児玉吉右衛門は、朝の仕事を放り出し、急いで尾張屋に駆け付けてきた。

かれはなにが起るかわからないと判じたのか、目付役の井坂空穂助《うつほのすけ》を従えていた。

空穂助は若いがなかなかの手練。居合を心得る人物であった。

「早速、おいでいただき、忝《かたじけ》のうございます」

「明珠どのや宗因どのにお怪我がなく、幸いでございました」

吉右衛門は土間に坐らされる三人のならず者を、困惑した顔で眺めた。

そして次に宗因から、三人をただした次第をきき取った。

「宗因どの、さりながら、いかに高僧の病を治せなんだとして追い出したとはもうせ、妙法寺の高僧たちは、明珠どのの行為をきいてよろこび、かつての己たちの浅慮を悔いこそすれ、殺すことまでは考えまいと、わたしは思いまする。この男たちに明珠どのの殺害を頼んだのは、ほかにいるのではござるまいか。どうでございましょう」

「わしもさように考えぬでもござらぬが、慎重を期し、吉右衛門どのにご相談いたす次第でございます」

「いくら僧侶たちが堕落したとはいえ、妙法寺がならず者に頼み、明珠どのの殺害を謀《はか》ったりはいたしますまい」

「ことが露見いたせば、仏法にとって一大事でございますからなあ」

「さよう、そこでございますわい」

吉右衛門は思案に昏《く》れた顔で、ならず者たちを眺め下ろし、自分も低く屈《かが》んだ。

「わたしは角倉会所の頭取で、児玉吉右衛門ともうす者だが、そなたたちの命は決して奪ったりせぬ。ここにおられる宗因どのが斬るといわれれば、命乞いをするつもりじゃ。それで誰から明珠どのの殺害を命じられたのか、なにもかも一切、打ち明けてはくれまいか」

かれは優しい声でいいかけた。

井坂空穂助が脇差を抜き、かれらを縛った麻縄をぶつりぶつりと切り始めた。

宗因はそれを止めもしなかった。

ならず者たちは吉右衛門の言葉にほだされたのか、縛られていた麻縄を切られ、身動きが自由になると、土間に正座した。

「角倉会所の頭取さま、わしたちの命乞いまでしてくれはるときき、金欲しさからとはいえ、つくづく己たちの迂闊《うかつ》さが悔やまれます。これから正直にすべてをもうし上げます」

年嵩の男が打ち明けかけた。

「金は誰でも欲しいものじゃ。だがまっとうに働いて得た金は、身に付いて快く使うことができるが、不法に得た金は当人を破滅に追いやると、わたしは思うております。金が必要なら角倉会所にきて、積荷人足として働いたらどうじゃ。いまはならず者でも、真人間になるといわはるんどしたら、雇わせて貰います。また明珠どのを殺してくれと頼んだお人が誰やとわかったとて、わたしもおそらく宗因どのも、ご当人を強く懲らしめたり、町奉行所に訴えたりはいたしませぬ。遠くからでも手を回し、その誤った考えを改めて貰うつもりでおります。さあ、そこで話してくだされ」

吉右衛門の穏やかな言葉で、髭面のならず者が泣き出し、頬に伝う涙を拭った。

「わしらに明珠さまの殺害を頼まはったのは、明珠さまの後釜に坐らはった妙法寺の医僧の十念さまどす。自分の腕があんまりようないさかい、明珠さまの評判が気に障《さわ》ってならなんだんどっしゃろ。明珠さまがもし寺に呼び戻されでもしたら、ご自分の居場所がなくなりますさかい」

かれは嗚咽《おえつ》しながらいい、語り終えた。

「なるほど、そんな始末だったのか。これは簡単至極で、理由がはっきりしているわい。人の妬《ねた》みとはまこと恐ろしいものじゃなあ」

明珠の殺害を依頼したのは、夷川新町で三本の指に数えられる薬種問屋「伊吹屋」の三男。医学の修業をつづけたうえ、妙法寺の医僧になった男だった。

「それをきき、わたしもようやく納得ができました。伊吹屋の三男なら、ことを穏やかに運び、心得違いを悟らせる術《すべ》がございます」

「わしも確かに得心できたわい。それにしても、そなたたちが明珠どのを殺し損ね、角倉会所で働き始めたと知ったら、妙法寺の十念はどうするだろうな」

「そら、寺から逃げ出すに決まってますわいな」

重兵衛が明るい声でいったが、明珠は憂鬱《ゆううつ》そうな顔をしていた。

「そなたたち、まことに後悔したなら、吉右衛門さまとわしに従い、角倉会所にくるのじゃな。後でともうしたとて、頭取さまはもう雇うてくださらぬぞ。なにかと都合があらば、すべて頭取さまにご相談もうし上げるのじゃ」

井坂空穂助がかれらをうながしていった。

「これでやっと安堵いたしました。暑うなってまいりましたゆえ、みなさま、昨夜、わたしが煎じておいた延命散をお飲みくださいますか――」

明珠が桶に入れ裏の井戸で冷やした延命散を引き上げるため、足を運びかけた。

「明珠どの、これを機会に、長崎へ蘭法（西洋医学）を学びにまいられませぬか。弥助のところにおいでになるお常のお婆どのから、角倉会所は七十両の金を預かっておりまする。その金子《きんす》を運用し、いまは八十三両になっていると伝えたところ、お婆どのがその金でそなたを長崎にといわれたのじゃ。八十三両で不足なら、角倉会所が後どれだけでも出させていただきまする。但し、蘭学を修められた後、また西船頭町の長屋へお戻りくださらねば困りますがなあ」

吉右衛門が突拍子もないことをいい出した。

「明珠どの、わしとて角倉会所ほどにはできぬが、そなたが勉学のため長崎にまいるのであれば、月々、いくらかは応援いたしますぞ」

宗因が明るい顔でいい添えた。

長崎には、鎖国をつづける江戸幕府から命じられ、長崎と平戸の有力商人たちによって築かれた出島がある。

出島は約四千坪、扇形の人工島だった。

幕府は寛永十八年（一六四一）からここにオランダ人を住まわせ、さまざまな海外文化を吸収していたのだ。

出島蘭医とよばれる医師たちもおり、シーボルトの来日以後ほどではないが、それなりに蘭方医学がさかんであった。

「あのお常のお婆どのが、どこでそうした噂をきいてきたのかは知らぬ。お婆どのによれば、出島には天主堂があって、朝、昼、晩の三度、あんでらすの鐘が鳴らされるともうすのじゃ。それでそなたに、そのあんでらすの鐘をきいてきて欲しいのだと。日本でも朝昼晩に鐘を鳴らす寺は、そこここにあるわなあ。まあもうせば、そんなものであろう」

あんでらすは正確にはアンジェラス。カトリック教会で、聖母マリアへの受胎告知の記念に、一日三度の祈禱《きとう》のために鳴らされる。

「長崎にでございまするか。はい、わたしは是非にもまいりとうございます」

明珠が目を輝かせた。

今日もまた暑くなりそうだった。

澤田ふじ子　著書リスト（2015年5月15日現在）

1	**羅城門**	講談社	78年10月
		講談社文庫	83年1月
		徳間文庫	01年9月
2	**天平大仏記**	角川書店	80年5月
		講談社文庫	85年11月
		中公文庫	05年3月
3	**陸奥甲冑記**	講談社	81年1月
		講談社文庫	85年5月
		中公文庫	04年9月
4	**染織曼荼羅**	朝日新聞社	81年2月
		中公文庫	86年8月

5 寂野
講談社 81年4月
講談社文庫 87年3月
徳間文庫 99年12月

6 利休啾々
講談社 82年2月
講談社文庫 87年12月
徳間文庫 03年10月

7 けもの谷
講談社 82年5月
徳間文庫 90年5月
光文社文庫 01年3月

8 淀どの覚書
講談社 83年2月
徳間文庫 87年3月
ケイブンシャ文庫 01年7月
光文社文庫 06年2月

9 討たれざるもの
中央公論社 83年3月
中公文庫 85年10月
徳間文庫 08年9月

10　修羅の器　朝日新聞社　83年11月
　集英社文庫　88年12月
　光文社文庫　03年11月
11　黒染の剣（上・下）　講談社　84年2月
　徳間文庫　87年9月
　ケイブンシャ文庫　00年11月
　幻冬舎文庫　02年12月
12　葉菊の露（上・下）　中央公論社　84年10月
　中公文庫　87年8月
13　染織草紙　文化出版局　84年12月
　広済堂文庫　90年11月
14　七福盗奇伝　角川書店　85年1月
　徳間文庫　88年10月
　広済堂文庫　99年8月
　中公文庫　03年9月
15　夕鶴恋歌　講談社　85年3月

徳間文庫　89年1月
光文社文庫　01年11月

16　**蜜柑庄屋・金十郎**　集英社文庫　85年6月
「黒髪の月」に改題
徳間文庫　00年8月
光文社文庫　09年2月

17　**花篝**　小説日本女流画人伝　実業之日本社　85年10月
中公文庫　89年5月
光文社文庫　02年7月

18　**闇の絵巻（上・下）**　新人物往来社　86年4月
徳間文庫　89年7月
光文社文庫　03年3月

19　**森蘭丸**　講談社　86年7月
徳間文庫　90年9月
光文社文庫　04年2月

20　**花僧（上・下）**　中央公論社　86年10月

21　忠臣蔵悲恋記
中公文庫　89年11月
講談社　86年12月
徳間文庫　91年12月
新版　徳間文庫　98年10月

22　千姫絵姿
秋田書店　87年6月
新潮文庫　90年9月
ケイブンシャ文庫　02年3月
光文社文庫　05年2月

23　虹の橋
中央公論社　87年9月
中公文庫　93年8月
徳間文庫　09年5月

24　花暦　花にかかわる十二の短篇
中央公論社　88年4月
広済堂文庫　97年9月
徳間文庫　07年1月

25　覇王の女　春日局波乱の生涯
光文社　88年7月
広済堂出版　92年5月

「江戸の鼓　春日局の生涯」に改題
徳間文庫　06年5月

26　聖徳太子　少年少女伝記文学館　講談社　88年9月

27　天涯の花　小説・未生庵一甫　中央公論社　89年4月
中公文庫　94年12月

28　冬のつばめ
新選組外伝　京都町奉行所同心日記　実業之日本社　89年10月
新潮文庫　92年9月
徳間文庫　01年5月
中公文庫　10年3月

29　もどり橋　中央公論社　90年4月
中公文庫　98年4月
光文社文庫　14年11月

30　空蝉の花　池坊の異端児・大住院以信　新潮社　90年5月
新潮文庫　93年8月
中公文庫　02年10月

31　空海　京都・宗祖の旅　淡交社　90年6月

［新装版］　14年9月

32　火宅往来　日本史のなかの女たち
広済堂出版　90年8月
「歴史に舞った女たち」に改題
広済堂文庫　93年2月

33　嫋々の剣
徳間書店　90年10月
徳間文庫　95年5月
中公文庫　07年6月

34　親鸞　京都・宗祖の旅
淡交社　90年10月
［新装版］　14年6月

35　神無月の女　禁裏御付武士事件簿
実業之日本社　91年1月
徳間文庫　97年5月

36　村雨の首
広済堂出版　91年2月
広済堂文庫　01年7月

37　闇の掟　公事宿事件書留帳
広済堂出版　91年7月
広済堂文庫　95年7月
幻冬舎文庫　00年12月

38 女人の寺 大和古寺逍遥　広済堂出版　91年10月
　広済堂文庫　02年4月

39 流離の海（上・下） 私本平家物語　新潮社　92年6月
　中公文庫　00年8月

40 遍照の海　中央公論社　92年9月
　中公文庫　98年9月
　徳間文庫　07年5月

41 木戸の椿 公事宿事件書留帳二　広済堂出版　92年10月
　広済堂文庫　96年7月
　幻冬舎文庫　00年12月

42 有明の月 豊臣秀次の生涯　広済堂出版　93年1月
　広済堂文庫　01年1月

43 朝霧の賊 禁裏御付武士事件簿　実業之日本社　93年5月
　徳間文庫　97年10月

44 遠い螢　徳間書店　93年7月
　徳間文庫　98年3月

45　見えない橋
日本経済新聞社　93年9月
新潮文庫　96年10月
徳間文庫　03年5月

46　女人絵巻　歴史を彩った女の肖像
徳間書店　93年10月
徳間文庫　04年10月

47　意気に燃える　情念に生きた男たち
広済堂出版　93年10月
「風浪の海」に改題
広済堂文庫　01年11月

48　拷問蔵　公事宿事件書留帳三
広済堂出版　93年12月
広済堂文庫　96年8月
幻冬舎文庫　01年2月

49　絵師の首　小説江戸女流画人伝
新潮社　94年2月
「雪椿」に改題
広済堂文庫　99年3月

50　海の螢　伊勢・大和路恋歌
学習研究社　94年2月
広済堂文庫　98年3月

51 閻魔王牒状 徳間文庫 05年9月
瀧にかかわる十二の短篇 朝日新聞社 94年8月
広済堂文庫 98年9月
「瀧桜」に改題 徳間文庫 04年7月
52 冬の刺客 徳間書店 94年10月
徳間文庫 99年8月
53 京都知の情景 読売新聞社 95年4月
「京都 知恵に生きる」に改題 中公文庫 00年3月
54 足引き寺閻魔帳 徳間書店 95年7月
徳間文庫 00年5月
55 竹のしずく PHP研究所 95年9月
幻冬舎文庫 00年4月
「木戸のむこうに」に改題 徳間文庫 08年5月

56　狐火の町
広済堂出版　95年9月
広済堂文庫　00年3月
中公文庫　03年2月

57　これからの松
朝日新聞社　95年12月
徳間文庫　99年4月
「真贋控帳　これからの松」に改題
光文社文庫　06年11月

58　重籐の弓
徳間書店　96年4月
「将監さまの橋」に改題
徳間文庫　01年1月
光文社文庫　08年11月

59　幾世の橋
新潮社　96年11月
幻冬舎文庫　03年6月

60　天空の橋
徳間書店　97年6月
徳間文庫　02年1月
中公文庫　09年11月

61 奈落の水 公事宿事件書留帳四
広済堂出版 97年11月
幻冬舎文庫 01年4月
62 高瀬川女船歌
新潮社 97年11月
新潮文庫 00年9月
幻冬舎文庫 03年4月
中公文庫 10年9月
徳間文庫 14年10月
63 女狐の罠 足引き寺閻魔帳二
徳間書店 98年4月
徳間文庫 02年5月
64 惜別の海（上・下）
新潮社 98年4月
幻冬舎文庫 02年2月
中公文庫（上・中・下三分冊）
上 08年6月
中 08年7月
下 08年8月
65 天の鎖
新人物往来社 98年10月

中公文庫
延暦少年記　天の鎖第1部　05年12月
応天門炎上　天の鎖第2部　06年1月
けものみち　天の鎖第3部　06年2月

66　背中の髑髏《どくろ》　公事宿事件書留帳五　広済堂出版　99年5月
幻冬舎文庫　01年8月

67　螢の橋　幻冬舎　99年11月
幻冬舎文庫　02年8月
徳間文庫　10年9月

68　はぐれの刺客　徳間書店　99年11月
徳間文庫　02年9月
光文社文庫　12年11月

69　いのちの螢　高瀬川女船歌二　新潮社　00年2月
幻冬舎文庫　03年4月
中公文庫　10年10月
徳間文庫　14年11月

70 奇妙な刺客　祇園社神灯事件簿　広済堂出版　00年4月
中公文庫　01年12月
徳間文庫　11年8月
71 聖護院の仇討　足引き寺閻魔帳三　徳間書店　00年4月
徳間文庫　03年1月
72 霧の罠　真贋控帳　徳間書店　00年11月
徳間文庫　03年7月
光文社文庫　07年2月
73 ひとでなし　公事宿事件書留帳六　幻冬舎　00年12月
幻冬舎文庫　02年6月
74 大蛇《おろち》の橋　幻冬舎　01年4月
幻冬舎文庫　03年8月
75 地獄の始末　真贋控帳　徳間書店　01年7月
徳間文庫　04年1月
光文社文庫　07年11月
76 火宅の坂　徳間書店　01年10月

徳間文庫　04年5月
光文社文庫　10年4月

77　夜の腕　祇園社神灯事件簿二
中央公論新社　02年3月
中公文庫　04年3月
徳間文庫　12年1月

78　にたり地蔵　公事宿事件書留帳七
幻冬舎　02年6月
幻冬舎文庫　03年12月

79　大盗の夜　土御門家・陰陽事件簿一
光文社　02年7月
光文社文庫　04年11月

80　雁の橋
幻冬舎　03年1月
幻冬舎文庫　07年4月

81　王事の悪徒　禁裏御付武士事件簿
徳間書店　03年1月
徳間文庫　05年1月

82　宗旦狐　茶湯にかかわる十二の短編
徳間書店　03年3月
徳間文庫　05年5月
光文社文庫　13年10月

83　銭とり橋　高瀬川女船歌三
幻冬舎　03年4月
幻冬舎文庫　04年8月
中公文庫　10年11月
徳間文庫　15年1月

84　恵比寿町火事　公事宿事件書留帳八
幻冬舎　03年6月
幻冬舎文庫　04年12月

85　嵐山殺景　足引き寺閻魔帳四
徳間書店　03年9月
徳間文庫　05年7月

86　鴉婆《からすばば》　土御門家・陰陽事件簿二
光文社　03年10月
光文社文庫　05年11月

87　悪い棺　公事宿事件書留帳九
幻冬舎　03年12月
幻冬舎文庫　05年6月

88　真葛ヶ原の決闘　祇園社神灯事件簿三
中央公論新社　04年3月
中公文庫　06年4月
徳間文庫　12年4月

89　花籠の櫛　京都市井図絵
徳間書店　04年6月

　徳間文庫　06年1月
　光文社文庫　11年10月

90　釈迦の女　公事宿事件書留帳十
　幻冬舎　04年7月
　幻冬舎文庫　05年11月

91　悪の梯子　足引き寺閻魔帳五
　徳間書店　04年10月
　徳間文庫　06年9月

92　高札の顔　酒解神社・神灯日記
　徳間書店　05年2月
　徳間文庫　07年9月

93　篠山早春譜　高瀬川女船歌四
　幻冬舎　05年3月
　幻冬舎文庫　06年10月
　中公文庫　10年12月
　徳間文庫　15年3月

94　無頼の絵師　公事宿事件書留帳十一
　幻冬舎　05年5月
　幻冬舎文庫　06年12月

95　狐官女　土御門家・陰陽事件簿三
　光文社　05年11月
　光文社文庫　08年2月

96 やがての螢　京都市井図絵　徳間書店　06年1月
徳間文庫　08年1月
光文社文庫　12年2月
97 比丘尼茶碗　公事宿事件書留帳十二　幻冬舎　06年2月
幻冬舎文庫　07年10月
98 山姥の夜　足引き寺閻魔帳六　徳間書店　06年4月
徳間文庫　09年1月
99 お火役凶状　祇園社神灯事件簿四　中央公論新社　06年5月
中公文庫　09年1月
徳間文庫　12年8月
100 雨女　公事宿事件書留帳十三　幻冬舎　06年8月
幻冬舎文庫　08年6月
101 世間の辻　公事宿事件書留帳十四　幻冬舎　07年1月
幻冬舎文庫　08年10月
102 これからの橋　澤田ふじ子自選短編集　中央公論新社　07年1月
中公文庫

これからの橋　雪　11年11月
これからの橋　月　12年1月
これからの橋　花　12年3月

103　暗殺の牒状　足引き寺閻魔帳七
徳間書店　07年5月
徳間文庫　09年10月

104　逆髪　土御門家・陰陽事件簿四
光文社　07年6月
光文社文庫　09年11月

105　女衒の供養　公事宿事件書留帳十五
幻冬舎　07年9月
幻冬舎文庫　09年6月

106　神書板刻　祇園社神灯事件簿五
中央公論新社　07年11月
中公文庫　10年1月
徳間文庫　13年1月

107　亡者の銭　足引き寺閻魔帳八
徳間書店　08年3月
徳間文庫　10年1月

108　千本雨傘　公事宿事件書留帳十六
幻冬舎　08年7月
幻冬舎文庫　10年6月

109 雪山冥府図　土御門家・陰陽事件簿五
光文社　08年12月
光文社文庫　10年11月

110 妻敵にあらず　足引き寺閻魔帳九
徳間書店　09年3月
徳間文庫　11年1月

111 遠い椿　公事宿事件書留帳十七
幻冬舎　09年4月
幻冬舎文庫　11年6月

112 深重の橋（上・下）
中央公論新社　10年2月
中公文庫　13年2月

113 奇妙な賽銭　公事宿事件書留帳十八
幻冬舎　10年4月
幻冬舎文庫　11年12月

114 再びの海　足引き寺閻魔帳十
徳間書店　10年10月
徳間文庫　13年5月

115 あんでらすの鐘　高瀬川女船歌五
中央公論新社　11年1月
中公文庫　12年10月
徳間文庫　15年5月

116 冥府小町　土御門家・陰陽事件簿六
光文社　11年2月

光文社文庫　13年5月

117　血は欲の色　公事宿事件書留帳十九　幻冬舎　11年6月

幻冬舎文庫　12年12月

118　仇討ちの客　高瀬川女船歌六　中央公論新社　11年8月

中公文庫　13年9月

119　奈落の顔　高瀬川女船歌七　中央公論新社　12年4月

120　鴉浄土　公事宿事件書留帳二十　幻冬舎　12年7月

幻冬舎文庫　13年12月

121　短夜の髪　京都市井図絵　光文社　12年10月

光文社文庫　14年4月

122　天皇《みかど》の刺客　徳間書店　13年4月

123　偸盗の夜　高瀬川女船歌八　中央公論新社　13年9月

124　虹の見えた日　公事宿事件書留帳二十一　幻冬舎　13年11月

125　青玉の笛　京都市井図絵　光文社　14年4月

126　冤罪凶状　公事宿事件書留帳二十二　幻冬舎　15年3月

この作品は2011年1月中央公論新社より刊行されました。

徳間文庫

高瀬川女船歌[五]

あんでらすの鐘《かね》

2015年5月15日 初刷

著者 澤《さわ》田《だ》ふじ子《こ》
発行者 平野健一
東京都港区芝大門二—二—二〒105—8055
発行所 株式会社徳間書店
電話 編集〇三(五四〇三)四三四九
販売〇四八(四五一)五九六〇
振替 〇〇一四〇—〇—四四三九二
印刷 本郷印刷株式会社
製本 ナショナル製本協同組合

ISBN978-4-19-893970-0 (乱丁、落丁本はお取りかえいたします)